中國古詩英華

陳引馳 編著

中國古詩英華

編　　著：陳引馳
責任編輯：吳一帆
書籍設計：涂　慧
出　　版：商務印書館（香港）有限公司
　　　　　香港筲箕灣耀興道三號東滙廣場八樓
　　　　　http://www.commercialpress.com.hk
發　　行：香港聯合書刊物流有限公司
　　　　　香港新界大埔汀麗路三十六號中華商務印刷大廈三字樓
印　　刷：美雅印刷製本有限公司
　　　　　九龍觀塘榮業街六號海濱工業大廈四樓A室
版　　次：二〇一八年五月第一版第一次印刷

ISBN 978 962 07 4565 2
Printed in Hong Kong

本書由果麥文化授權商務印書館（香港）
有限公司出版發行

導言

傳統中國人的啟蒙教育，大多始於古詩，咿呀學語的時候，古詩就浸潤到我們的文化血脈裏了。清風明月的夜晚，登樓徘徊的黃昏，荒郊古寺的鐘聲，落花滿徑的小園，建構了中國人共同的文化鄉愁。那一篇篇或綺麗或雄渾，或沖淡或深摯的文字，光華閃耀，穿透歷史的煙塵，被一代又一代人琅琅吟誦。

然而歷史太長，詩作太多，就像繁星滿天，讓普通讀者眼花繚亂，不得其門而入。於是便有了歷代林林總總的詩歌選本，編選者旨趣不同，目的不同，編選成書的面貌也就截然不同。明清以來，作為啟蒙讀物而影響力最大的，無過於《千家詩》和《唐詩三百首》。兩書所選多名家名篇，題材多樣，頗可幫助普通讀者含英萃華，初步領略古詩風貌。不過，從今人眼光看，兩書缺憾也顯而易見。《千家詩》主要選唐宋律詩和絕句，詩體不可謂全，也不能說都選得精粹。《唐詩三百首》所選自然全是唐詩，詩體齊備，多數確實是膾炙人口的佳作，較《千家詩》更為精審，且選者偏愛盛唐大家，杜甫入選最多，王維、李白緊隨其後，他們的作品篇數合起來接近全書三分之一，可以說是一大特色。這兩本詩選都將目光集中在唐宋，就整個多姿多彩的中國詩歌史而言，唐詩和宋詩固然是中國詩歌史上的兩座高峰，但唐以前和宋以後的篇什也絕非不值一觀的。

今人的各種詩歌選本多到不可勝計，綜合性的通代選本也不罕見，且大多篇幅宏大；過去多年風靡一時的詩歌鑒賞類著作如上海辭書出版社《先秦詩鑒賞辭典》《漢魏六朝詩鑒賞辭典》《唐詩鑒賞辭典》《宋詩鑒賞辭典》《元明清詩鑒賞辭典》系列，自先秦至近代，總計選詩約5,000首，配以賞析文章，大大便利了讀者對詩歌的閱讀和理解。只是宏富的篇幅未必適合普通尤其是入門的讀者。

因此，我們起意做一本更適合普通讀者尤其是青少年閱讀的詩選。我們希望做成這樣一本書，可以置於孩子的牀頭，放在客廳的茶几上，裝進旅行途中的背包裏，可以在春日的午後，寫作業的間隙，通勤的公車和地鐵裏，翻開來讀幾頁，一整天都會感到生動明亮。

我們從浩如煙海的傳統詩歌中先期選出了近700首作品，所選的詩歌範圍覆蓋了中國古代詩歌史的全體，上起《詩經》，下至清代龔自珍，而後再加汰擇，結果唐詩自然成為最重要的部分，全部 260 餘首詩中唐詩近 150 首，約為整個篇目的 60%。藉由此書，讀者或許能對整個中國古代詩歌的歷程有一個最初步的直觀認識，而又能讀到歷來最膾炙人口也真正值得永遠記取的詩作。

文辭優美，感發人心，這是我們選取詩歌最主要的標準；適合青少年，可以作為現代中國人最基本的傳統詩歌素養和理解，也是我們時時在心中考量的。不論默讀還是朗讀，這些詩都會讓你齒頰芬芳，心動神搖。你會發現，儘管隔了千百年，詩中的場景和情感，與現代人之間並無不可跨越的屏障。《靜女》中那個捉弄戀人的調皮可愛的少女，《將進酒》中恣意張揚暢快淋漓的悲歡，《沈園二首》中悲惋纏綿至死不渝的愛戀，都能撥動我們的心弦。當你將這些優美的詩歌熟稔於心，即使此後未必有機緣更多更深地接觸古典詩歌的海洋，也至少會擁有與傳統詩歌和傳統美學的一線心有靈犀。

為讓我們的讀者，尤其是青少年，更直截更親切地與書中的詩篇相遇，我們力求註釋精簡，對於詩中的字詞語句、名物制度等，只要不影響到對作品整體的理解，便不加註說，以便讓讀者的注意力集中在對詩歌文本的領會和體悟上。每首詩後的賞析文字，也不取串講形式，不求全面闡發，僅尋詩中打動人心處，寫出我們的感動，希望能幫助讀者在讀詩時與古人產生共鳴。

書中所選詩歌，都是我們應該熟讀的古詩。古詩是中華傳統文化的重要篇章，也是傳統文化中最深入人心的部分。古詩中有古人的人生和世界，有古人對人生和世界的體驗與境界。對青少年而言，這是更高的人生和更純粹的世界。一篇篇古詩猶如一個個親切的朋友，只要你肯接近他們，他們就會不吝和你分享他們的人生經驗與喜怒哀樂，會幫助你建設你自己的內心修養和人格意志。

讓我們一起來熟讀這些古詩吧。

陳引馳

二〇一七年三月

目錄

《詩經》：中國最早的一部詩歌總集，涵括了從西周初年到春秋中期（公元前十一世紀至前六世紀）之間約五百年間大約305首詩歌，分為「風」（分十五國風）、「雅」（分大、小雅）、「頌」（分周、魯、商三頌）三部分，《邶風》《鄘風》《秦風》等皆為十五國風之一。

1 姝：美麗。俟：等。城隅：城牆角。

2 愛：通「薆」，隱藏。

3 孌：美。貽：送。彤管：有說是紅管筆，有說是紅色管狀小草。

4 煒：光彩。說：通「悅」，喜愛。懌：高興。女：通「汝」，此指彤管。

5 荑（ㄊˊ）：荑草。洵：很。

6 匪：通「非」，不是。女：通「汝」，此指荑草。

靜女

《詩經·邶風》

靜女其姝，俟我於城隅。[1]

愛而不見，搔首踟躕。[2]

靜女其孌，貽我彤管。[3]

彤管有煒，說懌女美。[4]

自牧歸荑，洵美且異。[5]

匪女之為美，美人之貽。[6]

賞析

兩千多年前這首描寫男女約會的詩，至今讀來仍趣味盎然。美麗文靜的姑娘在城牆角等我，我滿心快活去赴約，但到了會面地點，卻不見姑娘蹤影。我疑惑而不知所措，抓耳撓腮，「搔首踟躕」。是發生了甚麼意外？還是陰晴不定的少女心？躲在一邊的姑娘看着我的狼狽相咯咯直笑。「愛而不見，搔首踟躕」八個字使姑娘的調皮和小伙子的憨厚躍然紙上。

此時，姑娘款款走來，送上一支彤管。小伙子發現自己被逗弄卻越發歡喜，一場約會因她的活潑而樂趣無窮。小伙子也感染了這份趣味，語帶雙關地對禮物含蓄地表達心中的愛戀：這彤管光彩照人，很喜歡你的美麗。

再次約會，姑娘送我牧場荑草。和這樣美麗、活潑又體貼的姑娘來往，時間越久，情感就越熱烈。我不由比上次更盛讚禮物：荑草非常漂亮，與眾不同，更重要的是，那是美人之貽。從第二章讚美禮物到第三章讚美人，情感逐漸升溫。但熱烈的讚美仍是含蓄的、溫厚的，反顯得越發動人。

野有蔓草

《詩經・鄭風》

野有蔓草，零露漙兮。[1]

[1] 漙（tuán）：形容露水多。

有美一人，清揚婉兮。[2]
邂逅相遇，適我願兮。

野有蔓草，零露瀼瀼。[3]
有美一人，婉如清揚。
邂逅相遇，與子偕臧。[4]

2 清揚：目以清明為美，揚亦明也，形容眉目漂亮傳神。婉：美好。

3 瀼（ráng）：形容露水多。

4 臧：善，美好。

賞析

春晨郊野，春草葳蕤，草葉嫩綠，綴滿露珠，在晨曦的照耀下，晶瑩清澈。幽靜清麗的郊野，一位美麗的姑娘含情不語，翩翩而至，清露般的美目，顧盼流轉。蔓草、露珠與少女之間像有某種關聯，「婉如清揚」便是點睛之筆，明眸清揚，宛如露珠。春野幽美，麗人如畫，男子如何不怦然心動？「邂逅相遇，適我願兮」，其中有邂逅的驚喜、對美人的驚歎，更有「適我願」的滿足與幸福。

第二章與第一章相似，卻略有變化。這變化中的相似是心中對清麗幽靜的自然和美人的反覆讚歎；而相似中的變化是感情的升溫，「零露瀼瀼」「婉如清揚」「與子偕臧」，音韻瀏亮，彷彿心中情感的激盪。仲春時節，男女歡會，四目相對，心領神會，那就一起分享生命中的美好和歡愉吧。

蒹葭

《詩經・秦風》

蒹葭蒼蒼，白露為霜。[1]
所謂伊人，在水一方。[2]
溯洄從之，道阻且長。
溯游從之，宛在水中央。[3]
蒹葭萋萋，白露未晞。[4]

1 蒹葭：蘆葦一類的植物。蒼蒼：茂盛的樣子。下文「萋萋」「采采」義同。
2 伊人：那個人，指所思慕的對象。
3 溯洄：逆流而上。下文「溯游」指順流而下。
4 晞：乾。

所謂伊人，在水之湄。[5]
溯洄從之，道阻且躋。[6]
溯游從之，宛在水中坻。[7]

蒹葭采采，白露未已。
所謂伊人，在水之涘。[8]
溯洄從之，道阻且右。[9]
溯游從之，宛在水中沚。[10]

5 湄：水和草交接的地方，也就是岸邊。
6 躋（jī）：上升，這裏指地勢漸高。
7 坻（chí）：水中的高地。
8 涘（sì）：水邊。
9 右：迂迴曲折。
10 沚（zhǐ）：水中的小沙洲。

賞析

這是一個夢幻的畫面。淒冷秋天的清晨，太陽尚未升起，河邊蘆葦茫茫，葦葉上凝結着濃重的露珠，詩中的主人公來到河邊，向着對岸望去，似乎看到了一個身影。他竭盡全力，要過河到對岸那人的身邊去。但不論怎樣努力，都無法渡過眼前這條河。對岸那人，是那麼可望而不可即。

詩採用《詩經》中常見的重章疊唱手法，三章的文字、句式、內容基本相同，只在每章相對應幾處的個別詞語上略有改動。但正是這幾處改動，使詩的情感更加微妙深婉。露水從「為霜」到「未晞」再到「未已」，暗示了時間的推移。道路從「阻且長」到「阻且躋」再到「阻且右」，越來越難行走，可見追尋者為靠近伊人身邊所付出的艱辛努力。而宛在「水中央」「水中坻」「水中沚」的喟歎，暗示了伊人的身影似乎越來越縹緲。

人生之中，總會遇到某些美好的事物，是心中渴求卻又可望不可即的，曾經執着地追尋，卻終究沒有結果，成為令人惆悵的記憶。由此角度來理會，這首詩便具有了更廣泛的象徵意義。

《楚辭》：漢代編定的一部包含戰國到漢代的楚地詩歌體式作品的總集，其主體部分是戰國時代楚國屈原的作品。《九歌》，一般認為是屈原根據楚地祭祀樂歌

湘夫人

《楚辭・九歌》

帝子降兮北渚，目眇眇兮愁予。[1]

嫋嫋兮秋風，洞庭波兮木葉下。[2]

登白薠兮騁望，與佳期兮夕張。[3]
鳥何萃兮蘋中，罾何為兮木上？[4]
沅有茝兮澧有蘭，思公子兮未敢言。[5]
荒忽兮遠望，觀流水兮潺湲。[6]
麋何食兮庭中，蛟何為兮水裔？[7]
朝馳余馬兮江皋，夕濟兮西澨。[8]
聞佳人兮召予，將騰駕兮偕逝。

築室兮水中，葺之兮荷蓋。[9]
蓀壁兮紫壇，播芳椒兮成堂。[10]
桂棟兮蘭橑，辛夷楣兮藥房。[11]
罔薜荔兮為帷，擗蕙櫋兮既張。[12]

改制而成的組詩，包括十一篇，《湘夫人》《山鬼》皆為其中篇章。

1 帝子：指湘夫人。古人稱兒女不分性別，作「子」。「帝子」相當於「公主」。渚：水中小塊陸地。眇眇（miǎo）：遠望不清的樣子。愁予：使我憂愁。

2 裊裊（niǎo）：柔弱不絕的樣子。波：生波。

3 白薠（fán）：近水生的秋草。騁望：縱目而望。佳：美好的人。期：期約。張：陳設。

4 萃：集。鳥本當集於木上，反説在水草中。罾（zēng）：捕魚的網。罾原當在水中，反説在木上，表示徒勞。

5 沅：沅水，在今湖南省。茝（chǎi）：香草名，即白芷。澧（lǐ）：澧水，在今湖南省。

白玉兮為鎮，疏石蘭兮為芳。
芷葺兮荷屋，繚之兮杜衡。[13]
合百草兮實庭，建芳馨兮廡門。[14]
九嶷繽兮並迎，靈之來兮如雲。[15]
捐余袂兮江中，遺余褋兮澧浦。[16]
搴汀洲兮杜若，將以遺兮遠者。[17]
時不可兮驟得，聊逍遙兮容與。[18]

賞析

「嫋嫋兮秋風，洞庭波兮木葉下。」深秋淒靜杳茫的氛圍中，帝子降臨，目光迢遠深情，望着瑟瑟秋風中木葉紛紛落下，意境優美而惆悵。

詩歌書寫主人公想望愛人、修建華屋、久等不來後憤而離去。看似悲劇，實為殷

6 荒忽：不分明的樣子。潺湲：水流的樣子。

7 麋：獸名，似鹿。麋本當在山林，卻來到庭院。水裔：水邊。蛟本當在深淵卻來到水邊。

8 皋：水邊高地。澨（shì）：水邊。

9 葺：編草蓋房子。

10 蓀（sūn）壁：用蓀草飾壁。紫：紫貝。壇：中庭。椒：一種香木。用芳椒塗壁，香氣滿堂。

11 橑（lǎo）：屋椽（chuán）。辛夷：木名。楣：門上橫樑。藥：白芷。

12 罔：通「網」，編結。薜荔：一種香草。帷：帷帳。擗（pǐ）：掰開。蕙櫋（mián）：以蕙草綴飾的簷際之木。

13 繚：纏繞。杜衡：一種香草。

14 馨：能夠遠聞的香。廡（wǔ）：走廊。

15 九嶷（yí）：九嶷山神。繽：盛多的樣子。

切思慕而最終不遇的故事。這樣熱切悲怨又錯過的愛情故事常常發生，故尤能引發觀者共鳴。

主人公「登白薠兮騁望」，為約會忙到昏黃，卻像山鳥集於水萍、漁網張在樹上一般徒勞無功。然而心裏仍放不下，「荒忽兮遠望」，「思公子兮未敢言」。出發去找愛人吧？這荒唐得簡直像麋鹿在庭院覓食、蛟龍擱淺水灘。但主人公還是「朝馳余馬兮江皋，夕濟兮西澨」，義無反顧，日夜兼程，奔向愛人。

到了相會處，主人公在水中蓋房，用荷葉做屋頂。華貴美好的裝飾物讓人目不暇接，奇花異草，色彩繽紛，香氣繚繞。這些裝飾中有主人公纏綿的情思，更有對未來難以遏制的激動。一切佈置就緒，連九嶷山眾神都如雲而來，愛人卻還沒來。

汪洋恣肆的鋪墊使主人公的失望尤其強烈，極度絕望中，將衣袖和單衣拋向沅江、澧水，並拔起約會之地的香草，來向遠方訴說這次赴約不遇的痛苦。

淒靜杳茫的意境、纏綿悱惻的情感、執着熱烈的追求、憂傷哀怨的氛圍，所有這一切互相交織，構成《湘夫人》的獨特魅力。

16 捐：拋。袂（mèi）：衣袖。褋（dié）：內衣。澧浦：澧水濱。

17 搴（qiān）：擷取，取。汀：水邊平地。杜若：一種香草。遺：給予，贈送。

18 驟得：數得，屢得。容與：悠閒的樣子。

山鬼

《楚辭・九歌》

若有人兮山之阿，被薜荔兮帶女蘿。[1]

既含睇兮又宜笑，子慕予兮善窈窕。

乘赤豹兮從文狸，辛夷車兮結桂旗。

被石蘭兮帶杜衡，折芳馨兮遺所思。

余處幽篁兮終不見天，路險難兮獨後來。

表獨立兮山之上，雲容容兮而在下。[2]

杳冥冥兮羌晝晦，東風飄兮神靈雨。

留靈修兮憺忘歸，歲既晏兮孰華予。[3]

採三秀兮於山間，石磊磊兮葛蔓蔓。[4]

怨公子兮悵忘歸，君思我兮不得閒。

山中人兮芳杜若，飲石泉兮蔭松柏。

1 女蘿：一種蔓生植物。

2 容容：雲出的樣子。

3 靈修：靈，神；修，遠，此指神靈。

4 三秀：一年三次開花的芝草。

君思我兮然疑作。[5]
雷填填兮雨冥冥，猨啾啾兮狖夜鳴。
風颯颯兮木蕭蕭，思公子兮徒離憂。[6]

[5] 然疑作：信疑交織。
[6] 離：通「罹」，遭遇。

賞析

「山坡上黑黝黝的竹林裏，歇着一輛豹車，豹子是赤色的，旁邊睡着一匹狐狸，身上卻有着金錢斑點。對面，從稀疏的竹子中間望去，像一座陡起的屏風，擋住我們視線的，便是那永遠深藏在雲霧中的女神峰——巫山十二峰中最秀麗，也最嬌羞的一個。林中單調的蟲聲像數不完的波圈，向四面的山谷擴大——『山之阿，山之阿……』一隻蝙蝠掠過，坡下草叢中簌簌作響。」這是聞一多對《山鬼》演出的想像——《楚辭》的《九歌》大致都是古代楚地祭神儀式中的樂歌。

祭神的舞台上，飾演山鬼的女巫溫柔婉麗，盛裝赴約，充滿少女般的期待。隱隱約約好像有人在山坳，身披薜荔腰束松蘿；眉目含情嫣然一笑，你愛慕我身形美好。我駕着赤豹啊花狸緊跟，辛夷作車啊桂枝為旗，石蘭蓋頂杜衡作帶，折芳花送給情人。開頭的「若」字表現了楚地山間長林古木、草木紛披的特點，山鬼穿行顯得格外神秘輕盈。

我在幽深的竹林中看不見天，路途艱險啊姍姍來遲。獨自站在山巔，雲海茫茫腳下流旋。白天陰沉如同黑夜，東風疾吹神靈降雨。為靈修你留下啊快樂不歸，天晚了誰讓我花容重現。山鬼從遲到焦急、遠眺企盼，到甘願等待、擔心憔悴，山鬼的心情越來越被動、落寞。

我在山間採靈芝，山石磊磊啊葛藤蔓生。心怨公子啊不該忘返，或許你想我只是沒有空閒。山中人芳草般美好，飲石間清泉啊松柏蔭庇。你在想我嗎？我又半信半疑。雷聲隆隆陰雨綿綿，猿聲啾啾夜間長鳴，風聲颯颯樹葉蕭蕭，思念公子空自悲傷。對公子的猜測越來越悲觀，最後風雨如晦的淒厲場景渲染了鬱悶的心情。「徒」字尤其表現款款深情只是一場徒勞無功的浪費，心中淒涼悻悻，如黃葉滿地，猿聲四起。

垓下歌

項羽

力拔山兮氣蓋世。時不利兮騅不逝。

騅不逝兮可奈何！虞兮虞兮奈若何！

項羽（公元前 232—前 202），名籍，字羽。楚國下相（今江蘇宿遷）人。秦末反秦義軍領袖，稱「西楚霸王」，終為劉邦所敗。

賞析

在秦漢之際，項羽是一位蓋世英雄。二十四歲隨叔父起兵反秦，二十七歲與劉邦滅秦，自立為「西楚霸王」，分封十八位諸侯王，號令天下。戰場上他能將敵人嚇得心膽俱裂，韓信在劉邦面前評論項羽時說「項王喑噁叱吒，千人皆廢」。他的戰場指揮藝術出神入化，不論敵人力量多麼強大，幾乎戰無不勝。鉅鹿之戰，他破釜沉舟，指揮楚軍以一當十，擊潰秦朝精鋭的長城軍，之後又迫降章邯率領的二十萬秦軍；彭城之戰，劉邦率領五十六萬大軍佔領了他的都城，他只率三萬騎兵長途奔襲，將劉邦的軍隊殺得個落花流水。楚漢對峙，只要他出現在戰場上，勝利的天平就會傾向楚軍。然而劉邦鬥智不鬥力，派人策反了他的大將英布，派彭越騷擾他的後方，派韓信開闢第二戰場。終於在垓下，他被漢軍重重包圍，走到了命運的終點。這一年，他才三十一歲。

英雄末路，最讓人感慨唏噓。《垓下歌》就是在項羽英雄末路時的一曲悲歌。即便窮途末路，項羽對自己的力量仍充滿了自信，他仍要對這個世界宣告他自己的「力拔山兮氣蓋世」。但時勢不利，連他經常騎乘的烏騅馬都跑不動了。無論對手多麼強大，他從來都無所畏懼，然而「時」即「天時」或「時運」，卻是超越人類之上的力量，任憑何等的英雄都無可奈何，只能接受將要失敗的命運。而在生命的最後時刻，最讓他放心不下的，是他心愛的女人——虞姬。

這首詩裏，有睥睨一切的豪情，有英雄末路的悲情，還有愁腸百結的柔情。這首詩裏的項羽，英雄氣短，兒女情長。而這也讓後世之人，對這位失敗的英雄懷抱更多一份同情吧。

劉邦（公元前256——前195），沛豐邑（今江蘇徐州豐縣）人。西漢開國皇帝。

大風歌

劉邦

大風起兮雲飛揚，威加海內兮歸故鄉。
安得猛士兮守四方！

賞析

項羽曾說「富貴不歸故鄉，如衣錦夜行」，他最終自刎烏江。而打敗他的劉邦做到了衣錦還鄉，並且慷慨悲歌一曲《大風歌》。

劉邦比秦始皇小三歲，目睹了秦國風捲殘雲的滅六國之戰，但那與他無關。他的前半生平淡無奇。當秦始皇死後，劉邦迎來了他的時代。在波瀾壯闊的秦末戰亂中，他曾與項羽並肩作戰，而先於項羽入關滅秦。在隨後長達四年的楚漢戰爭中，他屢戰屢敗，多次命懸一線，死裏逃生，但最終笑到了最後。「大風起兮雲飛揚」，更多地讓我們體會到的是那個波譎雲詭的動盪時代，羣雄逐鹿，豪傑蜂起，而只有劉邦做到了「威加海內兮歸故鄉」，成為最後的勝利者。這首詩的前兩句，充滿了英雄的豪情與自負。然而接下來的一句，卻是情緒的一種陡轉，不是勝利者的志得意滿，而竟是充滿了憂慮。這首《大風歌》，正是他剛剛擊敗反叛的淮南王英布，回軍途經故鄉，與故鄉父老置酒高會時所唱。此時距劉邦登基稱帝已有八年，這八年之中，劉邦先後着手處置了他分封的諸多異姓王，包括在楚漢戰爭中功勞最大的韓信、彭越和英布。翦除異姓王的確穩固了漢王朝，但同時也失去了這幾員能夠獨當一面的大將。現在劉邦還能親自帶兵出征，未來漢王朝再有內憂外患，還有誰能維護王朝的安定呢？最後一句「安得猛士兮守四方」，正是劉邦作為一代梟雄內心深處的憂慮。

唱過《大風歌》，回到長安不久，劉邦就去世了。

樂府，秦時已有設置，漢武帝時重建，負責採集民間歌謠或文人的詩來配樂，以備朝廷祭祀或宴會時演奏之用。樂府蒐集整理的詩歌，後世就叫「樂府詩」，或簡稱「樂府」。

1 焜：枯黃的樣子。

長歌行

漢樂府

青青園中葵，朝露待日晞。
陽春布德澤，萬物生光輝。
常恐秋節至，焜黃華葉衰。[1]
百川東到海，何時復西歸？
少壯不努力，老大徒傷悲！

賞析

這篇樂府之主旨在勸人惜時，借風物變遷娓娓道來。

前四句表現青春蓬勃。「青青」像是綠色，但又不僅是綠色。「青青子衿，悠悠我心」，「青青河邊草」。「青」更單純、凝靜、年輕，所以人最美好的歲月叫「青春」。以「青青」形容葵草，表現園中一派清新萌動，旺盛蓬勃。枝幹上鮮潔的露珠正等待朝陽的蒸騰。「待」字表現對未來毫無保留的迎接和企盼，充滿期待和不懼艱險的精神。溫煦的陽光施予萬物德惠恩澤，萬物欣欣向榮，充滿活力。

然而秋天的到來驟然引起憂患之感，春夏繽紛燦爛的花葉轉眼凋敗枯萎。盛衰之際猶能看出時間的無情和盛景的可貴。也許有人會説，四季流轉，春來花還會再開。但人的時間是單向的，沒有循環，正如「百川東到海，何時復西歸」，於是時光一去不返的悲哀和花凋葉殘的淒涼如愁雲慘霧籠罩了讀者。此時，「少壯不努力，老大徒傷悲」的警醒便格外有力，如醍醐灌頂。詩歌最後激發出來的「努力」和開頭「朝露待日晞」的天真已然不同，展現的是理性的緊迫感。

飲馬長城窟行

漢樂府

青青河畔草，綿綿思遠道。
遠道不可思，宿昔夢見之。[1]
夢見在我傍，忽覺在他鄉。
他鄉各異縣，展轉不相見。

1 宿昔：昨夜。

枯桑知天風，海水知天寒。
入門各自媚，誰肯相為言！
客從遠方來，遺我雙鯉魚。[2]
呼兒烹鯉魚，中有尺素書。
長跪讀素書，書中竟何如？
上言加餐食，下言長相憶。

[2] 雙鯉魚：指信函，古時以刻成魚的形狀的兩塊木板，將書信夾在裏面。

賞析

古代交通和通訊極不發達，一旦離家在外，不論是由於求學、仕宦或是從軍，都將在相當長的時間內不能回家，並且很難保持音信相通。這段時間可能長達數年，甚至十數年。而他們的妻子，將陷入長久的思念和期待之中，於是她們就有了一個稱呼——思婦。

這首詩就是採用了思婦的口吻。全詩一共二十句，可以分為三節。前八句是第一節，從思念人在遠方的丈夫寫起，思念而不得相見，便於夢中相見，可夢終究要醒來，醒來仍然要面對彼此天各一方不知何時才能團聚的現實。前八句連貫而下，既讓人感到思婦的思念不可阻斷，又讓人感到不論思婦做甚麼，其結局必然是指向不得相見的痛苦。

中間「枯桑」四句是第二節，與別人家對比，別人家夫妻團聚，恩恩愛愛，此一家冷冷清清，此一人孤孤單單。連枯桑、海水都能感知氣候的嚴寒，思婦又豈能感受不到獨處空房的孤獨冷清呢？

最後八句為第三節，寫遠方的丈夫終於請人捎回書信，書信中寫了甚麼呢？「加餐食」是叮囑妻子保重身體，「長相憶」是表達對妻子的思念。語言平實的書信，對於長久以來品味着淒清孤苦的思婦來説，無比溫暖。

陌上桑

漢樂府

日出東南隅，照我秦氏樓。
秦氏有好女，自名為羅敷。

羅敷喜蠶桑，採桑城南隅。
青絲為籠係，桂枝為籠鈎。
頭上倭墮髻，耳中明月珠。[1]
緗綺為下裙，紫綺為上襦。[2]
行者見羅敷，下擔捋髭鬚。[3]
少年見羅敷，脫帽着帩頭。[4]
耕者忘其犁，鋤者忘其鋤。
來歸相怨怒，但坐觀羅敷。[5]
使君從南來，五馬立踟躕。[6]
使君遣吏往，問是誰家姝？
「秦氏有好女，自名為羅敷。」

1 倭墮髻：漢代婦女一種髮式，髮髻偏在一邊，呈墜落狀。
2 襦：短襖。
3 髭（zī）：嘴上的鬍鬚。
4 帩頭：古代男子束髮的頭巾。
5 坐：因為，由於。
6 使君：漢代對太守的尊稱。

「羅敷年幾何？」
「二十尚不足，十五頗有餘。」
使君謝羅敷：「寧可共載不？」[7]
羅敷前置辭：「使君一何愚！
使君自有婦，羅敷自有夫！」

「東方千餘騎，夫婿居上頭。
何用識夫婿？白馬從驪駒，[8]
青絲繫馬尾，黃金絡馬頭；
腰中鹿盧劍，可值千萬餘。
十五府小史，二十朝大夫，
三十侍中郎，四十專城居。[9]

7 謝：這裏是「請問」的意思。不：通「否」。
8 驪駒：黑色的馬。
9 專城：謂一城之主，如太守、刺史之類。

10 鬑鬑：鬍鬚長的樣子。

11 盈盈：形容緩慢優雅的步態，下文「冉冉」義同。

為人潔白皙，鬑鬑頗有鬚。[10]

盈盈公府步，冉冉府中趨。[11]

坐中數千人，皆言夫婿殊。」

賞析

彷彿一場洋溢着歡快氣氛的獨幕喜劇。

羅敷是古時美女，她一出場，便光彩照人。她穿着華麗，提着精美的桑籃，到城南的桑林中採桑。羅敷是如此美麗，一路上吸引了所有人的目光。行人忘了趕路，放下擔子，捋着鬍鬚，眼睛一眨不眨地盯着她看；少年人看到羅敷，摘下帽子，希望能夠吸引羅敷的注意；田中勞作的人看羅敷看得出神，都忘了手中的活計。詩中始終沒有直接描摹羅敷的相貌，可從周圍人的眼睛中，讀者也足以感受到羅敷無以復加的美麗。

接下來是一位追求者登場：「使君從南來，五馬立踟躕。」普通男子看到羅敷，恐怕會自慚形穢，心中仰慕也不敢近前，而這位追求者身份卻不一般，「使君」是對太守的尊稱，而在漢代，太守是地方最高級別的長官。這位使君看到羅敷，很直接地派手下去打聽羅敷的情況，並向羅敷提出「寧可共載不」的要求。

使君一定以為，憑藉自己的權勢地位，羅敷必會應允，乃至會感到受寵若驚。不料羅敷聽到這個要求後，徑直走到使君面前，上來便是幾句斥責：「使君一何愚！使君自有婦，羅敷自有夫！」這幾句斥責讓羅敷在道德上對太守處在了居高臨下的位置，不過羅敷並未就道德方面對太守窮追猛打，而是話鋒一轉，誇耀起自己的丈夫來。在羅敷的口中，丈夫在方方面面都壓倒了使君：威儀比使君更加顯赫，仕歷比使君更為通達，容貌風度也是使君遠不能及的。在光彩照人的羅敷、鶴立雞群的丈夫的對比下，剛才還自命不凡、不可一世的使君，此時必然是氣餒委頓，尷尬得無地自容。

當然，我們或許也可以假設，然後追問：如果羅敷的丈夫沒有那麼出色，會發生甚麼呢？

上邪

漢樂府

上邪[1]！

我欲與君相知，長命無絕衰。

[1] 上邪（yé）：天啊！邪，同「耶」，感歎詞。

山無陵，江水為竭，
冬雷震震，夏雨雪，
天地合，乃敢與君絕！

賞析

高山夷為平地，長江枯竭，冬天雷聲隆隆，夏天大雪紛飛，天塌地陷……這樣一幅世界末日的景象，竟然出自兩千年前一名少女的口中。當然，她不是在作宗教預言。她只是陷入了戀愛的狂熱之中，正在和她的戀人海誓山盟。她對天發誓，要和戀人相愛，永不分離。並非任何情況都不能將他們分離，她承認還是有一種情況下她會和戀人分手，那就是世界末日的到來。但世界末日是不存在的，所以她堅定地說：無論發生甚麼，都不會和戀人分開，要永遠相愛，永遠在一起。

表面看上去退一步的誓言，卻表達了更為強烈和堅定的情感。

行行重行行

無名氏

行行重行行，與君生別離。
相去萬餘里，各在天一涯。
道路阻且長，會面安可知。
胡馬依北風，越鳥巢南枝。
相去日已遠，衣帶日已緩。
浮雲蔽白日，遊子不顧返。
思君令人老，歲月忽已晚。
棄捐勿復道，努力加餐飯。

賞析

「行行重行行」，「行」的重複像是邁步，一步一步，綿延重複，遠行者與送別者之間的距離愈行愈遠。「與君生別離」，活着分離或硬生生的分離，因此爆發的痛苦與「行行重行行」的單調構成頓挫的節奏感。「相去萬餘里，各在天一涯」，相隔萬里之遙，我在這端，你在那端。「道路阻且長，會面安可知」，萬里之間重疊着無數高山峻嶺、深谷桑田，兩個極端間的交流變得阻礙多艱。

「胡馬依北風，越鳥巢南枝」，天各一方，但瞻望故舊的心意未嘗稍歇；「相去日已遠，衣帶日已緩」，因為思念，人逐日消瘦，為伊消得人憔悴。然而「浮雲蔽白日，遊子不顧返」，遊子像被浮雲遮蔽的太陽，被讒邪羈絆不歸。無望的相思令人衰老，更何況「歲月忽已晚」，時光飛逝，更感悲涼。

離別、相思、衰老紛至沓來，但思婦最終拋開這些，努力加餐飯，繼續生活，心態樸實而堅強。鍾嶸《詩品》評《古詩十九首》「文溫而麗，意悲而遠」。本詩尤其表現了憂傷中的溫厚與堅韌。

西北有高樓

無名氏

西北有高樓，上與浮雲齊。
交疏結綺窗，阿閣三重階。
上有弦歌聲，音響一何悲！
誰能為此曲，無乃杞梁妻。[1]
清商隨風發，中曲正徘徊。[2]
一彈再三歎，慷慨有餘哀。[3]
不惜歌者苦，但傷知音稀。
願為雙鴻鵠，奮翅起高飛。

1 杞梁妻：據說春秋時期齊國大夫杞梁戰死在莒國城下，其妻臨屍痛哭，極其悲傷，連城牆都為之崩塌。

2 清商：樂曲名，聲情悲怨。

3 慷慨：感慨，悲歎。

賞析

高樓上與雲齊，與世間保持着距離；樓中人深夜撫琴唱歌，歌聲悲苦。歌者是甚麼人？遭遇了甚麼傷心事？為甚麼深夜獨自唱歌？

在高樓之下，卻有一個聽者。他聽到了歌聲，聽懂了歌中的悲傷。他猜測着歌者的身份，他為歌者傷心：心懷悲苦已經非常令人傷心了，沒有知音，這悲苦無人訴說，無人理解，更加讓人難以承受。

而聽者自己，不也是一個傷心人麼？他聽到悲苦的歌聲而產生共鳴，不正因為他自己也遭遇了傷心事麼？他深夜獨立於樓下聽歌，不也是沒有知音麼？難怪他最後發願：「願為雙鴻鵠，奮翅起高飛。」

可是，高樓中的歌者，並不知曉樓外的聽者。聽者的心曲，也無從訴達歌者。聽者的發願，恐怕只是再增一重傷心罷了。

涉江採芙蓉

無名氏

涉江採芙蓉，蘭澤多芳草。
採之欲遺誰，所思在遠道。
還顧望舊鄉，長路漫浩浩。
同心而離居，憂傷以終老。

賞析

「涉江」「芙蓉」「蘭澤」「芳草」讓人不由想到芬芳馥郁的《楚辭》，「採芳洲兮杜若，將以遺兮下女」，「被石蘭兮帶杜衡，折芳馨兮遺所思」。南方水汽瀰漫，花草紛披，目不暇接，但詩歌中的主人公並非採摘路邊的野花，而是慎重地涉江採芙蓉。無論乘船還是蹚水，涉江採芙蓉的過程都充滿了誠意。這誠意由「蘭澤多芳草」的「多」字鞏固下來，在視覺上造成紛繁稠密的效果。此時一個設問使節奏活潑疏朗起來，「採之欲遺誰，所思在遠道」。誠摯的深情頓時飛動，空間切換和迢迢遠路稀釋了之前濃郁交織的感覺。「還顧望舊鄉，長路漫浩浩」，設想遠方情人的感受，為「遠道」更添了家鄉遙不可及的憂傷。

所幸這不是一場單戀，而是「同心」。「二人同心，其利斷金」，「同心」給人支持、信心和希望。這比「浮雲蔽白日，遊子不顧返」的失望、「思公子兮徒離憂」的悻悻讓人欣慰很多。但「同心」不應當是「願得一心人，白頭不相離」嗎？「同心」不應當是「宜言飲酒，與子偕老。琴瑟在御，莫不靜好」嗎？同心卻離居，這同心的欣慰到頭來不過是一場更大的徒勞。而且歸期無望，這徒勞的憂傷恐怕要終老了。

庭中有奇樹

無名氏

庭中有奇樹，綠葉發華滋。[1]
攀條折其榮，將以遺所思。
馨香盈懷袖，路遠莫致之。
此物何足貴？但感別經時。

1 華：同「花」。

賞析

鮮花傳情致意，該是很早就有的習俗。從庭院中開滿花的樹上，折下一枝，打算送給自己思念的那個人。這開篇實在平淡到乏味。當然，還有甚麼，能夠比鮮花的芳香美麗，更能代表自己殷切的思念，更能象徵彼此的情意呢？

第三聯語意卻是一轉。花竟沒有送出，久久置於自己懷袖之中，以至於周身滿是花香。為甚麼沒有送出呢？因為兩人之間的距離太過遙遠了。這可真讓人悲傷。但詩人卻沒有敍寫自己的悲傷，而是又一轉，轉回到自己所折的這枝花上來：隔了那麼遠的距離，為甚麼想要送一枝花去？是這枝花十分珍貴嗎？不是。只是離別了太久，思念讓自己情不自禁了。

折花的舉動是平常的，而折花之情思是雋永的。

迢迢牽牛星

無名氏

迢迢牽牛星，皎皎河漢女。[1]

[1] 河漢女：銀河邊上的女子，指織女星。河漢：銀河。

2 杼（zhù）：織機的梭子。
3 不成章：織不成布。章，指布帛上的經緯紋理，這裏指布帛。零：落。
4 脈脈：默默地用眼神或行動表達意願。

纖纖擢素手，札札弄機杼。[2]
終日不成章，泣涕零如雨；[3]
河漢清且淺，相去復幾許！
盈盈一水間，脈脈不得語。[4]

賞析

《詩經》中已寫到織女星和牽牛星。《詩經・小雅・大東》中説織女星「不成報章」，説牽牛星「不以服箱」，即織女星不織布，牽牛星不駕車運輸。這是在拿織女星、牽牛星的名字做文章，説它們有名無實。而這兩顆星之間，在《詩經》時代似乎還沒有產生故事。

然而在這裏，織女星與牽牛星被人格化了。從人間看，這兩顆星又遙遠又明亮，隔着銀河相對而望，很容易被聯繫在一起。可能還沒有後世民間傳説中那麼曲折複雜的故事情節，但在本詩中，這兩顆星顯然已化身為一對被隔離的戀人或夫妻。織女美麗、哀怨，所愛的人就在眼前，但被銀河阻隔，不能相聚。

詩寫的是天上的織女和牽牛，映襯的卻是人間的遺憾和憂傷。

明月何皎皎

無名氏

明月何皎皎，照我羅牀幃。
憂愁不能寐，攬衣起徘徊。
客行雖云樂，不如早旋歸。[1]
出户獨徬徨，愁思當告誰。
引領還入房，淚下沾裳衣。[2]

1 旋歸：回歸，歸家。
2 引領：伸頸，抬頭遠望。

賞析

夜深人靜，獨處空房，明亮的月光最容易觸動人的愁思，讓人難以入眠。起身在月夜下徘徊，滿懷愁緒卻無人可以訴說。

本詩中這個月下徘徊的人的身份很模糊。我們能看到這個人在月光下的一系列動作，卻看不清這個人是男還是女。表達遊子和思婦的情感，是《古詩十九首》中的兩大主題。而本詩，似乎既可以看作是在家的思婦對遊子的思念，也可以理解為在外的遊子的思歸之作。

而不論抒情主人公是遊子還是思婦，那個月夜徘徊的身影所透露的孤寂，卻如此清晰。

結髮為夫妻

無名氏

結髮為夫妻，恩愛兩不疑。[1]
歡娛在今夕，嬿婉及良時。[2]
征夫懷遠路，起視夜何其？
參辰皆已沒，去去從此辭。[3]
行役在戰場，相見未有期。
握手一長歎，淚為生別滋。
努力愛春華，莫忘歡樂時。

1 結髮：束髮。古代男子年二十、女子年十五束髮，表示成年。

2 嬿婉：歡好貌。

3 參辰：參和辰，皆為星宿名，此處借指所有星宿。

生當復來歸，死當長相思。

賞析

新婚燕爾的男女，本應是幸福生活剛剛開始的時刻，卻面臨着生離死別。因為戰爭，丈夫被徵發從軍。他們無法抵抗，也無暇抱怨，夜色就要消失，天一亮就要出發。而這一去，何時回來，能否再回來，都在未定之天。他們能把握的，只有這離別前的一刻，彼此安慰，珍重作別：「努力愛春華，莫忘歡樂時。生當復來歸，死當長相思。」這一刻，他們希冀保留的，是曾有的歡樂的記憶；至於未來，活着自當歸來聚首，如若死別，那生者自會長相思念——還有比這更徹底而強烈的情感表達嗎？

觀滄海

曹操

曹操（155—220），字孟德。沛國譙縣（今安徽亳州）人。漢末政治家、詩人，在當時的戰亂中統一北方，造成魏、蜀、吳三國鼎立的格局。

東臨碣石，以觀滄海。

水何澹澹，山島竦峙。
樹木叢生，百草豐茂。
秋風蕭瑟，洪波湧起。
日月之行，若出其中；
星漢燦爛，若出其裏。
幸甚至哉，歌以詠志。

賞析

曹操是三國時期當之無愧的第一大英雄。他也這樣自視。他曾對劉備說過：「天下英雄，惟使君與操耳。」《三國演義》把這句話敷衍成一段「青梅煮酒論英雄」的故事，還讓曹操對甚麼是英雄發表了一番議論：「夫英雄者，胸懷大志，腹有良謀，有包藏宇宙之機，吞吐天地之志者也。」雖是小說家言，但這段話非常契合曹操的胸襟與氣度。《觀滄海》透露的是同樣的胸襟和氣度。

詩人登上碣石山，看到無比廣闊的大海。海中有島，島上有山，山的高聳巍峨更顯海的闊大。當秋風吹起，海中洶湧起巨大的波濤。這是眼前的實景，已經足夠讓人震撼了。然而詩人並未就此打住，他彷彿還看到日月星辰都在大海中起落運行。這雖是虛寫，是詩人的想像，但實實在在展現了詩人比海更為闊大的胸襟。

龜雖壽

曹操

神龜雖壽，猶有竟時。[1]
螣蛇乘霧，終為土灰。[2]
老驥伏櫪，志在千里；
烈士暮年，壯心不已。[3]
盈縮之期，不但在天；[4]
養怡之福，可得永年。[5]
幸甚至哉，歌以詠志。

1 竟：終結。此處指死亡。
2 螣（téng）蛇：傳說中與龍同類的神物。
3 烈士：有遠大抱負的人。
4 盈縮之期：本義指歲星運行週期的長短變化，這裏指人的壽命的長短。
5 養怡：指調養身心，保持身心健康。

賞析

悲歎人生短暫、生命易逝，是漢魏以來文學主題之一。曹操這首四言詩的開頭兩聯，便是這一主題的迴響。「麟、龜、龍、鳳」為中國古代的「四靈」，龜尤以其壽命長久受到人們的崇奉。螣蛇是一種類似龍的動物，具有神通，能夠飛翔變化。但不管「神龜」和「螣蛇」怎樣地神異，最終都會死亡。詩人這裏並非為神龜和螣蛇感傷，他的話裏有潛台詞，那就是連神龜和螣蛇都有生命終結的那一天，更何況人呢？

既然人的死亡是必然的事情，那麼該如何度過這短暫的一生呢？特別是當意識到生命已然進入暮年，也許剩餘的時日不多了，一個人該怎樣自處呢？有的人會為此悲痛消沉，有的人希望能享受更多的歡樂。而曹操卻相信自己能把握自己的生命，絕不會庸庸碌碌。就像一匹千里馬，即使衰老了，臥在馬棚裏，心中也仍然有着馳騁千里的豪情；渴望建功立業的人，即使在人生的暮年，也不會放棄理想。曹操寫這首詩時已五十三歲，但他根本不去糾結自己的生命還剩有多少時日，因為他相信「養怡之福，可得永年」，相信人為的努力可以延年益壽。

據說東晉的大將軍王敦每次酒後都會詠「老驥伏櫪，志在千里；烈士暮年，壯心不已」，並以如意擊打唾壺作為節拍，致使壺口盡缺，足見這首詩感發人心的力量。

短歌行

曹操

對酒當歌，人生幾何？
譬如朝露，去日苦多。
慨當以慷，憂思難忘。[1]
何以解憂？惟有杜康。[2]

青青子衿，悠悠我心。[3]
但為君故，沉吟至今。
呦呦鹿鳴，食野之蘋。
我有嘉賓，鼓瑟吹笙。

1 慨當以慷：即應當慷慨。
2 杜康：相傳最早造酒的人，這裏指酒。
3 青青子衿：青青的是你的衣領。衿，衣領。青衿是周代讀書人的服裝，這裏代指有才能的人。悠悠：形容思念悠長，連綿不斷。

明明如月，何時可掇？[4]

憂從中來，不可斷絕。

越陌度阡，枉用相存。[5]

契闊談宴，心念舊恩。[6]

月明星稀，烏鵲南飛。

繞樹三匝，何枝可依？[7]

山不厭高，海不厭深。

周公吐哺，天下歸心。[8]

4 掇（duō）：拾取。

5 枉用相存：屈駕來訪。枉，枉駕。用，以。存，存問，問候。

6 契闊：離合。

7 三匝（zā）：三周，三圈。

8 周公吐哺：據說周公輔佐周成王時，為了接待天下賢才，「一沐三握髮，一飯三吐哺」，這裏借用周公的典故表達求賢若渴的心情。

賞析

曹操是一位大英雄，也是一位大詩人，他的詩被譽為「慷慨悲涼，千古絕調」。從他的《短歌行》來看，發英雄之憂，抒英雄之志，深思憂念之中又振起豪情雄心，確實當得起這八個字。

全詩可分為四節，每四聯一節。第一節從「憂」起筆，飲酒聽歌，本是快樂之事，但生命短如朝露，旋生旋滅，這樣的快樂在短短一生中能有多少呢？就像託名漢武帝的《秋風辭》中感歎「歡樂極兮哀情多」，也是因為在快樂的時候突然意識到「少壯幾時兮奈老何」。這種憂思縈繞心頭，似乎只能從飲酒中尋找慰藉。

「憂生之嗟」在曹操之前就已是一種較為普遍的社會意識，曹操雖然也感歎「去日苦多」，但顯然不至於真的就為此借酒消愁，這也不是此詩的主旨所在。更讓曹操憂念在心的，是尚未完成的統一天下的大業，而要統一天下，賢才是尤為重要的因素。曹操在這首詩裏着重要表達的，是對賢才的殷勤期待和渴盼。

「青青子衿，悠悠我心」是《詩經・鄭風・子衿》的成句，原意是一位女子對心上人的深切思念和等待，曹操此處也是依照先秦引用《詩經》時「斷章取義」的傳統，借以表達對賢士的渴求。「呦呦鹿鳴」四句同樣是襲用《詩經》中的成句，表現了對賢士的熱情相待。第三節與第二節同義，用自己的話更明確地表達出惟恐賢士不至的憂思和賢士遠道而來後的快慰。以月光為喻，可見憂思之廣。

最後一節最顯曹操的英雄豪氣。天下所有或懷才不遇，或觀望徘徊的賢士，就像還沒有歸宿的烏鵲，他都接納。「山不厭高，海不厭深」，曹操展示了寬廣的政治胸懷，他以周公自詡，也是以周公自勉，對賢士傾心相待。歷史上，曹操也的確曾三次發佈「惟才是舉令」，知人善任，選拔重用了大批人才。在這些人才的輔佐之下，曹操治國用兵，建功立業，成為一世之雄。

全詩以憂生之嗟開始，沉鬱悲涼，而以英雄之志作結，慷慨激昂。最後的「天下歸心」四字，如黃鐘大呂，非大英雄不能說出口。

贈從弟

劉楨

亭亭山上松，瑟瑟谷中風。
風聲一何盛，松枝一何勁。
冰霜正慘淒，終歲常端正。
豈不罹凝寒，松柏有本性。[1]

劉楨（186—217），字公幹。東平寧陽（今山東寧陽縣）人。漢末著名文人，「建安七子」之一，後人往往將其與曹植並稱為「曹劉」。

[1] 罹（lí）：遭受苦難或不幸。

賞析

「歲寒，然後知松柏之後凋也。」《論語》中記載了孔子這句話，卻沒有記錄孔子說這話時的語境，但我們都能讀出這句話的言外之意：孔子絕非單純地讚美松柏，他讚美的是一種品格，一種人格化的力量。後來，司馬遷在《史記・伯夷列傳》中，很自然地引了這句話去比擬處於「舉世渾濁」之中的「清士」，正是理解了孔子的言外之意。劉楨所作《贈從弟》一詩，將松柏所象徵的這種品格表現得更為突出鮮明。

詩作首先着力於刻畫「歲寒」的嚴酷環境。「瑟瑟」「一何盛」寫出了寒風的凜冽，「冰霜」「凝寒」寫出了天氣的嚴寒，天寒地凍，萬物蟄伏，這是一個何其寂寞慘淒的世界。但就在這樣的環境中，山上的松樹卻傲然挺立。寒風愈猛烈，松枝愈蒼勁；嚴寒愈侵凌，松樹愈從容端正。松樹的力量，來自它本性的堅貞。

此詩顯然是託物言志，通過詠松樹，讚許一種高潔、堅貞、傲然獨立的品格。詩題為《贈從弟》，自是為勉勵從弟而作，希望他如松樹那般秉守堅貞之節，同時亦不妨看作是劉楨的自抒懷抱。

白馬篇

曹植

白馬飾金羈，連翩西北馳。[1]
借問誰家子，幽并遊俠兒。[2]
少小去鄉邑，揚聲沙漠垂。[3]
宿昔秉良弓，楛矢何參差。[4]
控弦破左的，右發摧月支。[5]
仰手接飛猱，俯身散馬蹄。[6]
狡捷過猴猿，勇剽若豹螭。[7]
邊城多警急，虜騎數遷移。
羽檄從北來，厲馬登高堤。[8]
長驅蹈匈奴，左顧凌鮮卑。

曹植（192—232），字子建。沛國譙縣人。曹操之子，與曹操、曹丕並稱「三曹」，漢末三國時代最傑出的詩人。

1 金羈：金飾的馬籠頭。
2 幽并：幽州和并州。
3 垂：同「陲」，邊境。
4 楛（hù）矢：用楛木做的箭。
5 的：箭靶。月支：箭靶的名稱。
6 猱（náo）：猿猴的一種，行動敏捷。
7 螭（chī）：傳說中形狀如龍的黃色猛獸。
8 羽檄：軍事文書，插羽毛表示緊急。

棄身鋒刃端，性命安可懷？
父母且不顧，何言子與妻！
名編壯士籍，不得中顧私。[9]
捐軀赴國難，視死忽如歸。

賞析

詩的開篇兩字為「白馬」，是以名《白馬篇》；然而全篇主角並非白馬，突出的是一位「遊俠」少年，故而本詩題又作《遊俠篇》。自戰國至秦漢，遊俠是社會上一類相當引人矚目的羣體，《史記》和《漢書》中都有為遊俠立傳。那時候的遊俠主要有兩類，一類是卿相之俠，如信陵君、平原君、孟嘗君、春申君這戰國四大公子，憑藉王公之勢，各有門客三千，名重天下；另一類是布衣之俠，如西漢大俠郭解、劇孟等，雖社會地位卑微，卻上則結交王侯將相，下則藏匿犯法亡命之徒，橫行州縣，甚至與官府抗衡。不論卿相之俠還是布衣之俠，他們一方面立威福，結私交，勢力極大；另一方面又往往有溫良謙退、救人急困、重諾守信等品格。

而曹植《白馬篇》中的遊俠兒則不同。他首先以瀟灑威武的形象進入讀者的視

9 中顧私：心中想着個人的事情。

野。金色的籠頭，白色的駿馬，飛馳在廣闊的天地之間。雖然沒有直接描寫遊俠兒的外貌，卻用烘托的手法，令人想像到遊俠兒的神采。李白《俠客行》開篇「銀鞍照白馬，颯沓如流星」，即從此句而來。這位遊俠兒不同於戰國秦漢時遊俠的第二個特徵，是他具備高超的騎射技能。他攜良弓利箭，可以左右開弓，不僅能射中排列左右的箭靶，也能射中快速移動的飛猱。他的動作比猿猴還敏捷，他的氣概比豹螭還勇猛。

韓非曾指責「俠以武犯禁」，戰國秦漢的遊俠的確是重私義而輕刑律，但曹植筆下的遊俠兒卻不僅沒有不法行為，還英勇地奔赴邊塞，抵禦外族入侵，用自身的武藝報國安邊。「長驅蹈匈奴，左顧凌鮮卑」一聯，更加突出了遊俠兒瀟灑英武的風采。

戰國秦漢的遊俠最重要的品德是重然諾，能為人排憂解難，但這主要是私義；而此詩中的遊俠兒，卻以捨身報國、視死如歸為第一要義，為了國家，可以犧牲個人生命，顧不上親人家庭。可以說，這一新的遊俠形象，蘊蓄着詩人的理想色彩，也是他對壯麗人生的想像。

七哀詩

曹植

明月照高樓，流光正徘徊。
上有愁思婦，悲歎有餘哀。
借問歎者誰，言是客子妻。
君行逾十年，孤妾常獨棲。
君若清路塵，妾若濁水泥；
浮沉各異勢，會合何時諧？
願為西南風，長逝入君懷。
君懷良不開，賤妾當何依？

賞析

「七哀」，哀傷多多的意思。此詩寫一位思婦，丈夫長年在外遊歷，她渴盼與丈夫相聚而不能；詩的結尾，隱隱透露出思婦似已被丈夫遺棄，微露怨念，卻欲言又止。

詩人不過是在寫一首思婦之詩嗎？似乎沒有那麼簡單。以男女喻君臣，以妾婦被丈夫拋棄比喻君王對臣子的疏遠、放逐，是自屈原《離騷》以來的傳統。因而這首字面上的思婦詩，或許便是這一傳統的又一呈現。詩中的思婦，不妨看作曹植的自喻。曹植與其兄長曹丕為成為他們一代雄傑的父親曹操的繼位者，曾經有過激烈的爭鬥，而最後的勝利者是曹丕。失敗的曹植，被監管在自己的封地之內，心懷憂懼，孤獨憂傷，恰如獨守空房的思婦，夜晚獨對明月。他和曹丕雖是一母同胞的兄弟，如今的處境卻不可同日而語，就像塵泥本為一體，然而「清路塵」飛揚上天，「濁水泥」沉降落地，再無重新會合的可能。曹植對曹丕當然還有期待，甚至希望自己的兄長能在政治上給自己施展才能的空間，就像思婦還希望着能化作西南風，「長逝入君懷」。但現實是殘酷的，曹丕是冷酷的，曹植感受到的只有防範和猜忌，最後也只能發出如棄婦一般的哀歎：「君懷良不開，賤妾當何依？」

險惡環境下，內心悲怨無從明言，怕只能借傳統以男女喻君臣的方式，委婉道來了吧。

詠懷

阮籍

阮籍（210—263），字嗣宗。陳留尉氏（今屬河南）人。魏晉文學家，「竹林七賢」之一。

夜中不能寐，起坐彈鳴琴。
薄帷鑒明月，清風吹我襟。
孤鴻號外野，翔鳥鳴北林。
徘徊將何見，憂思獨傷心。

賞析

詩中的抒情主人公夜不能寐，起而彈琴，月光照在薄薄的窗帷上，清風吹拂着他的衣襟，寂靜的夜空中，偶爾傳來孤鳥的哀鳴聲。他試圖用琴聲排解內心的憂思，卻發現自己置身於一個無比寂寥空曠的世界，清冷的月光和微風，像他一樣徘徊無依的孤鴻，反而使他更加沉浸於憂思之中。

這是阮籍八十二首《詠懷》詩的第一首，全詩寫「憂思」卻並未點明憂思的緣由，只是讓我們看到一個陷入深深憂思的人。這樣的風格，正能很好地代表《詠懷》組詩，它們向來以隱晦難解著稱，所謂「阮旨遙深」，「百代之下，難以情測」。

詩人阮籍列名「竹林七賢」之中，他們是魏晉名士的代表性人物。他們可以說身當亂世，曹魏皇室與未來建立新王朝晉的司馬氏集團激烈互搏，文人名士身處其間，難以超然；即以阮籍言，其父親阮瑀是曹操的幕僚，與曹丕、曹植兄弟相遊處，阮瑀去世較早，阮籍幼年頗受曹丕兄弟的照顧，在情感上傾向於曹魏政權，而政治上司馬氏集團氣勢日盛，真是依違兩難，他的詩裏有句云：「終身履薄冰，誰知我心焦。」阮籍為免遭到殺身之禍，從不表露自己的政治態度，其謹慎當時是出了名的，連司馬昭都說：「阮嗣宗至慎，每與之言，言皆玄遠，未嘗臧否人物。」他的好友嵇康也說：「阮嗣宗口不論人過，吾每師之，而未能及。」

這麼看來，後世讀者知其憂思而不知其所以憂思，實在是詩人有意為之的結果。

陶淵明（365—427），字元亮，又名潛，世稱靖節先生。潯陽柴桑（今江西九江）人。東晉詩人，風格質樸自然，開創田園詩的新境界。

歸園田居（其一）

陶淵明

少無適俗韻，性本愛丘山。

誤落塵網中，一去三十年。
羈鳥戀舊林，池魚思故淵。
開荒南野際，守拙歸園田。
方宅十餘畝，草屋八九間。
榆柳蔭後簷，桃李羅堂前。
曖曖遠人村，依依墟裏煙。
狗吠深巷中，雞鳴桑樹顛。
户庭無塵雜，虛室有餘閒。
久在樊籠裏，復得返自然。

賞析

此詩是陶淵明田園詩的代表作。前四聯緊扣「歸」字。詩人自述自小不適應俗世，天性喜愛丘山。對於有機心的、逢迎鑽營的生活，詩人生性抗拒。因而此番退隱不僅是逃離「塵網」「俗韻」「樊籠」，更是回歸初心，如「羈鳥戀舊林，池魚思故淵」。陶淵明喜愛使用飛鳥和魚的意象，魚的靈動、鳥的健舉都象徵他對自由精神的追求。「方宅十餘畝」到「虛室有餘閒」描寫了詩人自足的田園生活。簡樸的房屋、掩映的樹木、遠處隱約的村莊，最後回歸潔淨空闊的房屋。這段描寫音平字順、文疏氣朗，可見心情恬淡愉悅，志滿意得。文字簡素而深永，表現了田園的淳樸可愛、散緩悠閒。《讀山海經》也描繪了田園耕讀之樂，正可與之對讀：「孟夏草木長，繞屋樹扶疏。眾鳥欣有託，吾亦愛吾廬。既耕亦已種，時還讀我書。窮巷隔深轍，頗回故人車。歡言酌春酒，摘我園中蔬。微雨從東來，好風與之俱。泛覽周王傳，流觀山海圖。俯仰終宇宙，不樂復何如？」

最後一聯「久在樊籠裏，復得返自然」收攏全詩，「樊籠」扣合「塵網」，「自然」回點「（天）性」，首尾圓合，自然完整。

歸園田居（其三）

陶淵明

種豆南山下，草盛豆苗稀。

晨興理荒穢，帶月荷鋤歸。
道狹草木長，夕露沾我衣。
衣沾不足惜，但使願無違。

賞析

陶淵明建構詩意田園的同時，也傳遞了其中的辛苦。種豆南山之下，豆苗不多，野草不少。一早下地幹活，到月亮上來才扛着鋤頭回家。累了一天，雜草叢生的窄路上，衣服還被打濕。敍述這些時，陶淵明語調平和，還挺浪漫，但若還原實際遭遇，糟心的恐怕不止這幾樁。《歸去來兮辭》序中說「余家貧，耕植不足以自給。幼稚盈室，瓶無儲粟」。他甚至還寫過《乞食》詩。辛苦、貧窮、乞討，都是田園的真實。

但陶淵明說「衣沾不足惜，但使願無違」。「悠然見南山」如果算田園之得，「帶月荷鋤歸」便是田園之失。計較的人難免患得患失，《論語》有云：「君子坦蕩蕩，小人長戚戚。」「長戚戚」即縮首畏尾、心神不定的狀態。但陶淵明是坦蕩的，「託身已得所，千載不相違」（《飲酒》）。他在意的是回歸田園後心志舒展、飽滿自在的精神狀態。明乎此，也就「飢凍雖切，違己交病」（《歸去來兮辭》），辛勞苦楚在所不惜了。得失較然，惟吾心所願，足矣。

飲酒（其五）

陶淵明

結廬在人境，而無車馬喧。
問君何能爾？心遠地自偏。
採菊東籬下，悠然見南山。
山氣日夕佳，飛鳥相與還。
此中有真意，欲辨已忘言。

賞析

結廬在人境，卻無世俗喧擾，如何能做到？心遠地自偏。內心遠離，便沒有了糾纏。在精神世界中自我淨化，能改變客觀世界對自己的影響，處處發現生活的樂趣。

我們常被教導事物及其相關意義，但隨着閱歷的增長，我們突然發現意義的賦予源自內心：生病讓人煩惱，但「因病得閒殊不惡」；雨天讓人惆悵，然而「山色空濛雨亦奇」。這時，我們突然感到了自由！「心遠地自偏」是陶淵明發現的人間至理。

如果心靈已然掙脫日常的束縛，那麼凡俗的喧囂就自然安靜下來，人境亦如山間。

在這樣的心境下，籬下採菊，抬頭見山，煙嵐從山間騰出，被夕陽染成金色，飛鳥結伴還林。這恬然忘機的景致撫慰心靈，讓人鬆弛，又彷彿得到了一些啟示。至於究竟是甚麼，物我合冥的樂趣豈能言傳？自己去山間深林領會吧。

雜詩

陶淵明

白日淪西阿，素月出東嶺。
遙遙萬里輝，蕩蕩空中景。
風來入房户，夜中枕席冷。
氣變悟時易，不眠知夕永。
欲言無予和，揮杯勸孤影。
日月擲人去，有志不獲騁。
念此懷悲淒，終曉不能靜。

賞析

「莫信詩人竟平淡，二分梁甫一分騷」，龔自珍認為陶淵明在恬淡安逸之外，還有兩分諸葛亮式的宏圖大志和一分屈原式的牢騷。魯迅也説陶淵明「並非渾身是靜穆」，也有「金剛怒目」的一面。「精衛銜微木，將以填滄海。刑天舞干戚，猛志固常在」，「少時壯且厲，撫劍獨行遊。誰言行遊近，張掖至幽州」都表現了陶淵明的壯懷激烈。

但生逢亂世，叛亂頻仍，他滿懷理想追隨的當代豪強中，桓玄廢帝，劉裕篡位。在這樣的現實中要有所作為難免同流合污。想保全清白，只能韜光養晦。之前的志向越高遠，無法馳騁的痛苦就越強烈。「有志不獲騁」，這「不獲」中有多少壓抑、不甘和無奈。而時光卻飛速向前，從不停留。「日月擲人去」的「擲」字的力度讓人尤覺時光無情，人生虛度。白日落山，素月東出，一天就這樣消逝了。風來席冷，時易夕永，一季就這樣消逝了。內心的焦慮和失望無人理解，「欲言無予和，揮杯勸孤影」。孤獨，徹底的孤獨。皎月的「遙遙萬里輝」只有一片空蕩蕩的光影，正如心懷激盪卻無法施展的自己。想及此，輾轉反側，無法入眠，「念此懷悲淒，終曉不能靜」。

經過許多個「終曉」的「不靜」後，陶淵明終於找到激情的釋放點——用文學建構詩意的桃花源。於是安頓志向，回歸自然，他在無數矛盾和波瀾後獲得了中國詩史上最沖淡而醇厚的平靜。

謝靈運（385—433），出身陳郡謝氏家族，屬顯赫貴族，晉宋之際重要士人，山水詩的主要奠基者。

1 崑山：崑崙山，古時以為神仙所居之處。緬邈：遙遠。

登江中孤嶼

謝靈運

江南倦歷覽，江北曠周旋。
懷新道轉迴，尋異景不延。
亂流趨孤嶼，孤嶼媚中川。
雲日相輝映，空水共澄鮮。
表靈物莫賞，蘊真誰為傳。
想象崑山姿，緬邈區中緣。[1]
始信安期術，得盡養生年。

賞析

作為中國詩史上山水詩的開拓者，謝靈運是在為官永嘉時大量書寫其山水詩的，而本篇記遊甌江江心嶼，正是流傳千古的名作。詩人在一灘亂流中為旅途的艱難怨念時，一抬頭看到秀麗沉靜的江中孤嶼。這一抬頭的溫柔消解了心中所有的煩憂，此時的秀麗妍潔用「媚」字來形容最合適不過了。明媚的身姿、宛若新生的驚喜，給艱苦的舟行帶來愉快的享受。這享受由後一句的「輝」字體現：潔白的雲朵和穿透的陽光交相輝映。雲愈白，光愈透，光愈透，雲愈加白。交相輝映的光明已趨於耀眼，「空」字則將視線拉回澄澈空靈的水面。雲日天光和明媚孤嶼共同倒映在水中，光明剔透、靈靜鮮潔，讓人心生喜悅。亂、媚、輝、空、澄、鮮，景物描寫暗含詩人的心路起伏：由煩躁到驚豔，隨後獲得天人合一的寧靜享受，難怪詩人最後開始相信安期生的養生之道，盡養天年。

謝靈運是東晉名將謝玄的孫子，貴冑出身，才華橫溢，自負高傲，但在晉宋殘酷的政治搏殺中並未得意過，最後被以謀反之名賜死。山水是謝靈運一生亂流中明媚的孤嶼，使他在政治的苦悶中鬆弛下來。甌江南岸逛厭了，還有空曠的北岸。尋訪新異之景，路顯得綿延有趣，時間都變快了。如此美景，世人都不來賞，其中的真意有誰來傳？我由孤嶼之靈秀想到崑崙仙靈，頓覺自己遠離世間塵緣，得享天年。

謝靈運開拓的這片山水詩歌世界至今仍是人們撫慰心靈的地方。「池塘生春草」的清新，「企石挹飛泉，攀林摘葉捲」的樂趣，「林壑斂瞑色，雲霞收夕霏」的變化，使每個在生命亂流中的人都能於山水跋涉中獲得寧靜和喜悅。

鮑照（414—466），字明遠。南朝宋著名詩人。與謝靈運並為當時詩壇的代表人物。

擬行路難（其四）

鮑照

瀉水置平地，各自東西南北流。

人生亦有命，安能行歎復坐愁？

酌酒以自寬，舉杯斷絕歌路難。

心非木石豈無感？吞聲躑躅不敢言。

賞析

鮑照是蓬勃的，他的憤慨即使千年後也激越兀拔，凜然如新。

起首兩句以瀉水置平地作比，由平常的生活現象引申出人的貴賤窮達和坎廩不平的際遇是命定的，應當接受，何須長吁短歎愁怨不已呢？但這寬慰並未使詩人平靜下來，「安能行歎復坐愁」，反詰的語氣明顯表現了對命運的不甘和憤懣。

第五、六句酌酒自寬。詩人說，喝酒吧，不唱《行路難》不發牢騷了。但「舉杯斷絕歌路難」中「斷絕」二字顯得歌聲收結得斬截突兀，壓抑不暢，反而強化了「難」字的挫折感。兩次寬慰都無濟於事，憤慨仍然蓬勃而倔強。寬慰反成了壓抑，壓下的憤懣終於在第七句噴湧而出，人心不是草木石塊，怎能逆來順受認命聽命？反詰語氣顯出詩人的金剛怒目，五七言的短長張弛交替也突然改為了七言長調，強烈的感憤如滔滔洪水汩汩地湧出閘門，形成高潮。然而並未迸發，「吞聲躑躅不敢言」，詩人硬是將已經爆發的巨大悲慨吞嚥下去，壓抑使悲憤顯得愈加深廣和酸辛。

鮑照的蓬勃很多時候來自作品內含的緊張感。寫沉默他也寫得並不哀緩，反而縱橫跌宕，充滿張力。

陸凱（?—約504），北朝人。

贈范曄

陸凱

折花逢驛使，寄與隴頭人。

江南無所有，聊贈一枝春。

賞析

《荊州記》載：「陸凱與范曄交善，自江南寄梅花一枝，詣長安與曄，兼贈（此詩）。」但此一記載其實是有疑問的，一是兩人的時代或許並不同時，二是范曄在南方，而陸凱在北方，似乎范曄寄梅陸凱才合宜。

姑且拋開詩歌本身的背景，在苦寒風雪的北方，收到千里之外的梅花與詩，應當會感到格外浪漫和溫馨吧，朔風沙塵中彷彿浮起一派繁花似錦的江南早春。更動人的是詩中瀟灑又謙和的口吻。「折花逢驛使，寄與隴頭人」，折花寄遠，恰逢驛使，一個「逢」字使巧合、順利、驚喜之感躍然紙上。「江南無所有，聊贈一枝春」，「無所」「聊贈」將一片深情厚意表現得謙和含蓄、恬淡瀟灑。

這首小詩深摯而又清新，所贈之梅兼含君子的耿介堅貞與柔和淡雅，因此廣為傳誦。後世諸多詩詞都出典於此，秦觀的《踏莎行‧郴州旅舍》「驛寄梅花，魚傳尺素」即是。

謝朓（464—499），字玄暉，南朝繼謝靈運之後傑出的山水詩人。

王孫遊

謝 朓

綠草蔓如絲，雜樹紅英發。
無論君不歸，君歸芳已歇。

賞析

這首五絕以清新纏綿的自然物象開頭。綠草如絲，蔓延大地。「蔓」和「絲」表現綠草依附地勢的情態，繾綣鋪展，絲絲茸茸，柔婉可愛。第二句則縱向伸展，樹木英挺，紅花點點，絢麗清新。「絲」的纖細，「發」的飽滿，紅與綠的明快對比，顯出一派柔婉又生氣勃勃的春天景象。

女子目睹春景，不禁觸動心懷，想與心愛的郎君共享這美好的春天。然而「無論君不歸，君歸芳已歇」，且不說心上人不回來，就算回來，花也已經謝了。共享的興致頓時被「芳已歇」的推想澆滅。盎然興起，細想又覺得沒意思起來，像生命中無數湧起的衝動一時間消滅了蹤影。這起與滅中，有失望，有無奈，有惋惜。但詩中的失望、惋惜、無奈是含蓄的，裹挾在惜春與思君中含而不發。我們彷彿看到她婉麗溫柔的眸子裏閃過一絲落寞，口中一聲輕歎，然後帶着微苦繼續愛賞這美好的芳華，儼然那芳華就是自己，綻放着，卻又即將老去。

晚登三山還望京邑

謝朓

灞涘望長安，河陽視京縣。
白日麗飛甍，參差皆可見。
餘霞散成綺，澄江靜如練。
喧鳥覆春洲，雜英滿芳甸。
去矣方滯淫，懷哉罷歡宴。
佳期悵何許，淚下如流霰。[1]
有情知望鄉，誰能鬒不變？[2]

1 霰（xiàn）：小冰粒。
2 鬒（zhěn）：黑髮。

賞析

「三山半落青天外，一水中分白鷺洲」，李白《登金陵鳳凰台》能望見三山，可見三山離金陵不遠。可知首聯「灞涘望長安，河陽視京縣」中的「長安」和「京縣」都指南齊都城建康（即金陵）。然而詩人卻刻意化用王粲的「南登霸陵岸，回首望長安」和潘岳的「引領望京室」（《河陽縣詩》），意在傳遞詩句中因長安大亂而離京回望時的深深眷戀和政治寄望。這眷戀和寄望凝結在「白日麗飛甍，參差皆可見」中：滿城飛聳的屋簷在陽光下明麗輝煌，錯落密集。這派繁華壯麗的景象在長江以南的三山都參差可見，自豪感和眷戀感油然而生。然而這飛甍參差的京都卻在兩年不到的時間裏，皇位三度易手。好友王融被處死，竟陵王憂憤而亡，舊主隋王也緊接着遇難。詩人久久地凝望這讓人眷戀又過於危險的京縣，從「白日」站到了「餘霞」。忽見餘霞燦爛，如錦緞般散滿天空，複雜的心緒變得柔軟而平靜。清澄的大江流向遠方，彷彿明淨的白綢，寧靜柔和。絢爛與素淨，霞天與澄江，在大自然的滌盪下，政治的悲喜退散了，心裏如「綺」「練」一般柔和靜止。春洲喧鳥，雜英芳甸。然而天晚了，終於要走了，離鄉的悲情再次瀰漫心頭，歡宴已罷，佳期何許，淚流滿面。

西洲曲

南朝樂府

憶梅下西洲，折梅寄江北。[1]
單衫杏子紅，雙鬢鴉雛色。
西洲在何處？兩槳橋頭渡。
日暮伯勞飛，風吹烏臼樹。
樹下即門前，門中露翠鈿。[2]
開門郎不至，出門採紅蓮。
採蓮南塘秋，蓮花過人頭。
低頭弄蓮子，蓮子青如水。[3]
置蓮懷袖中，蓮心徹底紅。[4]
憶郎郎不至，仰首望飛鴻。[5]

1 憶梅下西洲，折梅寄江北：意思是說，女子見到梅花又開了，回憶起以前曾和情人在梅下相會的情景，因而想到西洲去折一枝梅花寄給在江北的情人。江北，當指男子所在的地方。

2 翠鈿：用翠玉做成或鑲嵌的首飾。

3 蓮子：和「憐子」諧音雙關，「憐」，愛。

4 蓮心：和「憐心」諧音，即憐愛之心。

5 望飛鴻：這裏暗含有望書信的意思。因為古代有鴻雁傳書的傳說。

鴻飛滿西洲，望郎上青樓。[6]
樓高望不見，盡日欄杆頭。
欄杆十二曲，垂手明如玉。
捲簾天自高，海水搖空綠。[7]
海水夢悠悠，君愁我亦愁。[8]
南風知我意，吹夢到西洲。

6 青樓：漆成青色的樓。唐朝以前的詩中一般用來指女子的住處。

7 捲簾天自高，海水搖空綠：捲簾眺望，只看見高高的天空和不斷蕩漾着碧波的江水。海水，這裏指浩蕩的江水。

8 海水夢悠悠：夢境像江水一樣悠長。

賞析

這是一個愛情故事，雖然我們不知道故事的經過，不知道故事中男女主人公的身份，但這個故事一定和「西洲」有關。故事中的男子去了「江北」，因而才有了女子的「憶梅下西洲，折梅寄江北」，而全詩也就由此展開。

相思之情貫穿全詩始終，但詩中的地點和時間卻在不斷轉換，彷佛若干組鏡頭剪輯拼接而成。每一組鏡頭都不離女子的行蹤，轉換自然流暢，畫面優美生動。下面我們就來看看古人的「蒙太奇」手法——

第一組鏡頭：重遊西洲。全詩一共十六聯三十二句，前四聯構成一組鏡頭。第一個鏡頭是女子重遊西洲，折梅寄北；第二個鏡頭呈現了女子的形象，雖然沒有直接展示女子的容貌，但是從「單衫杏子紅，雙鬢鴉雛色」可以想像出這是一個清麗可愛的江南女兒；第三個鏡頭則從西洲轉到了女子的居處環境。同時從這三個鏡頭中的物象也能看出季節的轉換：「折梅」是在初春，穿「單衫」大約已到春夏之交，「伯勞」是一種鳥，仲夏始鳴，喜歡單棲，這一方面用來表示季節，一方面也暗示了女子孤單的處境。

第二組鏡頭：南塘採蓮。從第五聯到第十聯，亦有三個鏡頭。第一個鏡頭是女子推門而出，無時無刻不盼望着心上人突然而至的她，臉上自然浮現出失望的神色；第二個鏡頭是女子乘船進入荷花叢中，紅豔豔的荷花高高立出水面，遮沒了女子的身影；第三個鏡頭是荷花已謝，女子在採摘蓮蓬，時而俯首，時而仰望。這三個鏡頭貫穿了整個秋天，「蓮花過人頭」是早秋，「弄蓮子」是在仲秋，「鴻飛滿西洲」已是深秋景象。這一組鏡頭中女子的動作或弄蓮子或望飛鴻，都在傳達着對心上人的深深的思戀之情。「蓮子」諧音「憐子」，即「愛你」之意；「蓮心徹底紅」則象徵着愛情的忠貞；「望飛鴻」的目的是期待着「鴻雁傳書」，然而卻沒有傳來心上人的音訊。

第三組鏡頭：登樓遠眺。從第十一聯到第十四聯，由兩個鏡頭構成。第一個鏡頭是近景，女子登樓遠眺，終日徘徊，終日思念；第二個鏡頭是遠景，江水滔滔，天地闊遠，心上人似遠在天涯。

第四組鏡頭：夢縈西洲。最後兩聯，組成最後兩個鏡頭。女子帶着無盡的思念與愁緒入眠，她相信心上人也會同她一樣愁緒滿懷，也在深深地思念着她；「吹夢到西洲」，不僅是希望吹她的夢到西洲，也是希望吹他的夢到西洲。這最後一個鏡頭，需要讀者自己的想像來完成：夢中，她一定能在西洲與心上人相會。

纏綿不盡，婉轉而又含蓄，正是古時江南女子的情與思。

別范安成

沈約

生平少年日，分手易前期。

及爾同衰暮，非復別離時。

勿言一樽酒，明日難重持。

夢中不識路，何以慰相思？

沈約（441—513），字休文。吳興武康（今浙江湖州）人。南朝齊梁時代史學家、文學家。

賞析

少年時的離別總是容易的，來日方長，相聚的日子多着呢。然而歲月蹉跎，世事蹭蹬，人生如白雲蒼狗，倏忽幾十年如過眼雲煙。少年之別，再相聚已是垂垂老矣，那麼老年之別，再相聚又是何時呢？「勿言一樽酒，明日難重持」，這一杯薄酒，下次再拿起來怕是難了。由少年的「易」到衰暮的「難」，這是歲月給人最深的慨歎。

沈約少時便與范安成交好。兩人都歷經宋、齊、梁三代，眼看朝代更替，政治動盪，至親好友紛紛謝世，鮮有善終。此時把酒相逢更有世事茫茫、人生多艱之感。「及爾同衰暮，非復別離時」，不復當年的豈止是容顏，還有心境。少年的躊躇滿志在歲月蹉跎中消磨殆盡，「而今識盡愁滋味」，百般人生況味雜陳着遲暮與感傷。慶幸的是還有老朋友的陪伴和共同的回憶，可惜分別就在眼前。《韓非子》中戰國的張敏想念好友高惠，夢中往尋，迷路而返。倘若分別後我也在夢裏尋你不見，又有甚麼來聊慰我這老邁的相思之情呢？

唐人杜甫重逢老友亦有類似的感歎：「人生不相見，動如參與商。今夕復何夕，共此燈燭光。少壯能幾時，鬢髮各已蒼。……主稱會面難，一舉累十觴。……明日隔山嶽，世事兩茫茫。」

陶弘景（456—536），字通明，號華陽隱居。丹陽秣陵（今江蘇南京）人。南朝齊梁時期的著名隱士。

詔問山中何所有賦詩以答

陶弘景

山中何所有，嶺上多白雲。
只可自怡悅，不堪持贈君。

賞析

隱士，在中國的文化傳統中被賦予了崇高的意義，《周易》中已有「不事王侯，高尚其事」「幽人貞吉」的說法。陶弘景是齊梁時期的著名隱士，受到齊梁兩朝帝王的推重，時人稱為「山中宰相」。

從詩題看，「詔問」是皇帝垂問，「山中何所有」並非皇帝不知山中有甚麼，而是問相比於朝堂之上的榮名富貴，山中有甚麼更吸引你呢？陶弘景的答案很簡單：「嶺上多白雲。」「白雲」雖然簡單，卻有豐富的象徵含義。白雲潔白無瑕，隨風飄蕩，隨遇而安，恰似隱士放棄了對功名利祿的追求，超然淡泊於人間富貴之外，體現出一種不爭不貪、知止自足的美德。白雲自由自在，任意舒捲，恰似隱士高潔的人格，自由而詩意的生活。不過這些都是隱士自己的體悟，很難說給俗人聽，說了也難以讓俗人明白，所以「只可自怡悅，不堪持贈君」。

從世俗地位來說，陶弘景是臣，接到皇帝的詔書，怕得誠惶誠恐。可是，陶弘景的姿態卻很高，甚至表現出精神上超乎帝王之上的意味，儼然真隱士的風度。

入若耶溪

王籍

艅艎何泛泛，空水共悠悠。[1]
陰霞生遠岫，陽景逐迴流。[2]
蟬噪林逾靜，鳥鳴山更幽。
此地動歸念，長年悲倦遊。

王籍（生卒年不詳），字文海。琅琊臨沂（今山東臨沂）人。南朝梁詩人。

1 艅艎：舟名。

2 陽景：日影。

賞析

這首詩在詩史上名聲很大，主要在「蟬噪林逾靜，鳥鳴山更幽」一聯。

詩的前三聯寫景，最後一聯抒情。第一聯點題，寫乘船進入若耶溪，溪水開闊，溪流平緩，「泛泛」和「悠悠」，可以見出閒適之意。第二聯寫放眼四望，看到遠山上空晚霞點染，近處陽光灑落在曲折的溪水上，波光粼粼。「逐」字是擬人手法，似乎陽光有意，寫得頗有意趣。第三聯從聽覺的角度來寫，聽到了蟬噪鳥鳴，反而更感覺到山林的幽靜。這一聯以聲寫靜，向來被人稱道。如果沒有任何聲音，山林中將是一片死寂；如果各種聲音太多，山林中將會一片喧囂；惟有單調的蟬噪和清脆的鳥鳴，既裝點出自然的生意，又不致破壞山林的幽靜，並且還反襯出山林的幽靜。

深幽的山林美景讓詩人喜愛，也不禁想到自己現在的宦遊生活，於是詩人在第四聯發出感喟：長年的宦遊生活讓人倦怠，的確是應該回家了。

寄王琳

庾信

玉關道路遠，金陵信使疏。
獨下千行淚，開君萬里書。

庾信（513—581），字子山。南北朝時期辭賦家、詩人。

賞析

五絕是簡省的，但這二十字傳遞出浩瀚的悲哀。

詩人庾信在錦衣玉食的南朝梁代宮廷中長大，才華橫溢，名重一時。三十二歲出使鄰國東魏，東魏對他極盡禮遇，使之詩名更盛。此時的庾信風華正茂，意氣飛揚。誰知回國僅三年，侯景叛亂，梁武帝去世，殺戮動盪中，他的三個孩子相繼夭折。家國飄零中，他逃到梁元帝在江陵新建的朝廷，出使西魏。不料同年西魏就擄掠江陵，隨後元帝被殺。三年後，故國灰飛煙滅。詩人卻一直被羈留於千里之外的敦煌玉門關，無能為力。來自首都金陵的消息稀少而滯後。詩人憂慮又恥辱，絕望又心切，憤懣到近乎撕裂。此時他收到一封來自梁室忠臣王琳的來信，信裏也許是舉兵復國的消息，也許是對自己這個無人惦記的失節舊臣的問候，家國回憶、命運慨歎絡繹奔湧而來，千行熱淚不禁滾滾而下。

詩中的悲哀充溢了玉門關和金陵之間萬里的距離，「疏」字表現兩地音信隔絕，更為詩歌架起蒼涼疏闊的空間感。在充滿悲哀的天地間，「獨」字顯得孤單渺小，但千行熱淚的痛苦與激動支撐起了這個個體，使他打開書信的一瞬間顯得無比深摯感人。

敕勒歌

北朝樂府

敕勒川，陰山下。[1]
天似穹廬，籠蓋四野。[2]
天蒼蒼，野茫茫。
風吹草低見牛羊。[3]

1 敕勒川：敕勒族居住的地方，在今山西、內蒙一帶。川，平原。敕勒，北齊時居住在朔州（今山西省北部）一帶的遊牧部落。

2 穹廬：用氈布搭成的帳篷。

3 見：通「現」。

賞析

北方的大草原上，曾經無數的遊牧部族來了又去。他們的崛起與征伐，他們的輝煌與湮滅，史冊中有或詳或略的記載。然而他們的日常生活與情感，他們在日出日落間的歌哭哀樂，卻極少有文字流傳下來。《敕勒歌》則是一幅聚焦的圖景。

歌中呈現了一個遼闊蒼茫的世界。這個世界以高聳綿延的陰山為背景，陰山下一望無垠的大草原在天地間延展，似乎一直延展到天邊。天和地相連在一起，天空猶如一頂巨大的氈帳，籠罩住大地。天空湛藍，草原遼闊，當風吹過草原，豐茂的牧草隨風低伏，顯露出一羣羣的牛羊。

這首歌最初很可能是北朝鮮卑語的歌，而後翻譯成了漢語。最早唱這首歌的，是東魏高歡的大將斛律金。高歡被西魏擊敗，軍隊士氣低落，因而命斛律金唱《敕勒歌》，於是將士懷舊，軍心振奮。斛律金是敕勒族人，高歡手下多是鮮卑人，他們都是草原人，這首歌讓他們彷彿回到了北方的大草原上，再次看到了美麗富饒的家鄉。

木蘭詩

北朝樂府

唧唧復唧唧，木蘭當户織。[1]

不聞機杼聲，惟聞女歎息。

問女何所思，問女何所憶。

女亦無所思，女亦無所憶。

昨夜見軍帖，可汗大點兵，

1 唧唧：織機的聲音。

軍書十二卷，卷卷有爺名。[2]
阿爺無大兒，木蘭無長兄，
願為市鞍馬，從此替爺征。
東市買駿馬，西市買鞍韉，[3]
南市買轡頭，北市買長鞭。[4]

旦辭爺娘去，暮宿黃河邊。
不聞爺娘喚女聲，但聞黃河流水鳴濺濺。[5]
旦辭黃河去，暮至黑山頭。
不聞爺娘喚女聲，但聞燕山胡騎鳴啾啾。
萬里赴戎機，關山度若飛。[6]
朔氣傳金柝，寒光照鐵衣。[7]
將軍百戰死，壯士十年歸。

2 軍書十二卷：徵兵的名冊很多卷。爺：這裏是對父親的稱呼。

3 韉（jiān）：馬鞍下的墊子。

4 轡（pèi）頭：駕馭牲口用的嚼子、籠頭和韁繩。

5 濺濺（jiānjiān）：水流激射的聲音。

6 戎機：指戰爭。

7 朔氣傳金柝：北方的寒氣傳送着打更的聲音。金柝（tuò），即刁斗，古代軍中用的一種鐵鍋，白天用來做飯，晚上用來報更。

歸來見天子，天子坐明堂。
策勳十二轉，賞賜百千強。[8]
可汗問所欲，木蘭不用尚書郎，[9]
願馳千里足，送兒還故鄉。[10]

爺娘聞女來，出郭相扶將。
阿姊聞妹來，當户理紅妝。
小弟聞姊來，磨刀霍霍向豬羊。
開我東閣門，坐我西閣床。
脱我戰時袍，着我舊時裳。
當窗理雲鬢，對鏡貼花黃。[11]
出門看火伴，火伴皆驚忙。[12]
同行十二年，不知木蘭是女郎。

8 策勳十二轉：記很大的功。策勳，記功。轉，勳級每升一級叫一轉，十二轉為最高的勳級。賞賜百千強：賞賜很多的財物。百千，形容數量多。強，有餘。

9 尚書郎：尚書省的官。

10 千里足：千里馬。

11 花黃：古代婦女的一種面部裝飾物。

12 火伴：即夥伴。

雄兔腳撲朔，雌兔眼迷離；[13]
雙兔傍地走，安能辨我是雄雌？[14]

[13] 雄兔腳撲朔，雌兔眼迷離：據説，提着兔子的耳朵懸在半空時，雄兔兩隻前腳時時動彈，雌兔兩隻眼睛時常瞇着，所以容易辨認。撲朔，爬搔。迷離，瞇着眼。

[14] 雙兔傍地走，安能辨我是雄雌：兩隻兔子貼着地面跑，怎能辨別哪隻是雄兔，哪隻是雌兔呢？傍（bàng）地走，貼着地面並排跑。

賞析

木蘭代父從軍的故事，綿延久長。它的出現，有特定的歷史背景：南北朝時，北方先後出現了北魏、西魏、東魏、北周、北齊諸政權，多由鮮卑人建立，由此現存北朝民歌中不乏表現尚武精神的作品，如「新買五尺刀，懸着中樑柱。一日三摩挲，劇於十五女」，如「七尺大刀奮如湍，丈八蛇矛左右盤，十盪十決無當前」。《木蘭詩》就產生於這樣一個時代環境中，但講述木蘭女扮男裝，代父從軍，卻不見對尚武精神的推崇，反而把重點放在對和平生活的嚮往以及木蘭的女兒情態的描寫上。

木蘭從軍的原因，不是木蘭自己尚武好強，渴望建功立業，而是由於父親被國家徵發，家中別無成年男丁，木蘭才毅然挺身而出，代父從軍。而十二年的戎馬生涯，木蘭必然經歷了無數次血戰，九死一生，可是在詩中卻只用「萬里赴戎機，關山度若飛。朔氣傳金柝，寒光照鐵衣。將軍百戰死，壯士十年歸」幾句就概括了，並未渲染木蘭的戰場廝殺和戰功卓著。當戰爭結束，天子賞賜時，詩歌也沒有鋪陳戰功帶來的榮耀和功名富貴。

詩的開篇寫木蘭紡織，這是一幅很日常的圖景，在和平時期，紡織是一個女子承擔的基本的勞作。當戰爭結束，木蘭謝絕了所有賞賜，一心只想回家，回到親人身邊，回到和平的日常生活。當木蘭回到家鄉，詩歌濃墨重彩地渲染了木蘭父母姊弟迎接木蘭歸家的興奮與快樂，展現出了濃郁的親情。

木蘭當然是英勇的。一旦決定了代父從軍，就奔波於東西南北市採購裝備；奔赴前線，行軍神速；經歷了長期艱苦的戰鬥生活，終於勝利歸來。但這一切並非用來證明如後世戲曲中所唱的「誰說女子不如男」，戰爭也沒有使她異化。詩中寫木蘭對父母的愛，不僅體現在代父從軍。行軍途中的「不聞爺娘喚女聲」，正是寫出她心中對父母的思念。戰爭一結束，首先想到的是「送兒還故鄉」，回家見父母。詩中對木蘭着力表現的，還有木蘭的女兒情態。回到家的木蘭，「開我東閣門，坐我西閣床。脱我戰時袍，着我舊時裳。當窗理雲鬢，對鏡貼花黃」，寫出了木蘭終於恢復女兒裝扮、重現女兒身份的喜悦。

全詩的最後充滿戲劇性和喜劇性：和木蘭同行十二年的夥伴們此時才發現木蘭的女兒身份。結尾四句既可理解為木蘭對夥伴的回答，也可理解為詩歌的敍述者代為解釋，用雙兔一起奔跑讓人難以辨別雌雄的現象，比喻木蘭從軍多年未被發現真實身份。不論哪種理解，都為木蘭增添了一種俏皮的性格。

也許可以這麼説，木蘭代父從軍的英勇使她成為了文學史上一個光彩照人的形象，而她的種種女兒情態，使她令人感到親切，千百年來被後世讀者接受和喜愛。

薛道衡（540—609），字玄卿。河東汾陰（今山西萬榮縣）人。隋朝詩人。

人日思歸

薛道衡

入春才七日，離家已二年。
人歸落雁後，思發在花前。

賞析

人日，即正月初七日，是古人習俗中一個很重要的節日。所謂「每逢佳節倍思親」，人日本應該是和家人團聚、和親友嬉遊的日子，但現在詩人卻遠在異鄉，自然觸發了對家人和家鄉的濃濃思念之情。

詩的第一聯裏用「七日」和「二年」作對比，「七日」是對當下時間的感受，以元日為起點，才剛剛過去七天，人們在這七天裏感到的是春天來臨的欣悦和喜慶的節日氣氛；「二年」是對過往時間的感受，以離家之日為起點，到現在已經兩年，從離家的那天起，對家的思念也就開始了，在「七日」的對比之下，「二年」顯得尤其漫長。而「才」和「已」更加深了這種對比，也使思家之情呼之欲出。

詩的第二聯裏竟含了三個對比。第一個是與大雁的對比，大雁每到春天就會北歸，而詩人卻身不由己，同樣身在南方的他，不知何時才能返回北方的家鄉。第二個是與花開的對比，春天來臨，百花就要開放，而自己的思歸之情則早已生發。第一個對比突顯自己的歸家時間之晚，第二個對比突顯自己思歸心情之切。而「後」和「前」兩個詞，又將歸家時間之晚和思歸心情之切形成對比，使二者更加鮮明，突顯出詩歌的主旋律。

送杜少府之任蜀川[1]

王勃

城闕輔三秦，風煙望五津。[2]
與君離別意，同是宦遊人。[3]
海內存知己，天涯若比鄰。
無為在歧路，兒女共沾巾。[4]

王勃（約650—676），字子安。絳州龍門（今山西河津）人。與楊炯、盧照鄰、駱賓王合稱「初唐四傑」。

1 少府：唐時對縣尉的稱呼。

2 城闕輔三秦：城闕，即城樓，指長安城；三秦，指關中地區，項羽曾分秦地為三，故有此稱。此句謂長安以關中為其輔助、拱衛。五津：指岷江上的五個渡口，泛指蜀川。

❸ 宦遊人：因做官而離開家鄉的人。

❹ 無為：無須，不必。

賞析

悲傷，歷來是離別詩的題中應有之義。王勃此詩卻一反常規，為人送行，反而聲稱：分別之際，無須悲傷。

我們已經不知道杜少府是何人了，從官銜看，少府在唐代是對縣尉的通稱，杜少府也許正處在仕途起步階段，也許像王勃一樣年輕。他們在長安分別，杜少府將前往蜀中的某個縣任職，這中間隔了一重重山一道道水，路途遙遠。轉身之後，杜少府將面對的是長途跋涉的艱苦，獨在異鄉的孤獨，不知要經過多少時日後才會返回都城，才會與今日分別的這些友人再次相聚。怎能不悲傷呢？

王勃並非不近人情。他同樣有應該悲傷的理由，不僅僅是因為與朋友的分別。此一刻，雖然杜少府是遠行者，他是送行者，但他和杜少府一樣，也是遠離家鄉的宦遊人。同樣的宦遊他鄉，在蜀中和在長安有甚麼區別呢？但王勃拒絕悲傷，他用少年人的豪情，和對未來命運的堅定自信，發出了朗吟：海內存知己，天涯若比鄰。

是的，真摯的友情可以超越時間，跨越空間，陪伴着你度過孤獨的歲月。放達的胸襟可以消解悲傷，化解迷茫，讓你在山長水遠的路上昂揚前行。

山中

王勃

長江悲已滯，萬里念將歸。
況屬高風晚，山山黃葉飛。

賞析

這是一首小詩，篇幅短小，即景抒情；這又是一首「大」詩，境界開闊，氣象不凡。

詩人們寫到長江，歷來注意到的是江水的流速湍急，水流浩大。在王勃之前，謝朓寫過「大江流日夜」；在王勃之後，杜甫有「不盡長江滾滾來」，李白說「千里江陵一日還」。但王勃偏偏說「長江悲已滯」——其實是他自己滯留異鄉，內心悲傷，恍惚中竟覺得連長江也停滯不流了。家卻在萬里之外，尚不知何時能夠回去。羈旅之愁，念歸之思，一定是長久鬱結在心中的。而現在時令正是深秋，一年將要到頭，更讓人起歸家之情。

風急天高，落葉紛飛，詩人站立在暮色之中，愁思再也抑制不住，彷彿化作無數的黃葉，在風中飄離枝頭，在天地間隨風飛揚。

楊炯（650—約692），華陰（今屬陝西）人。唐初文學家，「初唐四傑」之一。

❶ 西京：指長安。

❷ 牙璋：皇帝發兵所用的兵符，這裏指代出征的將領。鳳闕：指皇宮。龍城：本指匈奴人祭天的地方，此處指敵方要塞。

❸ 百夫長：泛指下級軍官。

從軍行

楊炯

烽火照西京，心中自不平。[1]
牙璋辭鳳闕，鐵騎繞龍城。[2]
雪暗凋旗畫，風多雜鼓聲。
寧為百夫長，勝作一書生。[3]

賞析

唐代邊塞戰爭頻繁，由於國力強盛，在初唐和盛唐時期頻頻取得對外用兵的勝利。投筆從戎，萬里封侯，是很多唐代詩人特別是初盛唐詩人都夢想過的。有些詩人付諸行動，比如高適、岑參等都有過從軍塞外的經歷，甚至長期生活在異域。更多的詩人雖然沒有實際出塞的經驗，卻把他們的嚮往和想像寫在了詩中。楊炯的《從軍行》便是初唐邊塞詩中的名作。

由於未曾親身體驗過邊塞戰爭，這首詩沒有為我們提供戰爭的細節和親歷者的感受，但通過想像和歷史經驗，成功地渲染出了戰爭的氣氛，描摹了戰爭的畫面。詩的第一聯直接從戰事的緊急着筆，這是激起書生投筆從戎的原因，也是大軍出征的背景。第二聯用兩幅畫面概括了戰事的進行，第一幅畫面是大軍離開都城出征，第二幅是大軍包圍敵方要塞。而從出征到包圍敵方要塞之間，一定經歷過不止一次激戰。第三聯是戰場畫面的呈現，戰鬥是在風雪中進行，大雪瀰漫，戰旗在大雪中已看不分明；大風呼嘯，指揮士兵進攻的鼓聲一刻也不消歇。至於奮勇殺敵的將士們，在風雪旗鼓的烘托下，也就躍然紙上了。

最後一聯很容易使我們想到東漢班超的那句話：「大丈夫無它志略，猶當效傅介子、張騫立功異域，以取封侯，安能久事筆研間乎？」唐代的書生，的確不乏這種從軍的豪情壯志。

登幽州台歌

陳子昂

前不見古人，後不見來者。

念天地之悠悠，獨愴然而涕下。

陳子昂（659—700），字伯玉。梓州射洪（今四川三台潼川）人。標舉漢魏風骨，是唐代前期文學風氣轉變的積極推動者。

賞析

闃其無人的曠野上，一個人兀立在天地之中。

幽州台曾經羣星璀璨，勃發有力的豪傑們創造了一個個輝煌的時代。然而，他不曾遇見。未來也將會有光明俊偉的時代光照後人。但那時他已死去。深刻的不遇之感洶湧而來。舉首望向蒼穹，天地茫茫，巨大的時空中只有他孤獨一人，悲愴的眼淚流淌下來。

這偉大的孤獨者正是陳子昂。他生逢女主武則天時期，積極用世，言多且直，不願逢迎。萬歲通天元年（696）陳子昂自請從軍，跟隨武攸宜去北方與契丹作戰，未得信用，坎坷落魄。他於是登幽州台而作此歌。幽州台曾是燕昭王堆積黃金禮遇樂毅、郭隗等賢才之所，是禮賢下士的聖明君主的象徵。在此發古之幽思，不由悲從中來。

先驅者的孤獨不僅在政治上，在文學上陳子昂也是開風氣之先。他對初唐過於講究形式的詩風不滿，主張步追建安、正始，注重詩中感發的情意、深刻的寄託。這對後來的盛唐文學影響很大。韓愈曾説：「國朝盛文章，子昂始高蹈。」可惜如此胸懷大志的人終究沒有遇上政治開明的盛世。他辭官回到家鄉梓州後，武攸宜、武三思買通梓州縣令誣陷陳子昂，以「莫須有」之名將他下獄迫害致死。

但他對時代的一片拳拳真摯之意和悲壯的孤獨最終留了下來。無數後人為之深深感動，並傳誦千年。

張若虛（生卒年不詳），揚州人。與賀知章、張旭、包融並稱「吳中四士」。存詩兩首，以《春江花月夜》著名。

1 灩灩（yàn）：水波動盪閃光的樣子。

2 芳甸：遍生花草的原野。霰（xiàn）：小冰粒，俗稱雪子，此處形容皎潔月光下的花朵。

3 汀（tīng）：水邊平地。

春江花月夜

張若虛

春江潮水連海平，海上明月共潮生。
灩灩隨波千萬里，何處春江無月明。[1]
江流宛轉繞芳甸，月照花林皆似霰。[2]
空裏流霜不覺飛，汀上白沙看不見。[3]
江天一色無纖塵，皎皎空中孤月輪。
江畔何人初見月？江月何年初照人？
人生代代無窮已，江月年年只相似。
不知江月待何人，但見長江送流水。
白雲一片去悠悠，青楓浦上不勝愁。
誰家今夜扁舟子？何處相思明月樓？

4 可憐：可愛。

5 砧（zhēn）：搗衣石。

6 碣（jié）石指北，瀟湘指南。無限路：表示離人相距之遠。

可憐樓上月徘徊，應照離人妝鏡台。[4]

玉户簾中捲不去，搗衣砧上拂還來。[5]

此時相望不相聞，願逐月華流照君。

鴻雁長飛光不度，魚龍潛躍水成文。

昨夜閒潭夢落花，可憐春半不還家。

江水流春去欲盡，江潭落月復西斜。

斜月沉沉藏海霧，碣石瀟湘無限路。[6]

不知乘月幾人歸，落月搖情滿江樹。

賞析

春江花月夜，五個最動人的詞組成一幅良辰美景構成詩題，穠麗曼妙，如夢如幻。詩中的春江花卻在夜月的籠罩下一洗穠豔，盡顯出清華高潔的氣質，從而引發了淵默的宇宙玄想和深摯的人間相思。

全詩前八聯寫夜景與遐思，後十聯寫思婦與遊子。每兩聯構成一節，韻隨節換。開篇由江月寫至花林。江海鼓盪，明月冉冉升起。天地間蜿蜒的江水都輝映着月光，寥廓清亮。江邊豔麗的花林被皎潔的月光披上一層晶瑩的細雪，顯出剔透的寒意。天地間山川如洗，朗月高懸。在她神秘、冷峻、溫柔的注視下，時空凝結成永恆。沒有比它更古老的過去，沒有比它高遠的未來。「詩人與『永恆』猝然相遇，一見如故，於是談開了——對每一問題，他得到的彷彿是一個更神秘的更淵默的微笑，他更迷惘了，然而也滿足了。」（聞一多《宮體詩的自贖》）

今夜的明月還朗照着誰？視線隨白雲飛至青楓浦，扁舟遊子正望月懷人：可愛的月影此刻正在她的樓上移動吧，是否照拂着映出她容顏的妝鏡台呢？月光惹得她相思不已，她放下簾子，不料搗衣板上又瀉滿月光。共享這明月卻無法互訴衷腸，多希望能乘着月光來到他身旁。或者讓魚雁去傳書吧！但鴻雁無法乘光而度，魚龍也只在水上寫文。遊子昨夜夢見落花，春已過半，他還無法回家。江水東流，月落西斜，時光飛逝，離人各天涯。不知有幾人乘着月色歸家，落月搖盪着離情別緒灑滿了江畔一樹春花。

張九齡（678—740），韶州曲江（今廣東韶關）人。盛唐時代政治家、詩人。

望月懷遠

張九齡

海上生明月，天涯共此時。
情人怨遙夜，竟夕起相思。
滅燭憐光滿，披衣覺露滋。
不堪盈手贈，還寢夢佳期。

賞析

大海吞吐出明月，明月靜靜升起，像一場神聖的儀式。清輝灑下，海面泛起粼粼的波光。人間也感知到了黑夜中升起的光明，紛紛翹首仰望。海上生明月，天涯共此時。萬里之隔的人們都共享着這同一輪明月，這讓人安慰，更引起淡遠的相思。

有情之人怨念夜的漫長，整夜都是不盡的相思。月光染淡了房屋深處的夜色，熄滅燭火，讓一屋都裝滿溶溶的月光。走出去感受皓月的光輝吧，披衣出戶，望月良久，夜露漸生，一片清寒。多想把這美好的月色雙手滿捧給遠方的人，但月色無法握住，還是到夢中，夢中與你相期。

回鄉偶書

賀知章

少小離家老大回，鄉音無改鬢毛衰。[1]
兒童相見不相識，笑問客從何處來。

賀知章（約659—約744），字季真，號四明狂客。越州永興（今浙江杭州蕭山）人。與張旭、張若虛、包融並稱「吳中四士」，著名詩人。

[1] 鬢毛衰：指年已老邁，鬢髮脱落減少。鬢毛，額角邊靠近耳朵的頭髮。衰（cuī），減少，疏落。

賞析

少小離家，暮年返鄉，這中間便是一生。其間不知品味了多少世情冷暖，經歷了多少宦海風波，體驗了多少悲歡離合，而不論窮達，家鄉的山水和親友始終是心中溫暖的記憶，家鄉始終是心中確認的最終要回歸的田園。當走出很遠，離開很久之後，遊子身上保留的與家鄉最外顯的紐帶，就是「鄉音」。在外宦遊幾十年，回到家鄉，聽到別人講的，自己衝口而出的，都是熟悉而久違的鄉音。

可是幾十年的時間，不論遊子還是家鄉，畢竟不能停駐在當初的模樣了。自己的鬢髮已斑白稀疏，曾經的少年已變成老翁，恐怕當年親密無間的小夥伴也認不出自己了吧，更何況眼前嬉笑經過的一羣兒童。他們好奇的目光，他們熱情的發問，讓遊子意識到自己在家鄉已如同旅人一般。

回到家鄉的興奮，步入暮年的感傷，見到鄉人的親切與陌生，在詩人心中交織出萬千感慨。

登鸛雀樓

王之渙

王之渙（688—742），晉陽（今山西太原）人。盛唐著名詩人。

白日依山盡，黃河入海流。
欲窮千里目，更上一層樓。

賞析

這是一首中國人都能脱口即誦的詩。

鸛雀樓位於今天的山西蒲州西南，前臨黃河，許多詩人都曾登臨，從古到今在鸛雀樓留下的詩作不知有多少，但都被籠罩於王之渙此詩的光芒之下。

詩的第一聯便已無人能及。詩人登上鸛雀樓，放眼天地間，被蒼茫的景象所震撼，以大手筆描繪出了這一景象。向西望去，一輪落日正緩緩墜入連綿起伏的羣山之後；氣勢磅礴的黃河滾滾而來，沿着河水奔流的方向，向東望去，黃河最終匯入遙遠的茫無邊際的大海。畫面極其簡練，從西到東，落日、羣山、黃河、大海，依次展開；畫面也極其闊大，彷彿將整個天地都納入其中。

詩的第二聯看似說了一個生活常識，站得越高，看得越遠。但有了前一聯的壯闊景色作鋪墊，這個生活常識昇華成了富有意趣、極其貼切的人生哲理，其中寫出了唐人不斷進取的時代精神，大有「孔子登東山而小魯，登泰山而小天下」的胸襟和氣度。

涼州詞

王之渙

黃河遠上白雲間，一片孤城萬仞山。

羌笛何須怨楊柳，春風不度玉門關。

賞析

千山萬仞中屹立着一片孤城，堅毅中透着憂怨。

大河滔滔，奔騰東來。溯流遠望，黃河直上白雲之間，顯出「黃」「白」色彩蒼莽的氣象。而「上」字則顯出河水的斜勢，充滿浩蕩的力量。放眼岡陵起伏，壁立千仞。其中有一片邊防城壘，屹立在黃河白雲、壁立千仞中，顯得格外孤拔，有如鎮守邊疆的戰士，堅毅而孤獨。

遠處傳來悲涼高亢的羌笛聲，為何要吹奏那首哀怨的《折楊柳》？折柳送行的家鄉畫面陡然浮現，思鄉之情湧上心頭。但春風不度玉門關，這兒連慰藉鄉思的楊柳都沒有。此詩妙在以不怨寫怨，詩中人責備惹鄉情的羌笛，看似堅強，實則歸心似箭，一觸即發，更何況「所遇無故物，焉得不速老」。在這荒涼的千里之外，沒有可資慰藉的家鄉風物，邊塞將士的不易和怨思呼之欲出。但終究還是含而未發，哀怨中仍不失敦厚和昂強。

春曉

孟浩然

春眠不覺曉，處處聞啼鳥。
夜來風雨聲，花落知多少。

孟浩然（689—740），字浩然。襄州襄陽（今屬湖北）人。盛唐詩人，長於山水田園詩。

賞析

全詩妙在「不覺」二字。

春睡慵懶，睜開眼日頭已高。再睡一會兒吧，惺忪迷蒙間只聽得窗外啼聲四起，婉轉清亮，好不愜意。夜裏似有風雨之聲，也不知蓊鬱的花枝被雨點打落了幾朵。

前兩句喜春，後兩句惜春。但歡喜與憐惜都像一個念頭，一點火花，閃過朦朧的睡意本身。鳥囀鶯啼，嚶嚶成韻，詩人卻並不刻意去捕捉，他只是高臥享受，恬淡自在。夜來風雨，落花滿地，他也不執着於悲惜，只是淡淡一問，並無意去察看。

日曉、啼鳥、風雨、落花，時光流轉和美好的生滅都在閒散的春眠中感而「不覺」。於是一片渾然天機，寬舒自在。玲瓏天真的盛唐氣息在詩中展露無遺。

宿建德江

孟浩然

移舟泊煙渚，日暮客愁新。
野曠天低樹，江清月近人。

賞析

寂寞而又清曠是孟浩然獨特的風味。

開元十八年，詩人求官不成，便南遊江浙以排遣心中愁緒。行舟至建德江時，暮靄沉沉。停船靠岸，岸邊水汽如煙，一片蒼茫。天晚了，悲傷籠罩下來，但與昨日的不同。平野開闊，天空低沉至樹梢。清江映月，卻與我相親近。

煙渚、日暮、天低，暈染了一片迷離、昏暗、壓抑的空氣，低落的心情蔓延開來。「日暮客愁新」，「新」字似乎加重了客愁，對着毫無抵抗力的人侵襲而來；「新」也提亮了詩句，客愁因為「新」而有了活力，那不是陳腐灰暗的憂傷，而是鮮明的、鼓盪人心的悲愁。

這悲愁有「野曠」的原始、坦蕩、寬展，又有「天低」的嚴厲，厚重陰沉的雲在低空緩緩奔流。天地間只有樹挺立着，孤獨地將天地接通。曠遠、嚴肅、野性、低沉，但同時又清澄、靈動、親切，一如「江清月近人」。這孤寂的豐富風味讓人感到詩人雖然淒傷，卻有着解悟和自信。他站在清江舟頭，在坦蕩的曠野上，在高朗的明月下，在無盡的天地中。這是盛唐人的愁，包羅萬象，渾然天成。這樣有力又不失輕靈的愁，後世很少再能見到。

與諸子登峴山

孟浩然

人事有代謝，往來成古今。
江山留勝跡，我輩復登臨。
水落魚梁淺，天寒夢澤深。
羊公碑尚在，讀罷淚沾襟。

賞析

「人事有代謝，往來成古今」，起句高古。一代代人老去、死亡，同時新的生命誕生、成長。人世流轉，古今更迭。崢嶸的人間像大自然一樣隨時上演着無數死亡和新生，歡悅與悲涼。這些綿延不斷的消逝和更替組成了古今往來的真實歷史。

這博大而又冷峻的詩句怎會劈空而來？詩人在登峴山、觀古蹟時頓悟出此。峴山在晉吳對峙的前線襄陽，名臣羊祜曾鎮守於此，德高望重，造福於民。他與友人登峴山時曾感慨：「自有宇宙，便有此山，由來賢達勝士，登此遠望如我與卿者多矣，皆湮滅無聞，使人悲傷。」

盛唐時孟浩然再度登臨。他有感於羊祜的悲歎，並加以發揮，升拔至宇宙、歷史的高度，以上帝之眼俯瞰人世興衰，目光冷峻、滄桑。然而一提到「我輩」，視角便由天轉換到人，不自覺地流於個體將滅的哀傷。聖人忘情，最下不及情，而凡人總不免於情。想及自己終將逝去卻湮滅無聞，詩人的心頭湧起悲傷。天寒水落，隱士龐德公居住的魚梁洲裸露出來，雲夢澤在一片白露橫江中格外幽深清寒。羊祜當年文治武功，百姓們懷念他的墮淚碑還在眼前，而羊公早已作古。功業遠不及羊公的我又會留下怎樣的痕跡？想及此，泫然流淚，悲不自禁。

過故人莊

孟浩然

故人具雞黍，邀我至田家。
綠樹村邊合，青山郭外斜。
開軒面場圃，把酒話桑麻。
待到重陽日，還來就菊花。

賞析

訪友閒聊的瑣事在詩人筆下卻有樸茂深永的盎然情趣。

題目是我去拜會老友的田莊，詩歌卻從老朋友寫起：他宰雞又煮黃米飯，請我到田莊作客。朋友盛情相邀、真摯懇切，因而我出門前就興致盎然，走在赴約路上更是腳步輕快，四望怡然。

遠望田莊，綠樹四合，桃花源的遐想浮上心頭。一脈青山在城外橫斜，點染出一派清曠開遠。到了田莊，打開窗便是寬闊的打穀場和苗圃，我們把酒對飲，嘮嘮農戶的家常。聊得高興了，便約定下一次重陽節的聚會，那時我要品嚐你新釀的菊花酒。

全詩簡樸清新，寬舒自然，顯出隱士生活淳樸自適的氣息。孟浩然還有些清澄悠遠的詩，也表現隱士生活，如「北山白雲裏，隱者自怡悅。相望試登高，心隨雁飛滅。愁因薄暮起，興是清秋發。時見歸村人，平沙渡頭歇。天邊樹若薺，江畔洲如月。何當載酒來，共醉重陽節」。詩與人都如此風神散朗，難怪李白讚道：「吾愛孟夫子，風流天下聞。紅顏棄軒冕，白首臥松雲。醉月頻中聖，迷花不事君。高山安可仰，徒此揖清芬。」

出塞（其一）

王昌齡

秦時明月漢時關，萬里長征人未還。

但使龍城飛將在，不教胡馬度陰山。

王昌齡（698—約756），字少伯。京兆長安（今陝西西安）人。盛唐詩人，擅七絕，被譽為「七絕聖手」。

賞析

此詩開門見山，氣象非凡。「秦時明月漢時關」，那麼堅定，那麼久遠，在時間上、空間上都造成不可磨滅的印象。它如雕塑般屹立千古，給我們短暫的生命帶來了永恆的認識。月色柔美，本不適於表現這堅定，但「秦時明月漢時關」的月照得分明、壯觀，彷彿從秦漢直照到唐代，於是「萬里長征」這一空間距離也就不僅是某個征夫與家人的阻隔，而是在重複着由秦漢至唐的千百年來「人未還」的共同悲劇。

這悲劇如何才能結束？如果有像衛青、李廣這樣的將軍，胡人就不敢度境侵犯了。「龍」「飛」二字雄強有力；「但使」「不教」語氣堅定、毋庸置疑。對英雄名將的堅定不移的確信和渴求使全詩氣勢雄渾、聲調高昂。英雄一出，誰與爭鋒！

敬慕古來名將的背後，今無良將的不滿呼之欲出。但詩人並未明說，只是含蓄地暗示，可謂「微而顯」，「婉而成章」。但氣概渾厚，毫不孱弱。全詩飽滿昂揚又回味無窮。

從軍行（其四）

王昌齡

青海長雲暗雪山，孤城遙望玉門關。
黃沙百戰穿金甲，不破樓蘭終不還。

賞析

青海高原上一片蒼莽，荒無人煙。陰雲密佈長空，厚重地堆積在綿亙千里的祁連山上，連雪峰都暗淡了。千山萬壑中有一片孤城，堅守在荒涼的西北邊陲，遙望河西走廊上的另一個要塞——玉門關。孤城的守望就像是戍邊的將士，駐守在廣漠陰沉的邊塞，孤獨而悲壯。

駐兵的日常已然如此，戰時的條件更為惡劣。風暴驟至，黃沙盤旋在天地之中，不見天日。沙子在狂風裏挾下密集地向人襲來，一粒粒打在身上錚錚有聲。「黃沙百戰穿金甲」，「穿」字形象地表現了沙塵暴的速度與殺傷力，可見環境險惡，戰亂頻仍。漫天黃沙，將士們仍然要頂風出戰，對抗兇悍的敵人，但他們志氣如神，不破樓蘭終不還！豪邁堅定、鏗鏘有力的口號在前三句的鋪墊下尤顯壯烈，讓人動容。

王昌齡的邊塞七絕都有很強的感發力，如「烽火城西百尺樓，黃昏獨坐海風秋」，「大漠風塵日色昏，紅旗半捲出轅門。前軍夜戰洮河北，已報生擒吐谷渾」，還有「琵琶起舞換新聲，總是關山舊別情。撩亂邊愁聽不盡，高高秋月照長城」。

芙蓉樓送辛漸[1]

王昌齡

寒雨連江夜入吳，平明送客楚山孤。
洛陽親友如相問，一片冰心在玉壺。

[1] 芙蓉樓：原名西北樓，遺址在潤州（今江蘇鎮江）西北。登樓可以俯瞰長江，遙望江北。

賞析

凄寒孤寂中仍有冰心玉壺般的純粹堅守。

寒雨連帶着江水，像雲幕一般逼近。水天相連，雨勢浩大，悄然而來。這是一片壯闊的凄風苦雨。滿江夜雨織成無邊無際的愁網，籠罩着吳地江天，也縈迴在兩個離人的心頭。天剛亮，詩人要送好友北歸洛陽。清晨的離別格外冷清。詩人的心情像被寒雨淋了一夜的楚山一樣暗淡而孤寂。「楚」本指山的地界，但「楚」字本身也暗示了辛酸苦楚的心情。滿紙煙雨染江天。「連」字的氣勢、「入」字的動態、山的兀傲、平明的亮色卻為夜雨離愁注入了力量，使人感到孤寂，但不孱弱。

臨別，詩人叮囑遠行人，「洛陽親友如相問，一片冰心在玉壺」。冰心和玉壺暗合「寒」「孤」，但更有澄淨純粹的自尊自重之感。詩人鮑照曾用詩句「清如玉壺冰」比喻高潔清白的人格。王維、崔顥、李白也都以冰壺自勵，推崇光明磊落、表裏澄澈的品格。王昌齡的此番囑託也傳遞了自己在困境中仍然冰清玉潔、堅持操守的信念。據載，王昌齡「不矜細行」，「謗議沸騰，兩竄遐荒」。曾被貶嶺南，此時正任江寧府（南京）丞的詩人當是有感而發。

閨怨

王昌齡

閨中少婦不知愁，春日凝妝上翠樓。

忽見陌頭楊柳色，悔教夫婿覓封侯。

賞析

「忽見」一轉極佳，春色引逗出閨怨。

這是個活潑、明朗的少婦。她在春日裏精心梳妝，無憂無慮地登樓賞春。忽見路邊楊柳青青，她心中一動，後悔讓夫君到邊陲求取功名。

詩歌截取一個剎那，一個心動的瞬間，來表現突然的領悟、頃刻的感情波瀾。原本登高賞春只為自娛，不料不經意的一瞥——陌頭楊柳青青——竟引發自己從未明確意識到卻突然變得非常強烈的閨怨。戲劇性的轉變讓人猝不及防，細想卻又合情合理。美麗少婦和怡人春色都是世間值得珍視的美好。春色正有人賞，而青春卻空自流逝。自我意識突然覺醒，對俗世價值有了自己的判斷，對生命本身的珍視也使寂寞與惋惜油然而生。《牡丹亭》中遊園驚夢的杜麗娘亦有此歎：「原來奼紫嫣紅開遍，似這般都付與斷井頹垣。良辰美景奈何天，賞心樂事誰家院！」「則為你如花美眷，似水流年，是答兒閒尋遍，在幽閨自憐。」然而本詩並未像唱詞一樣渲染閨怨，它點到為止地展示了頃刻間的波瀾，卻留下充分的想像餘地讓讀者去細細回味。

涼州詞

王翰

葡萄美酒夜光杯，欲飲琵琶馬上催。
醉臥沙場君莫笑，古來征戰幾人回？

王翰（生卒年不詳），字子羽。并州晉陽（今山西太原）人。其詩載於《全唐詩》僅十四首。

賞析

流光溢彩，觥籌交錯。葡萄製成的美酒紅似琥珀，白玉雕成的酒杯光能照夜。「美」和「光」兩個字將美酒美杯融為一體，一片華彩。面對美酒寶杯，塞外將士簡直非痛飲不可。正要開懷暢飲之時，忽然傳來急促的琵琶聲，錚錚，聲浪撩撥心弦，催人在酒意中奮起。

「琵琶馬上催」，有說催戰。正欲痛飲之時，馬上的樂手彈起琵琶催人出發。熱鬧奔放的氛圍一下子轉向緊張激昂，由飛揚而至極抑。詩人捕捉了最富有戲劇衝突的瞬間，表現戰爭對美好的攪擾和破壞。急轉直下的情勢卻逼出將士們的鬥志昂揚，趁着醉意，他們以狂逸的意態吼出赴死的決心：「醉臥沙場君莫笑，古來征戰幾人回？」

也有說琵琶是催飲。王昌齡詩云「琵琶起舞換新聲，總是關山舊別情。撩亂邊愁聽不盡，高高秋月照長城」。琵琶急管繁弦，催人旋轉起舞。後兩句便是豪興狂歡時的騁想——面臨刀光劍影的沙場，他坦然醉臥，在讓他人莫笑的諧謔放浪中，傳遞出豪邁灑脱中的悲涼。

但無論戰歌還是祝酒詞，時而慷慨時而思鄉畏難的將士此時在美酒和琵琶的催動下，處於慷慨從戎的豪興中。豪邁使本詩比《國殤》的「出不入兮往不反，平原忽兮路超遠。帶長劍兮挾秦弓，首身離兮心不懲」更多一份瀟灑不羈的美。

九月九日憶山東兄弟

王維

獨在異鄉為異客，每逢佳節倍思親。

遙知兄弟登高處，遍插茱萸少一人。[1]

王維（701—761），字摩詰，號摩詰居士。太原祁縣（今山西運城）人。盛唐山水田園詩歌的代表性詩人，通曉佛教禪宗，有「詩佛」之稱。

[1] 茱萸：一種馨香的植物，古時風俗，重陽節時折來插頭，可以延年益壽。

賞析

這首傳誦千古的名詩相傳是王維十七歲時所作。少年固然天才，但思鄉之苦對一個出身貴族的年輕人可能真的格外錐心刺骨吧。首句連用「異鄉」「異客」和「獨」表現遠在他鄉煢煢孑立的淒惶感，與第二句的「佳節」形成強烈反差，自然引出「倍思親」之感。

三、四句申足「思親」之意，但妙在從對面落筆，想像家鄉的每個兄弟都插上了茱萸登高臨遠，他們在團聚喜悦中也會懷想「獨在異鄉為異客」的自己吧。想及此，稍感安慰，卻也更加思鄉了。白居易在《邯鄲冬至夜思家》中也以對面落筆的手法委婉表達自己對家人的思念：「邯鄲驛裏逢冬至，抱膝燈前影伴身。想得家中夜深坐，還應説着遠行人。」

對面落筆的動人在於個體超越自己，顧念到家人的情感，還在於對彼此間親情的充分信心。三十多年後，安祿山攻佔長安時，王維曾任偽職。唐肅宗收復長安後要將王維定罪。此時弟弟王縉請求免除自己的官職來為兄長贖罪，才使王維得到從寬處置。真摯的兄弟情誼印證了當年「遍插茱萸少一人」中的互相顧念。

山居秋暝

王維

空山新雨後，天氣晚來秋。
明月松間照，清泉石上流。
竹喧歸浣女，蓮動下漁舟。
隨意春芳歇，王孫自可留。

賞析

霜輕塵斂，山川如洗，一年好處。一場秋雨洗去浮塵，也抖落了心裏的雜念。山空，心亦空。帶着新鮮的眼光看世界，一切都像是第一次看見。

明月透過松針，灑落在山間，風移影動，如空明積水，藻荇橫生。山泉淙淙地流瀉於山石之上，水光斑駁，粼粼閃動。夜行山中，感受虛靜中的生機，心中一片空明。

幽靜的竹林突然喧嘩起來，原來洗衣女們歡笑着回來了。寬展的荷葉向兩邊披分，細看是漁舟正在順流而下。「竹喧」和「蓮動」是直接的感受，「歸浣女」和「下漁舟」是理智的認知。詩人先把直覺的感覺寫出來，再加以說明，便造成一種新鮮的感覺。驚訝之後莞爾一笑的微妙心理被細緻地描摹出來。因為心界的空靈，詩人與自然之間共度着心跳。

靜謐與騷動、山人的純樸都使詩人深深滿足，流連忘返。就在山中坐看春芳謝落吧，感知萬物生滅，也是一種享受。王孫公子自可留下。「自可」的語氣瀟灑閒逸，反用了《楚辭・招隱士》「王孫兮歸來，山中兮不可久留」，卻正與「隨意」應和。

終南山

王維

太乙近天都，連山接海隅。[1]
白雲回望合，青靄入看無。
分野中峰變，陰晴眾壑殊。[2]
欲投人處宿，隔水問樵夫。

1 太乙：終南山主峰。天都：天帝的都城。

2 分野：古人用天上的二十八星宿分別對應地上的州郡，不同的州郡對應不同的星宿，稱作「分野」。

賞析

這首詩可以看作是一篇移步換景的微型遊記。從未入山時寫起，先是遠遠地遙望終南山。向上看，它的主峰高入雲天；沿着山脈向着東西展望，羣峰連綿起伏，望不到盡頭，似乎能一直綿延到陸地的盡頭，和大海相接。一座氣勢雄渾的大山就這樣橫亙在了面前。

然後詩人走進終南山，登山而上，走到原來在山下仰望見白雲飄蕩的地方，山嵐雲靄似乎都退向了遠處；再往高處繼續攀登，回頭俯瞰，來路上又有雲霧繚繞——原來自己已經身在雲霧之中。

終於登上了山頂，整個終南山都在腳下，一山之隔，地理分野已然變化；羣山的不同側面，陽光或照射或被遮擋，千巖萬壑中呈現出明暗變化。

從山頂下來，天色已晚。詩人半路遇到一個正在砍柴的樵夫，雖然隔了一條山澗，還是向他詢問附近是否有可以借宿的人家。看來詩人意猶未盡，並不急於回家。

蘇軾說：「味摩詰之詩，詩中有畫；觀摩詰之畫，畫中有詩。」這首詩就像一幅運用了散點透視技法的山水畫，在讀者面前徐徐展開。

終南別業[1]

王維

中歲頗好道，晚家南山陲。[2]
興來每獨往，勝事空自知。
行到水窮處，坐看雲起時。
偶然值林叟，談笑無還期。[3]

1 別業：即別墅。
2 道：此處指佛理。
3 值：遇到。

賞析

王維的詩，不僅詩中有畫，而且詩中有禪。王維的一生受禪宗影響極深，他的母親是一位虔誠的佛教徒。王維字摩詰，名和字合在一起就是一部在漢地流傳極廣的佛經《維摩詰經》中的維摩詰居士的名字。王維早年逢開元盛世，又得賢相張九齡的賞識和拔擢，懷有積極進取的心態。但後來李林甫排擠張九齡，朝政逐漸昏亂，王維在政治上也轉而持消極無為的態度。他在長安城外的終南山中購置了曾為宋之問所有的別墅，公務之餘，便來此閒居，吃齋唸佛，遊賞山水。這也就是這首《終南別業》中所描述的「中歲頗好道，晚家南山陲」。

這種生活更契合王維的性格和信仰。在他此時的山水詩中，沒有懷才不遇的牢騷，沒有仕途失落的悲憤，有的是發自內心對發現山水之美的快樂，對閒適生活的喜愛，以及對禪意的深刻領悟和表現。所以他常常興致勃勃地在山中信步閒行，獨自一人，陶醉於美景和喜樂之中。但他又並非刻意尋求美景，如果存了刻意的念頭，也許在山中走一天都看不到「美景」。而一旦消了「執着」心，美景就無處不在。沿着山中的溪水而行，一路固然是美景，可是走到水的盡頭，也不必認為「美景」消失了，更不必因此而惆悵惋惜。那樣的話，你看不到雲正在裊裊升起，那又是一種美景。因為沒有了「執着」心，詩人也不會刻意做出傲世孤僻的姿態。如果在山中遇到甚麼人，他也會相談甚歡——這何嘗不也是一種美景呢？

「行到水窮處，坐看雲起時」是歷來被人們稱頌的名句，充滿禪意而不着痕跡：只要不執着，便無時無處而莫非自在。

觀獵

王維

風勁角弓鳴，將軍獵渭城。[1]
草枯鷹眼疾，雪盡馬蹄輕。
忽過新豐市，還歸細柳營。[2]
回看射鵰處，千里暮雲平。[3]

1 渭城：秦時咸陽故城，在長安西北，渭水北岸。
2 新豐：漢時地名，在長安附近。細柳營：西漢時將軍周亞夫曾屯軍於此，在長安附近。周亞夫治軍嚴整，為漢文帝、景帝時的名將。此處以周亞夫喻指打獵的將軍。
3 射鵰：《史記・李將軍列傳》中記載李廣與匈奴三名射鵰手作戰的故事，此處借指將軍箭術高超。

賞析

詩題作「觀獵」，詩的開篇卻先寫「聽」，聽到強勁的風聲和穿透風聲而來的弓弦震動的聲音。未見其人，先聞其聲，由聲音可以想像到這是一張怎樣的強弓，而引弓射箭的人又是怎樣的英姿勇武。循聲望去，原來是一位將軍在渭城外打獵。

將軍出獵，自然威風凜凜，馬隊飛馳，獵鷹在天上盤旋。這是冬日的原野，原野上野草枯黃，積雪融化。空曠的原野，獵物難以藏身，更容易被獵鷹銳利的目光發現，一旦被發現，便躲不過將軍馬隊的追逐。將軍的馬隊呼嘯而過，在遼闊的關中平原上馳騁，在日暮時分回到自己營地。回望遼闊的曠野，暮色沉沉，彷彿還有將軍矯捷的身影在縱馬奔馳。

少年行（其一）

王維

新豐美酒斗十千，咸陽遊俠多少年。[1]
相逢意氣為君飲，繫馬高樓垂柳邊。

1 斗十千：一斗一萬錢，形容美酒的名貴。

賞析

這首詩充滿了青春氣息。

遊俠在戰國秦漢曾經具有廣泛的社會影響力，作為體制外的存在，他們具有的能量曾經令政府頭疼不已，也因此在西漢至東漢都成為政府持續地嚴厲打擊的對象。漢以後，遊俠這類人羣已經不復存在，但遊俠的人格和行為卻被詩人不斷追慕。遊俠身上的重諾守信、自由不羈、快意人生，在詩歌中被浪漫化，儼然成為一種讓人嚮往的生活方式。

王維的《少年行》是一組詩，一共四首，分別寫遊俠少年的意氣結交高樓縱飲、從軍邊塞視死如歸、英勇殺敵戰功赫赫、得勝歸來功高無賞，幾乎可以視為一位遊俠的傳記。

本詩是組詩四首中的第一首。新豐、咸陽均為長安附近地名，秦統一天下後及漢武帝時，均曾遷徙天下豪傑入關居住，因此長安附近聚居了很多遊俠，形成了遊俠風氣。本詩重點寫遊俠的快意人生。一斗萬錢的美酒，意氣相投一見如故的同道中人，他們率真坦蕩，縱情歡樂。最後詩人的鏡頭定格於一個畫面：「繫馬高樓垂柳邊」。樓上的遊俠少年舉杯豪飲意氣風發，樓下垂柳依依，幾匹馬靜待主人。在這樣一個畫面裏，遊俠少年的行為更加唯美和浪漫。

輞川閒居贈裴秀才迪

王維

寒山轉蒼翠，秋水日潺湲。

倚杖柴門外，臨風聽暮蟬。
渡頭餘落日，墟裏上孤煙。
復值接輿醉，狂歌五柳前。

賞析

秋風乍起，山色蒼翠起來，一片斑斕。「轉」字像在放映秋山的變化。草木搖落，在生命的盡頭盛裝謝幕。捕捉這一瞬間，遲暮原來交疊着凋敗與繁華。

柴門外，詩人臨風聽蟬。秋蟬不似夏天聒噪，鳴聲稀疏，卻自有一番蕭散的意趣，彷彿是倚杖而立的詩人自己。

遠處渡口，落日正與水面相切。夕陽壯美，西下後黑夜便隨之而來。村子裏一條碧青的炊煙連雲直上，扶搖升騰，然後孤獨地消散。

詩中捕捉的景致都有生命將盡的意趣，寒山、秋蟬、落日、孤煙、倚杖者。但詩人並不流於將逝的悲哀，而是平靜地欣賞這一刻獨特的美好。這頗似陶淵明「善萬物之得時，感吾生之行休」的心境，因此詩人以五柳先生自比，並化用陶詩「曖曖遠人村，依依墟裏煙」。

但蕭散的意趣中總還是有些落寞的，好在朋友像楚狂人接輿一樣醉後狂歌，為自己閒散靜定的心平添了幾分生趣。

鳥鳴澗

王維

人閒桂花落，夜靜春山空。
月出驚山鳥，時鳴春澗中。

賞析

深山中的夜晚是甚麼樣子？是漆黑一團，悄無聲息嗎？很多人不僅沒有經歷過，恐怕連想都不曾想過。而王維，這位大自然的歌者，在《鳥鳴澗》中表達了對山中夜晚的喜愛。他告訴我們，夜晚的山中是「靜」，是「空」，但並非一片沉寂。桂花飄落，明月升起，山中明亮了起來。已經在巢中入睡的鳥兒被月光驚醒，醒來後發現仍是夜晚，鳴叫幾聲再次進入睡眠。幽靜的夜晚，讓幾聲鳥鳴顯得格外清晰可聞；鳥鳴聲過後，夜晚的山中顯得更加幽靜。

靜謐而富有生機，平和安詳，充滿禪意，這就是春天山中的夜晚。

「心界的空靈，不是指物界的沉寂，物界永遠不沉寂的。你的心境愈空靈，你愈不覺得物界沉寂。」「一般人不能感受趣味，大半因為心地太忙。不空所以不靈。」（朱光潛《談靜》）

放下定見、執念，將心界放空，不染不着，世間萬物便活動了起來。花、月、光影、山鳥原來有自己的動作，各種實有彷彿都有了生命，活潑潑的，一如人間。極小的桂花落下，窸窣地打在草間。花朵掉落，風吹草聲，月光從樹間穿過。山無靜樹，川無停流。每個事物都在自己的軌道上運行着，世界和諧安靜，生機盎然。「閒」「靜」「空」不僅指人、夜、春山，也是心界的空靈。詩人說：「草在結它的種子，風在搖它的葉子，我們站着，不說話，就十分美好。」去除遮蔽，心靈敞開給世界，與萬物同呼吸。

明月在山的背後升起，朗照山間。適應了暗夜的鳥兒被突然出現的月光驚到，鳴啼了幾聲。聲音在幽谷裏迴盪，又消散在潺潺的春水中。明月清輝使鳥兒驚啼，流水淙淙，最終吞沒了啼聲。萬物有序的軌道常常彼此交錯，互相影響，構成一個事件，一如人間。每個人都是獨立的小宇宙，有些行為卻如蝴蝶的翅膀無意中關聯到另一個人，從而引起一系列連鎖的反應，從出現到消失。而這個過程不正像大自然中的「月出驚山鳥，時鳴春澗中」嗎？

竹里館

王維

獨坐幽篁裏，彈琴復長嘯。[1]
深林人不知，明月來相照。

❶ 幽篁：幽深的竹林。

賞析

東晉顧愷之為謝鯤畫像，將他畫在巖石中，別人問這樣安排的原因，顧愷之回答說：「此子宜置丘壑中。」讀《竹里館》，感覺就像王維在為自己畫像，然後再悉心經營一個環境來烘托出自己的神采面貌。而他佈置得恰如其分，既不矯情，亦無虛誇。

一片清幽整潔的竹林之中，一人獨坐彈琴，時而長嘯。琴聲悠揚清泠，自古至今都是高雅脱俗的象徵，後來劉禹錫在《陋室銘》中一面説「可以調素琴」，一面聲稱陋室中「無絲竹之亂耳」，就是將琴和其他樂器截然分開。長嘯也是魏晉以來超逸高邁情懷的表徵。竹林獨坐，彈琴長嘯，明月高照，遠離紅塵。

這是一幅高士幽獨圖，也是王維的自畫像。

幽篁指深幽的竹林。竹林、彈琴、長嘯，似乎……隱約……想起了誰？對，竹林七賢。七人常集於竹林之下，肆意酣暢。其中阮籍尤愛彈琴長嘯：「夜中不能寐，起坐彈鳴琴。薄帷鑒明月，清風吹我襟」；「阮步兵嘯，聞數百步」。彈琴長嘯是志意宏放的阮籍在險惡政治中無可奈何的自我排遣。

王維閒居輞川時，良相張九齡已謝世，李林甫正專權。忠直的大臣或遭殺戮，或遭貶逐，政治環境險惡一如阮籍之時。王維即使有用世之志，如《漢江臨眺》表現的雄健意氣，「楚塞三湘接，荊門九派通。江流天地外，山色有無中。郡邑浮前浦，波瀾動遠空」，閒隱自保的王維此時也只能以彈琴復長嘯來排遣心中轉瞬即逝的豪情。

一個文雅書生，獨坐竹林中。心中無故激越，彈琴復長嘯。但像一場徒勞無功的演出，無人知曉，無人領會。深刻的孤獨與落寞中，一束月光透過竹葉照拂在他的身上。置身空明的月光中，他又安靜下來。像一絲漣漪，發生，又像沒有發生過。

鹿柴[1]

王維

空山不見人，但聞人語響。
返景入深林，復照青苔上。[2]

1 鹿柴（zhài）：柴通「寨」，即柵欄，此處為王維別墅所在地輞川的一處地名。

2 返景：落日的餘暉。景，日光。

賞析

傍晚，山中開始沉寂下來。夕陽西下，樹林中率先變得黯淡，陰影在樹林中瀰漫，逐漸濃重。突然，傳來説話的聲音，卻看不見説話的人。一道夕陽的餘暉從樹林枝葉的某處空隙斜照進來，落在樹下的青苔上。然後，説話的聲音又消失了，就像剛才響起時那麼突然。眼前的這道餘暉，也倏忽不見了，林中更加幽暗。

只是片刻的時間，卻發生了那麼多變化。聲音剛剛響起便立刻消歇，光線忽然閃現隨即隱去，恢復了原來的沉寂幽暗。而這稍縱即逝的片刻，被詩人敏鋭地捕捉住，似乎意識到了甚麼：瞬間與永恒？變與不變？空和有？然而詩人並不多説，只是把這片刻呈現出來，讓讀者自己去體會。

辛夷塢

王維

木末芙蓉花，山中發紅萼。
澗户寂無人，紛紛開且落。

賞析

「木末」即樹梢，極言其高。「木芙蓉」花朵較大，色澤鮮明。在高處開着鮮豔大朵的花，那是一種濃郁又高貴的美。在枝葉蓊鬱的山間，紅紫色的美麗花朵格外惹人注目，但是無人欣賞。溪邊木屋邊，蓓蕾結出，陸續開放成一片絢爛美好，極致繁盛後，紛紛萎敗凋零。生命從出現到消失，又有誰見證它曾經存在過？

然而，《辛夷塢》是清淡的、樸素的、無言的，沒有濃郁的渲染和惋惜。「紛紛開且落」，五個簡單的字將花的生滅在空間和時間上都充分展開，卻不加評說，一如大自然。

相思

王維

紅豆生南國，春來發幾枝。
願君多採擷，此物最相思。[1]

1 擷（xié）：採摘。

賞析

通常當人們想要表達對遠方之人的思念時，會向對方寄贈物品。比如陸凱《贈范曄》中「折花逢驛使，寄與隴頭人」，比如《西洲曲》中「憶梅下西洲，折梅寄江北」，有時候即使明知「路遠莫致之」，還是要情不自禁地「攀條折其榮，將以遺所思」（《古詩・庭中有奇樹》），「採之欲遺誰，所思在遠道」（《古詩・涉江採芙蓉》）。

而王維卻相反，不僅沒有寄贈，反而提醒遠方之人：「你那裏是紅豆生長的地方，你可曾注意到『春來發幾枝』？希望你能多採摘一些，因為紅豆最能代表相思的情意。」那麼，採摘下來做甚麼呢？王維卻不再說下去了，戛然而止。

紅豆又名「相思子」，如果平鋪直敍地說寄贈紅豆以表思念，並無新意。王維此詩妙在看似明白如話，似乎紅豆本身就是「多採擷」的原因。實際上卻有更深一層含義，即是希望遠方之人因為思念自己而「多采擷」；而在殷勤勸說遠方之人採擷紅豆以寄相思的背後，卻是自己對遠方之人的深切相思。

這首詩，樸素簡潔的語言與優美的意象相結合，明朗單純與含蓄深情相結合，表達出了世界上最美好的情感。

雜詩（其二）

王維

君自故鄉來，應知故鄉事。
來日綺窗前，寒梅着花未？

賞析

口吻由俗而雅是這首詩的趣味所在。開篇淺白如拉家常，「君自故鄉來，應知故鄉事」。十個字中「故鄉」迭見，正表現鄉思之殷。「應知」云云，跡近魯直，卻表現了解鄉事的急切。熱切的目光、兒童般不由分說的口吻，都被純白描記言映帶出來，筆墨儉省，纖毫畢見。

此時，詩人似乎將要問出一堆家長裏短、朋舊童孩、宗族弟姪、舊園新樹、茅齋寬窄，不料只淡淡一句「來日綺窗前，寒梅着花未」，超越一切俗務，詩人只關心，綺窗前的一株梅是否嫻靜開放。

也許滿腔鄉思，不知從何問起；或許，這株梅蘊含了當年家居生活親切有趣的情事；又或許，詩人更關心一種精神，寄託於梅花的淩寒獨自開的精神。那個曾經在家鄉勇敢不懼的少年是否依然還在？飽經滄桑的遊子，希望自己仍能超然塵世，保持自由的心態與精神風致。寒梅彷彿就是詩化的自己，再怎樣焦躁的世道，也不改變貞靜的心態和樣貌。於是，這首小詩的意味就更加豐厚了，那是歷經滄桑，但仍高潔、不世故的自我期許與人生風範。

送元二使安西

王維

渭城朝雨浥輕塵，客舍青青柳色新。[1]
勸君更進一杯酒，西出陽關無故人。

1 浥（yì）：沾濕，潤濕。

賞析

朝雨洗去輕塵，客舍和柳樹一片青翠，躍動鮮明。「浥」意為濕潤，朝雨剛潤濕塵土就停了，路上一片清爽潔淨。「青青」和「新」剛好形成輕快活潑的調子，充滿了明快的希望。

雨後清潤本是尋常景致，但今天格外動人。是離別使人對熟視無睹的久居之地恢復了新鮮的感受？像是第一次看到，雨後的渭城綠得如此生機盎然，清新明朗！這可愛的青翠讓人流連，而此時卻要離開，去往茫茫風塵大漠，離情於是更濃了。多看兩眼吧，將蓬勃的綠意記在心裏，在大漠中渴求色彩和生機時，「客舍青青柳色新」便是可以反覆咀嚼的心中綠洲。

元二將離開長安附近的渭城，西走敦煌陽關，前往遙遠的安西都護府，即現在的庫車。出了敦煌，異域風情便撲面而來，高鼻深目，碧眼濃眉，皚皚白雪，茫茫大漠，熱烈不羈的性情與中原人的含蓄微妙全然不同。「西出陽關無故人」不僅指安西無舊友，更指完全不同的人樣和風俗。「所遇無故物，焉得不速老？」想及此，詩人「勸君更進一杯酒」，想要用殷勤的醉意貯滿歲月，待友人到了「無故人」的安西，仍可打開，回味無窮。此詩後來被譜為《陽關三疊》廣為傳唱，豐厚渾然，馥郁千年。

使至塞上

王維

單車欲問邊，屬國過居延。1
征蓬出漢塞，歸雁入胡天。2
大漠孤煙直，長河落日圓。
蕭關逢候騎，都護在燕然。3

1 單車：一輛車。問邊：指慰問在邊塞作戰的將士。屬國：官名，秦漢時九卿之一典屬國的省稱。這裏代指使臣。居延：地名，漢代有居延澤、居延縣，均地處邊塞。這裏王維未必是實指。

2 征蓬：隨風飛揚到很遠地方的蓬草。

3 蕭關：在今寧夏固原東南，此處亦非實指。候騎：負責偵察、通訊的騎兵。都護：指軍隊統帥。燕然：燕然山，即今蒙古國杭愛山。東漢竇憲率軍大敗匈奴，北至燕然山，刻石記功而回。

賞析

向西，再向西……一駕馬車驅馳在莽莽大漠上。空曠悠遠的天地之間，馬車就像一蓬隨風飄蕩的枯草，是如此微小。從馬車中四望，荒無人煙的大漠上，看不到城鎮村落，也看不到行旅商客。但馬車中的人，心境平和，面容安詳。

馬車中坐着的，是王維。這一年是唐玄宗開元二十五年（737），正處在唐王朝國力最鼎盛的時期，河西節度副大使崔希逸大勝吐蕃，王維奉旨以監察御史的身份前往宣慰。自從開國以來，唐王朝在開疆拓土的戰爭中取得了一系列勝利，國土的疆界不斷地向北、向西推移，到唐玄宗時，唐王朝已經成為一個空前遼闊的帝國，大大超越了中原政權控制的傳統的勢力範圍。馬車驅馳而過的這片土地，在人們的觀念中仍被認為是「塞上」——邊塞之外，現在已納入唐王朝的領土。所以王維並不感到陌生與擔心，也不覺得荒涼與淒寒。相反，他被這塞上的景象所吸引：遠處一道報平安的狼煙直直地升入天空，地面上一條長河蜿蜒流淌，渾圓的落日橫亙在地平線上。這壯麗的景象讓王維感到溫暖安定。當然，安定感首先來自國力的強盛和前方將士取得的一次次勝利：「蕭關逢候騎，都護在燕然。」

作為宣慰使者，王維代表了朝廷；作為詩人，王維發出了盛唐之音。儘管王維在後世被視為山水田園詩的聖手，但這首《使至塞上》，毋庸置疑可以躋身於最傑出的邊塞詩之列。

早發白帝城

李　白

李白（701—762），字太白，號青蓮居士。唐代最偉大的詩人之一，與杜甫並稱「李杜」，因其學仙求道及為人為詩之風格，亦被稱為「詩仙」。

朝辭白帝彩雲間，千里江陵一日還。

兩岸猿聲啼不住，輕舟已過萬重山。

賞析

安史之亂後，唐玄宗遠避四川，下詔諸皇子坐鎮各地平亂。太子李亨登基之後多時，玄宗才接到消息，但諸王分鎮的詔令已下達。永王璘接到詔令後立刻趕到江陵，招募數萬將士，組建水師，沿江而下，直抵金陵，以平亂為號召，招納賢才。在此形勢下，李白應邀成為永王璘的幕佐，還浪漫地吟誦「但用東山謝安石，為君笑談靜胡沙」。

但永王起兵威脅到了肅宗的政權，肅宗即命高適率軍阻擊永王。至德二年(757)，永王在丹陽兵敗被殺，李白入獄。雖經多人營救，但李白仍被流放夜郎，雖一路賦詩，備受款待，仍是戴罪之人，心中悲涼。

一年後，天下大赦。在白帝城的詩人聽到赦令，立刻掉轉船頭，順流而東，萬分激動地寫下《早發白帝城》。詩調輕快流利，如輕舟日行千里。第三句稍作停頓，第四句便輕靈宕開。文勢奔放，如駿馬注坡，一如無限艱難後突然迸發的生之熱情。

峨眉山月歌

李白

峨眉山月半輪秋，影入平羌江水流。
夜發清溪向三峽，思君不見下渝州。[1]

賞析

開元十二年（724）秋，二十四歲的李白懷抱遠大抱負，沿長江而下，辭親遠遊。

峨眉山是詩人不久前遊覽的蜀中山水。秋夜舉首遙望，青山銜月，莊靜明潔。這輪山月在自己東行時一路陪伴左右。她倒映在平羌江水中，瞻之在前，忽焉在後，像是旅伴，又像是護佑，讓人安心，倍感親切。

今夜從清溪出發，將駛向險峻的三峽。思念的朋友沒有遇上，雖有遺憾，但一路有峨眉山月相伴，就先出發去下一站渝州吧。第一次出門遠行的憧憬蓋過「思君不見」的失落，但在峨眉山月的慰藉和陪伴下，詩人仍以昂揚的興致出發了。

年輕的詩人未必知道，這輪峨眉山月後來陪伴了自己一生。五十九歲時（759）李白寫道：「我在巴東三峽時，西看明月憶峨眉。月出峨眉照滄海，與人萬里長

1 三峽：瞿塘峽、巫峽、西陵峽，三峽由西而東相連，出西陵峽，水勢平緩，出峽即出蜀。君：月。渝州：重慶，在清溪以東，三峽以西。

相隨。……峨眉山月還送君，風吹西到長安陌。長安大道橫九天，峨眉山月照秦川。……一振高名滿帝都，歸時還弄峨眉月。」可惜終其一生李白再未回過四川，但出蜀時那輪澄澈的山月，彷彿家鄉的照拂和年輕的意氣永駐其心間。

渡荊門送別[1]

李白

渡遠荊門外，來從楚國遊。
山隨平野盡，江入大荒流。
月下飛天鏡，雲生結海樓。
仍憐故鄉水，萬里送行舟。

1 本詩為李白出蜀時作，時當開元十二年（724）秋（一說為十三年春），時年二十四歲。荊門：荊門山，在今湖北宜都西北長江南岸，上合下開，其狀似門，是巴蜀和楚地的分界處。

賞析

荊門山是蜀楚之界。詩人在鄉讀書二十年，弦滿待發，終於要離鄉沖天一鳴了。此時此刻，他心中勃發着對未來的憧憬和對故鄉的柔情。兩種情感交織，催動了這首飛動而溫柔的詩。

從荊門山千里之外的綿州遠渡而來，詩人第一次出蜀，到楚地遊歷。遮天蔽日的夾岸高山化為一川平原。原本在三峽中奔騰的江水也寬緩下來，浩蕩地流經曠野。「山隨平野盡，江入大荒流」內含一種動勢，彷彿舟行者眼中，山勢是「變幻」成了平原。這番新奇和豁然開朗的體驗正暗合詩人告別過去、將要進入新人生的躍躍欲試的心情。躍動的生命力由「月下飛天鏡，雲生結海樓」表現：明月從天上飛入水中，宛如一面明鏡；雲氣蒸騰，結成海市蜃樓的奇景。下、飛、生、結，四個字造成浩大的流動感。其中有憧憬，也有地勢變化的新鮮感。三峽水流湍急，水中無圓月；峽谷逼仄，無從望雲樓。而荊門山的水面寬闊，天空開遠。在這一片明麗而曠莽的天地中，詩人心中的壯懷正在蘊蓄。此時，一縷鄉愁升起：這滔滔江流中也有萬里之遙的故鄉水吧，它仍在默默地護佑着詩人。於是，一絲安慰與酸澀在壯懷中湧動，從此詩人開始了他悲欣交集的人生。

望廬山瀑布

李白

日照香爐生紫煙，遙看瀑布掛前川。[1]
飛流直下三千尺，疑是銀河落九天。[2]

[1] 香爐：廬山西北高峰，晉慧遠《廬山記》稱其「孤峰秀起，遊氣籠其上則氤氳若香煙」。

[2] 九天：古稱天有九重，稱九重天，即九天。

賞析

瀑布的動勢破空而來，以雷霆萬鈞之勢直瀉千里，但詩並未以此開篇。詩人先遙「望」廬山瀑布。香爐峰頂水汽豐沛，在日照之下呈一片氤氳的紫紅色。日照香爐生紫煙，「生」字尤其表現了煙雲升騰變幻的動態。短短七字，不食人間煙火的天界仙境被點染開。一片雲蒸霧罩中，遙看瀑布掛前川。瀑布修長亮白的線條在紫煙氤氳的烘托下顯得鮮明有力。這力量在靜態的畫面中積蓄着，將欲噴薄而出。

驟然之間，瀑布激盪奔騰，「飛流直下三千尺，疑是銀河落九天」。連續的動詞和三千尺的誇張，表現瀑布義無反顧飛流而下的氣勢。銀河自天際傾瀉，奇幻瑰麗的想像更表現了瀑布壯闊、浩渺又空靈璀璨的美。

靜的蓄勢與動的奔流構成詩中突如其來的俯衝感，結句似天外來音，以星辰瀚海的懷抱表現了廬山瀑布超越自身的宇宙之美。

黃鶴樓送孟浩然之廣陵

李白

故人西辭黃鶴樓，煙花三月下揚州。
孤帆遠影碧空盡，惟見長江天際流。

賞析

兩個風流詩人，一場詩意的送別。

遠行人風神瀟灑，看盡一路繁花，想想都覺詩意盎然。孟浩然「骨貌淑清，風神散朗」，詩開山水一宗，名動天下。李白以乘鶴的仙人比之，正點畫出孟浩然的飄逸形象，且內含敬意與欣賞。此行正值開元盛世、陽春三月，雲樹繁花似錦如煙。東南大都會揚州更是市列珠璣，戶盈羅綺。繁華的時代、繁華的季節、繁華的所在，李白明麗的暢想中飽含對孟浩然此行的祝福。

一片繁盛中，「孤帆」二字引出送別摯友的淡淡落寞。遠去的孤帆、隱約的遠山、浩渺的水汽與傳說的神秘、煙花的迷離融漾在一起，共同構成空濛又遼遠的意境。此時，長江自天際浩蕩而來。渺茫的離思中夾雜了博大、俊爽又開遠的氣質。一片浩渺中有流動的遠意，這就是青春的感傷，輕煙般的悵惘中依然流淌着憧憬與希望。

長干行[1]

李白

妾髮初覆額，折花門前劇。[2]
郎騎竹馬來，繞床弄青梅。
同居長干里，兩小無嫌猜。
十四為君婦，羞顏未嘗開。
低頭向暗壁，千喚不一回。
十五始展眉，願同塵與灰。
常存抱柱信，豈上望夫台。[3]
十六君遠行，瞿塘灩澦堆。[4]
五月不可觸，猿聲天上哀。[5]
門前遲行跡，一一生綠苔。
苔深不能掃，落葉秋風早。

1 長干行：樂府舊題。長干，長干里，地名，今南京秦淮河之南。

2 劇：遊戲。

3 抱柱信：傳説古時尾生與女子期於梁下，女子不來，水至不去，抱樑柱而死。見《莊子·盜跖》。這裏用以表示常存互相信任、長相廝守的願望。望夫台：傳説一女子因思念離家已久的丈夫，天天上山候望，久而久之化為石頭，仍保持望夫的形象。這裏用「豈上」表示未想到有分離相望的一天，引出下文。

4 灩澦堆：長江江心突起的大巖石，附近水流湍急，是舊時三峽的著名險灘。

5 五月不可觸：陰曆五月，江水上漲，灩澦堆被水淹沒，船隻不易辨識，容易觸礁致禍。猿聲：古時三峽多猿，啼聲哀切。《水經注·江水》引古歌謠：「巴東三峽巫峽長，猿鳴三聲淚沾裳。」天上：形容峽中山高，猿聲如在天上。

6 早晚：甚麼時候。下三巴：由三巴順流東下。三巴為巴郡、巴東、巴西，這裏泛指蜀中。

7 長風沙：今安徽安慶市長江邊。長干里到長風沙有七百里，這裏極言迎夫不辭遙遠險苦。

八月蝴蝶黃，雙飛西園草。
感此傷妾心，坐愁紅顏老。
早晚下三巴，預將書報家。6
相迎不道遠，直至長風沙。7

賞析

「青梅竹馬」「兩小無猜」出典於《長干行》。無憂無慮的小女孩在門前折花玩耍，小男孩拿着竹竿當作馬跑來跑去，掰開青梅酸了一臉。他們自小玩鬧，沒有避忌，長大後兩家便結成親家。十四歲的姑娘卻嬌羞起來，「低頭向暗壁，千喚不一回」。這嬌羞裏有自重與矜持，讓人格外憐惜。一年以後，她放開羞顏，眼神勇敢熾烈。十五歲的她願意為愛情獻出一切，「願同塵與灰」。

可此時丈夫卻要遠行。為了謀生，他要去到風波險惡的「瞿塘灩澦堆」。「常存抱柱信，豈上望夫台」，還沉浸在尾生一般堅貞愛情中的她，沒想到十六歲的自己成了神話中望夫心切的婦人。之前無憂的時光一晃而過，思念的時光卻慢下來。五月、六月、八月，繚繞的憂傷細細附着在生活的每個角落，沒有縫隙。五月漲水，他會否觸礁？猿聲繚繞，他會否悲哀？他出發的門階生出綠苔，綠苔蔓延，不可清掃。他離家三個月了，秋天已然來到。八月蝴蝶雙飛，思君令人老。絮絮叨叨的思念最終化為一團烈焰：當他順流而下時，她要「相迎不道遠，直至長風沙」！

《長干行》勾勒了一個無憂無慮的小女孩出落成嬌羞美麗的少女，當她開始痴戀丈夫時，卻成了思婦。歲月增長，感到憂傷紛至沓來的豈止是長干里的這個姑娘？所幸憂傷讓人黯然，也讓人豐富，甚或讓人勇敢。至少在《長干行》中，詩人使勇敢的迎夫成為她下一段人生的起點。在歲月的洗禮下，她勇敢、自重、堅貞、熱烈，投射了古往今來的無數痴心的情人。

蜀道難

李白

噫吁嚱，危乎高哉！蜀道之難，難於上青天！[1]

蠶叢及魚鳧，開國何茫然！[2]

爾來四萬八千歲，不與秦塞通人煙。[3]

1 噫(yī)吁(xū)嚱(xī)：歎詞。

2 蠶叢、魚鳧：傳說中古蜀國的兩個國王。何茫然：多麼模糊。

3 爾來：自那時以來。

西當太白有鳥道，可以橫絕峨眉巔。[4]
地崩山摧壯士死，然後天梯石棧相鈎連。[5]
上有六龍回日之高標，下有沖波逆折之迴川。[6]
黃鶴之飛尚不得過，猿猱欲度愁攀援。[7]
青泥何盤盤，百步九折縈巖巒。[8]
捫參歷井仰脅息，以手撫膺坐長歎。[9]
問君西遊何時還？畏途巉巖不可攀。[10]
但見悲鳥號古木，雄飛雌從繞林間。
又聞子規啼夜月，愁空山。[11]
蜀道之難，難於上青天，使人聽此凋朱顏！
連峰去天不盈尺，枯松倒掛倚絕壁。
飛湍瀑流爭喧豗，砯崖轉石萬壑雷。[12]
其險也如此，嗟爾遠道之人胡為乎來哉！

4 西當：對西面。太白：山名，又名太乙，秦嶺主峰。橫絕：跨越。峨眉：蜀山。古蜀國本與秦地只有鳥道相通，表現兩國隔絕。

5 地崩山摧壯士死：公元前316年秦惠王滅蜀，置蜀郡。惠王嫁五女於蜀，蜀遣五力士迎之，還到梓潼，見一大蛇入穴中。五力士共掣蛇尾。崩山，壓殺五人及秦五女，山遂分為五嶺。天梯：高峻的山路。石棧：在山崖上鑿石架木而建成的棧道。

6 六龍回日：傳説羲和駕着六龍拉的車子載太陽在空中運行。高標：山的最高峰，此山標誌。

7 黃鶴：黃鵠，善飛的大鳥。

8 青泥：青泥嶺。盤盤：盤旋曲折的樣子。

9 捫參歷井：山高入雲，伸手能摸到星辰。參、井：星宿名。從井到參，是秦入蜀的星空。

劍閣崢嶸而崔嵬，一夫當關，萬夫莫開。[13]
所守或匪親，化為狼與豺。[14]
朝避猛虎，夕避長蛇，[15]
磨牙吮血，殺人如麻。
錦城雖云樂，不如早還家。[16]
蜀道之難，難於上青天，側身西望長咨嗟！

仰脅息：抬頭感到呼吸被抑迫。膺：胸口。

10 巉（chán）巖：崢嶸高峻的山石。

11 子規：杜鵑鳥，相傳為蜀國望帝魂魄所化，春暮出現，啼聲悲淒，似說「不如歸去」。

12 喧豗（huī）：喧鬧聲。砯（pīng）：水擊巖石聲。

13 劍閣：今四川省劍閣縣大劍山、小劍山之間的棧道，秦蜀間的主要通道，為歷代戍守要地。崢嶸、崔嵬（wéi）：高峻的樣子。

14 此句意為：劍閣地勢險要，若非親信防守，一旦叛變，將發生豺狼吃人那樣的禍患。

15 猛虎、長蛇：與豺狼同義。

16 錦城：成都。

賞析

「蜀道之難，難於上青天。」李白從蜀地歷史、遊人見聞和政治形勢三個角度表現了蜀道的逶迤、崢嶸、高峻和崎嶇。全詩句法錯落，三言、四言、五言、七言、十一言參差間隔，形成雄放恣肆、險仄又流暢的語言風格。《河嶽英靈集》稱此詩「奇之又奇，然自騷人以還，鮮有此體調也」。

開篇發唱驚挺，「噫吁嚱，危乎高哉！蜀道之難，難於上青天」！隨即追溯渺不可知的蜀國開國史，「蠶叢及魚鳧，開國何茫然！爾來四萬八千歲，不與秦塞通人煙」。

淒迷悠遠的上古傳說為全詩開啟了奇幻而恢遠的境界。秦蜀難通，只有鳥兒才能飛度高峻的秦嶺太白峰，由秦入蜀，通達峨眉。之後秦惠王時五丁開山，山摧人亡，秦蜀之間方得鈎連。但天梯石棧仍然險象環生，上有兀拔山勢，下有沖波迴浪，黃鶴不得飛度，猿猴都愁於攀援。

秦人入蜀，必經青泥嶺。此嶺峰路縈迴，「百步九折縈巖巒」，山勢高峻，「捫參歷井仰脅息」。山高路迴，自然氧氣稀缺，高原反應者不由呼吸緊張，「以手撫膺坐長歎」。行人如此步履維艱，此次西遊你何時能還？行人驚惶地說：「這令人畏難的山路簡直不可登攀。我只見古木荒涼，鸛鶴搧翅，磔磔雲霄間。又聽到杜鵑鳥空谷月夜下悲歌啼旋。」行文至此，蜀道難的感歎噴湧而出：「蜀道之難，難於上青天，使人聽此凋朱顏！」然而詩人意猶未盡，繼續渲染，「連峰去天不盈尺，枯松倒掛倚絕壁。飛湍瀑流爭喧豗，砯崖轉石萬壑雷」。靜態的危峰絕壁、動態的飛湍擊石都表現了山中的驚悚，於是第二個小高潮隨之而來，「其險也如此，嗟爾遠道之人胡為乎來哉」！

殘酷的歷史和旅人的畏途都還未說盡蜀道之難，詩人便提起劍閣。劍閣是大小劍山中一條三十里長的險要棧道，易守難攻，是蜀中要塞。歷史上在此割據稱王者不乏其人，「一夫當關，萬夫莫開」是謂此也。若非親信防守，一旦叛變，便如豺狼吃人一般兇險。守關者每天與猛虎長蛇打交道，對人也不免殘忍，「磨牙吮血，殺人如麻」。自然環境和人文環境都如此艱險，詩人懇切地建議：「錦城雖云樂，不如早還家。」這最後一段彷彿預言一般預示了後來的安史之亂。此詩寫於唐玄宗盛世之時，李白以

「蜀道難」表現入長安卻未獲賞識的坎壈心境，同時也以詩人的敏銳感知到了歌舞昇平、太平盛世背後潛藏的危機。

宣州謝朓樓餞別校書叔雲[1]

李白

棄我去者，昨日之日不可留，
亂我心者，今日之日多煩憂。
長風萬里送秋雁，對此可以酣高樓。[2]
蓬萊文章建安骨，中間小謝又清發。[3]
俱懷逸興壯思飛，欲上青天覽日月。[4]
抽刀斷水水更流，舉杯銷愁愁更愁。
人生在世不稱意，明朝散髮弄扁舟。

1 宣州：今安徽宣城。謝朓樓：南齊詩人謝朓任宣州太守時所建。餞別：置酒食送別。校書叔雲：秘書省校書郎族叔李雲。

2 酣：暢飲。

3 蓬萊文章建安骨：指李雲詩文有漢魏風。蓬萊是海上仙山，傳說仙府幽經秘錄藏於此山，故東漢以蓬萊指國家藏書處東觀，李雲任職的秘書省相當於漢代東觀。建安骨：漢獻帝建安年間（196—220），曹操父子及王粲等建安七子，詩文剛健俊爽，後人譽為「建安風骨」。小謝：謝朓，李白自比。詩史上以謝靈運為大謝，謝朓為小謝。清發：清新秀發。

❹ 覽：通「攬」。

賞析

昨日之日棄我而去，它自顧自飄然遠逝，卻將我推往老邁之境，一天一天，從不停歇。傷感和悲憤在開篇的「棄」字中撲面而來。但終究「悟以往之不諫，知來者之可追」。平心接受吧，昨日之日不可留。然而回頭看取眼前，卻只有「亂我心者，今日之日多煩憂」，纏繞不盡，徒增煩憂。

此時幾萬里外吹來一陣長風，吹散了煙雲般的一切煩憂。「長風萬里送秋雁，對此可以酣高樓。」秋雁高翔，在萬里長風的吹送下健舉有力，聲聞於天。面對此景，詩人精神大振，浩歌狂飲，揮毫落墨：校書叔您的文章遠追東漢東觀，兼得建安風骨，我呢，正如建樓的謝朓，清新秀發，我們和古人一樣逸興遄飛，壯思遠揚，可共上青天同攬日月。青天、日月、高樓，李白心中一洗無垢的清越之氣在天地間激盪，穿越古今，縱橫捭闔。

然而更深的愁思猛然襲來，「抽刀斷水水更流，舉杯銷愁愁更愁」。酒已無可奈何，外力無可憑藉，此時李白突發狂言，「人生在世不稱意，明朝散髮弄扁舟」。面對愁苦，李白總能以英特越逸之氣笑對之，而且越愁苦，越狂放。昨日已逝，今日煩憂，但明朝仍是充滿想像力的新的一天。稱意神全是李白超越功名的最高追求，這灑脫的姿態正是他千百年來仍為人們津津樂道的原因所在。

將進酒[1]

李白

君不見黃河之水天上來，奔流到海不復回。
君不見高堂明鏡悲白髮，朝如青絲暮成雪。
人生得意須盡歡，莫使金樽空對月。
天生我材必有用，千金散盡還復來。
烹羊宰牛且為樂，會須一飲三百杯。
岑夫子，丹丘生，將進酒，杯莫停。
與君歌一曲，請君為我傾耳聽。
鐘鼓饌玉不足貴，但願長醉不復醒。
古來聖賢皆寂寞，惟有飲者留其名。
陳王昔時宴平樂，斗酒十千恣歡謔。[2]

1 將（qiāng）進酒：樂府《鼓吹曲辭・漢鐃歌》舊題，內容多寫飲酒放歌。

2 陳王：曹植。其《名都篇》：「歸來宴平樂，美酒斗十千。」平樂：平樂觀，離作詩地點嵩山不遠。斗酒十千：一斗酒值十千錢，極言酒美。恣：盡情。謔（xuè）：遊樂，開玩笑。

主人何為言少錢，徑須沽取對君酌。
五花馬，千金裘，
呼兒將出換美酒，與爾同銷萬古愁。

賞析

兩句「君不見」劈空而來。時光如黃河自天際奔流至大海，滾滾濁濁，逝而不返。在時光無情的奔湧中，人們壯志未酬卻已白髮叢生。「朝如青絲暮如雪」，朝暮間白髮驟生，觸目驚心。焦慮、不甘、悲憤如風雷急雨般一氣而下，奔騰怒吼。

然而「醉者神全」。在酒的保護下，逝者如斯的傷感和鬱鬱不得志的挫敗並未打擊詩人的精神，反而使他亢奮起來，以飽滿的自信沖決愁苦，樹立自我價值：「人生得意須盡歡，莫使金樽空對月。天生我材必有用，千金散盡還復來。」不容置疑的口吻、自我振奮的精神顯示了詩人面對愁緒仍高昂慷慨。只有「烹羊宰牛且為樂」的「且」（姑且、暫且）透露了一絲微苦與無奈。

「岑夫子，丹丘生，將進酒，杯莫停」，明快的短句又使詩歌激昂起來，呼朋喚友的熱鬧驅散了個體直面光陰的孤獨。在友人的欣賞和酒的迷狂中，詩人的意志越發張揚：「鐘鼓饌玉不足貴，但願長醉不復醒。古來聖賢皆寂寞，惟有飲者留其名。」佳餚不足貴，聖賢皆寂寞，惟有酒的精神睥睨一切，意氣淩雲。曹植在附近平樂觀的狂歡讓人神馳，我們也喝個痛快吧。管它錢少不足，管它萬古千愁，拿我的千金裘、五花馬換酒錢去，「徑須沽取對君酌」，「與爾同銷萬古愁」！悲愁與豪興的對沖形成全詩飆風驟雨般大起大落的節律，在明暗的激盪中，酒力和意氣最終超越悲愁，高昂開遠，浩蕩而前。

月下獨酌

李白

花間一壺酒，獨酌無相親。
舉杯邀明月，對影成三人。
月既不解飲，影徒隨我身。[1]
暫伴月將影，行樂須及春。

[1] 解：懂得。

我歌月徘徊，我舞影零亂。

醒時相交歡，醉後各分散。

永結無情遊，相期邈雲漢。[2]

[2] 無情：即《莊子·德充符》之忘情，消泯是非、得失、物我等區分，超然於一切之上的精神狀態。期：約定。邈：杳遠。雲漢：銀河。

賞析

花間春日月夜，如此美好豈能辜負？即使獨酌也要樂趣無窮！

李白以奇思妙想誠邀明月與影子湊成三人，賞花飲酒，其樂陶陶。正在創意的喜悅中自得其樂時，詩人陡然發現月兒並未舉杯，影子也只是空學我的樣子。他稍稍低落，「暫伴月將影，行樂須及春」，姑妄伴之吧，總能找到樂趣。你無情，我多情即可。於是他開懷痛飲，興致勃發，不僅自斟自酌，還載歌載舞，這時奇景忽開：那不飲不語的月與影竟然有情有知起來。酒意朦朧中，明月彷彿隨着自己的歌舞前後移步，影子也轉動凌亂，湊趣地像與自己共舞。這靈異的應和讓人歡欣鼓舞，他興致盎然地浮一大白，然後酩酊大醉。

醉醒後他發現自己仍是獨自一人，月和影都已離開。孤獨感再度襲來，但李白是多情的、主動的、熱情的，他不會在清冷中孤獨而死。內在洋溢的熱情使他總能想出絕妙的主意，與周圍世界互動，讓自己快活起來。於是他與月、影約定，我們忘記彼此「形」的差異，在物我兩忘、天人合一中「相期邈雲漢」，逍遙自在遊。

月的陪伴在李白是格外親切的。自出蜀時的「峨眉山月半輪秋，影入平羌江水流」到終南山的「山月隨人歸」，從靜夜的「床前明月光」到「長安一片月，萬戶搗衣聲」，月都是高潔、清皎的朋友，一路伴隨着他。至如「明月直入，無心可猜」的直率、「清風明月不用一錢買」的慷慨、「玲瓏望秋月」的惆悵、「我寄愁心與明月」的貼心、「明月出天山，蒼茫雲海間」的豪邁，更是李白人格的映射。所以《月下獨酌》中李白的邀月共飲有親切的誠意，不獨是落寞時的自欺。「我歌月徘徊」中有老朋友相聚的默契，永結共遊、相期霄漢也未嘗不是真摯的相約。這也就難怪傳説李白最後撈月墜水而亡。他真的兑現了詩中諾言，浪漫地「永結無情遊，相期邈雲漢」。

送友人

李　白

青山橫北郭，白水繞東城。

此地一為別，孤蓬萬里征。

茲：此。蕭蕭：馬的嘶叫聲。班馬：離羣的馬。班：分別，離別。

浮雲遊子意，落日故人情。
揮手自茲去，蕭蕭班馬鳴。[1]

賞析

這首詩就像一幅清麗淡雅的山水畫，一道青山，一彎流水，一座城郭在山環水繞之中，城外的古道邊，詩人與友人騎馬相對，正珍重作別。

從詩中我們看不出友人是甚麼身份，將去往何處，為何要去。但我們能知道，這一別之後，友人將孤身遠行，漂泊異鄉，就如同風中的蓬草，身不由己。

這幅「畫」的背景更為寥廓，天上就要飄往遠方的流雲，天邊將要墜入地平線的夕陽，恰與執手作別的兩位友人相映襯——浮雲多麼像即將踏上旅途的友人，很快就要消失在視野之外，越飄越遠；落日正像此時詩人心情的寫照，黯然但仍然溫暖的餘暉灑滿大地，似乎不忍就此墜入地平線。

不論多麼不捨，終究還是要分別。在詩的最後一聯，詩人又給我們呈現了一幅剪影。我們看不清兩位友人的目光和神情，聽不到他們分別時的關照與祝福。我們看到的是友人在走出很遠後，還回頭與詩人相互揮手告別，聽到的是充滿依依惜別之意的蕭蕭馬鳴。

❶ 厭：滿足。敬亭山：位於今安徽宣城北郊。

獨坐敬亭山

李白

眾鳥高飛盡，孤雲獨去閒。

相看兩不厭，只有敬亭山。❶

賞析

李白一生中大多數時間，都是在漂泊中度過的。當他匹馬輕裘，漫遊於山水之間，當他落寞憔悴，獨酌於月下花前，孤獨的滋味一定會無可避免地襲上心頭。不然，如何能寫出「眾鳥高飛盡，孤雲獨去閒」這樣深刻的孤獨體驗？一個「盡」字，寫出了天地的空空蕩蕩；一個「去」字，寫出了萬物對自己的無視。

這種被世界遺棄的感覺是可怕的，如果沉溺其中，必然產生對人世和人生的絕望。但李白是自信和豪邁的，他永遠都懷着希望，永遠都能從悲傷中振起。鳥兒飛走了，雲朵飄遠了，敬亭山還在。儘管敬亭山並不高峻巍峨，沒有奇峰異石，沒有飛泉幽壑，但它也沒有離棄詩人，而是靜默地陪伴着詩人。

李白獨坐於敬亭山之上，久久地凝望着敬亭山，孤獨感一點點消去，親切感漸漸生起。這親切感在他心中，在他和敬亭山之間。他分明感受到，無言的敬亭山也正在以同樣的目光注視着自己。

李白把悠然的身影留在了敬亭山，把敬亭山寫進了中國人的心中，成為中國人耳熟能詳的一座山。

越中覽古

李白

越王勾踐破吳歸，義士還鄉盡錦衣。
宮女如花滿春殿，只今惟有鷓鴣飛。

賞析

春秋時期的吳越爭霸，是一段驚心動魄、跌宕起伏的歷史。越王勾踐被吳王夫差打敗後，忍辱求和，臥薪嘗膽，用二十年時間使越國強大起來，最後復仇成功，吞併吳國，成為春秋末期的霸主。

李白遊覽越中，一千多年前的這段歷史歷歷在目，但他只用一句就概括了：「越王勾踐破吳歸。」他想的更多的是越王勾踐勝利歸來後的情景。滅國而還，吳王夫差這個曾經讓自己遭受了多少淩辱的仇人，吳國這個多少代以來與越為仇的敵國，被徹底消滅，越王勾踐該是怎樣的志得意滿啊！當他率領凱旋的軍隊昂然返回自己的都城，當他在自己的宮殿中對酒當歌，看着滿殿青春美麗的宮女翩翩起舞，他的榮耀與輝煌達到了頂點。然而，勝利又如何？歡樂又如何？雄圖霸業轉眼成空，江山社稷瞬間易主，一千年之後，這裏只剩下了斷壁殘垣，荒草蔓生，草叢間偶爾飛起幾隻鷓鴣。

王朝更替，盛衰無常，是唐人懷古詩中最常見的感慨。李白這首詩裏並沒有把這種感慨直接抒發出來，在遙想了越王勾踐當年的榮耀繁華後，筆觸陡然轉到眼前所見之景，當年勾踐的王城「只今惟有鷓鴣飛」。在今昔對比中，讓讀者自行體味世事變化無常的感慨。另一位詩人李嶠《汾陰行》的結尾說：「山川滿目淚沾衣，富貴榮華能幾時？不見只今汾水上，惟有年年秋雁飛。」這可以視作李白這首詩的註腳。

玉階怨

李白

玉階生白露，夜久侵羅襪。
卻下水晶簾，玲瓏望秋月。

賞析

這首詩晶瑩、寒冷、皎潔。詩中諸多意象如玉階、白露、水晶簾、玲瓏月都表現了李白對白色、閃光、亮色調的始終追求。「白雲映水搖空城，白露垂珠滴秋月」，純白的色澤正彷彿詩人心中赤子般的一片澄明。

而此詩澄明中還夾纏着憂傷。「玉階生白露」，「生」字表現玉階上的露水越來越重的變化感。天氣愈冷、時間向晚，她為甚麼還不進去，風露立中宵？露水透濕了女子的羅襪，「侵羅襪」的「侵」字表現外界寒冷緩慢的侵略性，羅襪般單薄脆弱的身體如何抵抗得住？但她還在等待，一任白露侵襲，不肯放棄她的期待與忠貞。

但最終還是因為無人前來而放下了水晶簾。水晶品質皎潔、晶瑩、堅貞，一如詩中女子。她放下珠簾，本已與外界隔斷，可是塵緣難解，芳心未安，於是仍然凝眸望向皎如明鏡的秋月。「望」和「秋月」使思念產生一種昇華，顯出光明高遠的意境。但終究望而不得，怨意由此而生。但這怨思因白色晶瑩的物象烘托，只顯得清麗、幽美、朦朧、高潔。

勞勞亭

李白

天下傷心處，勞勞送客亭。
春風知別苦，不遣柳條青。

賞析

別離，在中國古典詩文的世界裏引發了不知多少的傷感悲愁。「悲莫悲兮生別離」，幾乎在中國文學的起始階段，「楚辭」就把別離的悲苦寫到了極致。「黯然銷魂者，惟別而已矣」，江淹的生花妙筆，則把別離的憂傷寫到深入骨髓。直敘別離之悲至此，似再難超越。但李白脫口而出的一句「天下傷心處，勞勞送客亭」，偏又翻出一重新的境界。

勞勞亭，是送別分離之處。我們已無法知曉，李白是送人者還是被送者，又或者此詩只是李白因亭名而起意所作？其實也無須知曉，對這首詩而言，這些問題都無關緊要。李白一生朋友眾多，從相識相知到相別，既有送人也有被人送行。而送行時所深味的別離之苦，不會因次數頻繁而麻木，也不會因地點不同而減弱。所以，並非勞勞亭是天下最傷心之處；凡是送行別離之地，均為傷心之處。這句詩真正要表達的是：別離，是天下最傷心之事。

如果說第一聯是衝口而出的妙語，明白如話，那麼在第二聯裏詩人話題陡然一轉，盡得含蓄蘊藉之趣。這一聯至少含了三層意思。第一層，寫春風無情而有情，尚知離別之苦，更何況眼前即將離別之人呢？第二層，折柳相贈，以表達挽留不捨之意，是唐人送別時的風俗，現在卻無柳可折，更增一分悲苦。第三層，春風固然好意，不使柳條返青，卻終究不能留住行人，如此無可奈何，真真是情何以堪！

春夜洛城聞笛

李白

誰家玉笛暗飛聲，散入春風滿洛城。
此夜曲中聞折柳，何人不起故園情！

賞析

春夜，在繁華都市無根蒂的遊子疲累了一天，正在喘息休整時，笛聲飛至。悠揚的笛聲像一個念頭、一絲驚喜、一聲慰藉，讓人出離，神思遠揚。詩人不禁問道：「誰家玉笛暗飛聲？」意外的妙音像一個美麗的懸念，引逗人無限遐想。吹笛人不知何在，他/她想必倚窗獨立，心有所動，便發音寥亮，不承想這淒清婉轉的曲調竟乘着駘蕩春風在靜夜飛揚，潛入萬家燈滅，散入春風滿洛城。

而笛聲所奏恰是《折楊柳》曲。古人離別時，折路邊楊柳相送。楊柳依依，彷彿心中戀戀不捨之意。《折楊柳》曲應運而生，在漢樂府古曲中專抒發行旅離別之苦。如今《折楊柳》曲在靜夜的洛陽城中飛揚。都市中的遊子，無論書生、商販、官員、俠客都不由得湧起思鄉之情。在外打拼的辛苦惟有自知，正在撫平心緒之際，不期然地飛來《折楊柳》曲。家的溫暖、家的無憂、家的安心絡繹奔湧而來，鄉情裹挾着無數回憶在心中激盪。「何人不起故園情」，一個反問映帶了無數遊子，但第一個起了故園情的不正是李白自己嗎？

客中作

李白

蘭陵美酒鬱金香，玉碗盛來琥珀光。[1]
但使主人能醉客，不知何處是他鄉。

賞析

曹操說：「何以解憂，惟有杜康。」更何況眼前這美酒，散發着如此馥郁的酒香，就如同異域的鬱金草的芳香；酒在精美潔白的玉碗中微微晃漾，閃動着琥珀般晶瑩的光澤。不等端起，這酒就已經令人心醉神迷了。

[1] 鬱金香：美酒散發着鬱金的香氣。鬱金，一種香草。

對酒沒有任何抵禦力的李白，見着此等美酒，怎能不開懷暢飲？主人大概是李白的「粉絲」吧，看着李白飲酒，絲毫不吝惜，一碗又一碗地為他斟滿。李白可是曾經名列長安的「飲中八仙」啊，遇到美酒和慷慨的主人，當然要不醉不休了。

李白自己說：「百年三萬六千日，一日須傾三百杯。」盡情歡飲，是李白遇酒的常態；但是今天的李白，似乎特別急於酩酊大醉。今天的李白，想念家鄉了。家鄉遠在萬里之外，不知何日才能回去。醉了，才能忘卻鄉愁，忘卻自己身在異鄉。

不知酒醒之後的李白，是倍加惆悵，還是會重新興致勃勃地踏上漫遊之路？

聞王昌齡左遷龍標，遙有此寄[1]

李白

楊花落盡子規啼，聞道龍標過五溪。[2]

我寄愁心與明月，隨風直到夜郎西。

1 左遷：貶謫，降職。龍標：地名，今湖南省黔陽縣。

2 楊花：柳絮。龍標：指王昌齡，王昌齡此時被貶為龍標縣尉。五溪：是雄溪、樠溪、酉溪、舞溪、辰溪的總稱，在今湖南省西部和貴州省東部。

賞析

最溫暖的友情，就是當你跌落至人生的低谷、陷於困窮悲愁的時候，朋友還在關心着你，和你一起度過黯淡的日子。

王昌齡獲罪貶官並被發配到荒蠻遙遠的龍標縣任職的消息，是王昌齡將要到達貶所時，李白才聽說的。暮春時節，柳絮飄零，杜鵑悲啼，王昌齡在貶謫路上所見的景色，李白能想像到。去國懷鄉，憂讒畏譏，王昌齡一路上悲愁的心情，李白能體會到。相隔遙遠，李白無法趕到王昌齡身邊，去安慰和陪伴王昌齡。但他的關切和同情，卻是空間所不能阻隔的。就像夜晚天上高懸的明月一樣，不論王昌齡走到哪裏，只要一抬頭，就能看到。夜月的純淨明亮，就像他對王昌齡的友情；月色的悠遠無邊，就像他為王昌齡的不幸產生的愁緒。他把他的關切和同情，寫進詩中，寄給王昌齡。

當王昌齡讀到李白這首詩，在夜晚再看到月亮時，一定會覺得分外親切，心中也一定會感到分外溫暖吧。

望天門山

李白

天門中斷楚江開，碧水東流至此回。
兩岸青山相對出，孤帆一片日邊來。

賞析

天門山，顧名思義，一座大山就像天設的門戶，高高聳峙，牢不可破。但是長江奔騰咆哮而至，撞開了這座「天門」，大山被一分為二。然而大山只是被撞開，並未被撞倒，它依然高高聳峙，直面江水的沖擊。江水至此激起巨大的迴旋，從天門山讓開的通道中流過。

浩蕩的江水和巍峨的大山，彷彿在這裏合奏着力與美的交響樂。坐在船上從上游順流而來，在這交響樂裏必然頭暈目眩。可是如果你抬頭遠望，所見就是另一種景象，似乎這個世界變得安靜了：兩岸連綿不斷的青山如迎面而來，更遠處的江面上，太陽冉冉升起，一艘船正揚帆溯流而上。

這是一首純粹寫景的詩，詩中壯美與靜美相映襯，近景與遠景相搭配，讀來猶如置身船上，船行江上，風景紛至沓來，如在眼前。

行路難三首（其一）

李白

金樽清酒斗十千，玉盤珍羞直萬錢。[1]
停杯投箸不能食，拔劍四顧心茫然。[2]
欲渡黃河冰塞川，將登太行雪滿山。
閒來垂釣碧溪上，忽復乘舟夢日邊。[3]
行路難，行路難，多歧路，今安在？
長風破浪會有時，直掛雲帆濟滄海！

1 珍羞：珍貴的菜餚。羞，通「饈」。直：通「值」。

2 箸（zhù）：筷子。停杯兩句：化用鮑照《擬行路難・其六》：「對案不能食，拔劍擊柱長歎息。丈夫生世會幾時，安能蹀躞垂羽翼？」

3 垂釣：姜子牙未遇周文王時，曾在磻溪（今陝西寶雞市東南）垂釣。夢日邊：伊尹見商湯之前，夢舟過日月之邊。

賞析

《蜀道難》強調路之難，《行路難》則側重心之艱。

「蘭陵美酒鬱金香，玉碗盛來琥珀光。」美酒佳餚擺滿餐桌，正是「會須一飲三百杯」的豪興時刻，詩人卻放下端起的酒杯，扔下手中碗筷，一任胸中塊壘推成波瀾，拔劍而起，四顧茫然。停、投、拔、顧，四個連續動作表現了他內心的激盪，連美酒佳餚都無法安撫。他撫劍吟嘯，雄心萬里，眼前卻是一片空空，無處揮劍。現實世界處處挫敗，使他被憂患籠罩，「欲渡黃河冰塞川，將登太行雪滿山」。

那就安心歸隱垂釣吧，李白自謂「吾亦澹蕩人，拂衣可同調」。功成名就，拂衣遠行，魯仲連一般的瀟灑正是李白心中的理想。但「深藏功與名」是在功成名就以後，豎子無所成名，瀟灑何由而來？心中的不甘再度湧起，「忽復乘舟夢日邊」，傳說伊尹見商湯前曾夢見舟過日月之邊。也許眼前的空茫正是黎明前的暗夜，當下的低徊正是明主知遇的序幕？「何以慰我懷，賴古多此賢。」姜太公和伊尹的際遇給人很多安慰，但回到現實，我的明主安在？「行路難，行路難，多歧路，今安在？」疾風驟雨般的愁悶撲面而來，悲感至極，李白竟豪語出之，深重的壓抑反逼出了他的最強音：「長風破浪會有時，直掛雲帆濟滄海！」促迫中的精神越趨高昂，強健的主體意志發而揚之，這就是李白。

夢遊天姥吟留別[1]

李白

海客談瀛洲，煙濤微茫信難求。[2]

1 天姥(mǔ)：山名，在今浙江新昌縣南部。吟：歌行體的一種。

2 瀛洲：海上有三神山，蓬萊、方丈、瀛洲。信：確實。

越人語天姥，雲霓明滅或可睹。

天姥連天向天橫，勢拔五嶽掩赤城。[3]

天台四萬八千丈，對此欲倒東南傾。[4]

我欲因之夢吴越，一夜飛度鏡湖月。[5]

湖月照我影，送我至剡溪。[6]

謝公宿處今尚在，淥水蕩漾清猿啼。[7]

腳着謝公屐，身登青雲梯。[8]

半壁見海日，空中聞天雞。

千巖萬轉路不定，迷花倚石忽已暝。[9]

熊咆龍吟殷巖泉，栗深林兮驚層巔。[10]

雲青青兮欲雨，水澹澹兮生煙。[11]

列缺霹靂，丘巒崩摧。洞天石扉，訇然中開。[12]

3 拔五嶽：超出五嶽。五嶽：東嶽泰山、西嶽華山、中嶽嵩山、南嶽衡山，北嶽恆山。掩赤城：掩蔽了赤城山。

4 天台：天台山。四萬八千丈：極言山高。

5 因：憑藉。吴越：偏義複詞，偏越。

6 剡（shàn）溪：曹娥江上游，在剡縣（今浙江嵊縣）。

7 謝公：南朝宋代詩人謝靈運，曾在剡中住宿。淥（lù）：清。

8 謝公屐（jī）：謝靈運創製的登山木屐，屐底有齒，上山去前齒，下山去後齒。

9 暝（míng）：天暗。

10 殷：大，此處意為充滿。栗、驚：使戰慄驚恐。

11 澹（dàn）：波浪起伏或流水迂迴。

12 列缺：閃電。霹靂：雷聲。洞天：道教稱神仙居住之所。石扉（fēi）：石門。訇（hōng）然：大聲貌。

13 青冥：青色的天空。金銀台：神仙所居宮闕。

14 鼓瑟：奏瑟。鸞：鳳鳥的一種。

15 悸：心驚。恍：覺醒。嗟（jiē）：歎。

16 向來：以往，指夢中。

青冥浩蕩不見底，日月照耀金銀台。[13]
霓為衣兮風為馬，雲之君兮紛紛而來下。
虎鼓瑟兮鸞回車，仙之人兮列如麻。[14]
忽魂悸以魄動，恍驚起而長嗟。[15]
惟覺時之枕席，失向來之煙霞。[16]

世間行樂亦如此，古來萬事東流水。
別君去兮何時還，且放白鹿青崖間，須行即騎訪名山。
安能摧眉折腰事權貴，使我不得開心顏！

賞析

天寶元年，李白奉詔入長安，以「仰天大笑出門去，我輩豈是蓬蒿人」極寫狂喜自得之情。在翰林待詔的任上，「雲想衣裳花想容，春風拂檻露華濃」的華句、高力士脱靴的軼聞都讓李白披上了一層傳奇的色彩。當時在洛陽的杜甫筆下的李白更是「天子呼來不上船，自稱臣是酒中仙」。面上春風得意，實則不過是文學弄臣，與李白心中「使寰區大定，海縣清一」的期許相差甚遠。當他逐漸意識到自己不過是「兒戲不足道」，於是在天寶三載「五噫出西京」，被賜金放還。

之後他在紫極宮接受道籙，成了在籍的道士，躬自實踐，煉丹燒藥，然而心中仍不平靜。大病一場後欲南遊越中。《夢遊天姥吟留別》便是出發前的留別之作。

推高與反跌，是章法上的特徵。第一層以瀛洲帶出越中仙山，並以天台、赤城山陪襯天姥山的高峻。第二層先以兩句七言押韻表現一夜飛度的順利，接着以連續八句的押韻來表現登山的順利與心情愉悅。隨後開始迷幻、戰慄，甚至天崩地裂，隨即石門洞開，光芒萬丈，璀璨瑰麗的仙境在眼前鋪展，像一場歡暢快慰的美夢推至高潮。忽焉夢覺，「忽魂悸以魄動，怳驚起而長嗟。惟覺時之枕席，失向來之煙霞」。

幻滅感撲面而來，入夢出夢，大起大落，形成天風海濤般壯偉奇麗的氣勢。在洶湧奔踔之際詩人仍能高唱「安能摧眉折腰事權貴，使我不得開心顏」。難怪唐人殷璠在《河嶽英靈集》中評曰：「奇之又奇，然自騷人以還，鮮有此體調也。」

贈汪倫

李白

李白乘舟將欲行，忽聞岸上踏歌聲。[1]

桃花潭水深千尺，不及汪倫送我情。

1 踏歌：民間的一種唱歌形式，一邊唱歌，一邊用腳踏地打拍子，可以邊走邊唱。

賞析

本來應該只是一次尋常的離別。

李白和汪倫——不論當時還是後世，本來都不會有人將這兩個名字相提並論。聞一多曾經讚歎李白和杜甫的相遇，就像「青天裏太陽和月亮碰了頭」。而在李白漫遊天下的一生中，遇見最多的還是像汪倫這樣的普通人。這些人在生前身後都是無名之輩，轉瞬就化為過往歷史中的塵埃，這些相遇不會被記載，更不會被後人談論。

然而李白卻不這樣看。在權貴面前高傲，甚至在皇帝面前也敢脫略無禮的李白，對杜甫這樣的朋友、對汪倫這樣的普通人，卻是真摯熱誠的。可以想見汪倫的歡悅，名滿天下的大詩人突然出現在面前，平易近人，談笑風生。李白盤桓數日，就要辭行，汪倫必然依依不捨，用最好的美酒為詩人餞別。

對於李白來說，他的一生都在路上，這是無數場離別中的一場，與汪倫執手告別，轉身離去。當他走到桃花潭邊，乘船將行的時候，忽然聽到了岸上傳來的歌聲——是汪倫，邊走邊用歌聲為他送行。這歌聲完全意想不到，卻又充滿了深情厚誼。李白站在船頭，望着漸漸向後退去的岸邊和岸上的汪倫，歌聲依然從水面飄來，內心的感動衝口而出：「桃花潭水深千尺，不及汪倫送我情。」

這一場相遇，不及「青天裏太陽和月亮碰了頭」那麼耀眼；這一場離別，也沒有「人生在世不稱意，明朝散髮弄扁舟」那麼讓人心潮澎湃。但是這樣一位大人物和一位小人物之間真摯的友情，和他們各自樸實無華的表達，直到今天還在感動着我們。

次北固山下[1]

王灣

客路青山外，行舟綠水前。

潮平兩岸闊，風正一帆懸。

海日生殘夜，江春入舊年。

王灣（生卒年不詳），洛陽人。盛唐著名詩人，開元中卒。《全唐詩》存其詩十首。

1 次：旅途中暫時停宿，這裏是停泊的意思。北固山：在今江蘇鎮江北，三面臨長江。

鄉書何處達？歸雁洛陽邊。[2]

[2] 鄉書：家信。

賞析

王灣是洛陽人，見慣了洶湧湍猛、泥沙俱下的黃河急流，當他來到南方，在長江上乘船而行，看到的是另一種完全不同的景象。北固山位於現在的江蘇鎮江，此處已是長江下游，水面開闊，水流平緩，山青水綠，放眼望去，賞心悦目。尤其在漲潮之時，水位上升，江面更為廣闊。江風吹來，船帆高掛，風力和風向都恰到好處，既沒有大到在江中掀起波浪，又足夠使船帆展開，助船前行。當船到達北固山，詩人在船上又迎來了新的一天。看着夜色漸漸退去，太陽從江上冉冉升起，新的一天開始了。此時已是暮冬歲末，畢竟是到江南了，不像北方那樣寒冷，也不像北方的冬天那樣山川毫無綠意，詩人感受到了春天的氣息。而想到現在已是歲暮，也讓詩人想到自己已離家太久，應該寫封信寄回家中了。

「海日生殘夜，江春入舊年」是千古傳誦的名句，在當時就已膾炙人口。據説宰相張説曾將這一句親手題於政事堂上。這一聯寫景，氣象闊大，已是難得；但它又不僅僅寫景：太陽從暗夜中誕生，又驅走了暗夜；春天的氣息侵入了歲暮寒冬，很快就會取代冬天，而新的一年也將到來。從這一聯描述的景象中，我們看到了新舊交替，看到了新事物的強大的生命力、新事物取代舊事物無可阻擋的趨勢，也感受到了面向新事物的欣喜。

從整體上來看，這首詩是一首行旅詩，寫旅途中所見之景，表達思鄉之情，在唐詩中頗為多見。但「海日生殘夜，江春入舊年」這一句卻使這首詩在佳作如繁星的唐詩中都顯得熠熠生輝。不論王灣自己是否意識到了，這一句詩在闊大的景象中，的確還蘊含了一種更普遍的哲理，讓人感受到一種積極的精神面貌。

黃鶴樓

崔顥

昔人已乘黃鶴去，此地空餘黃鶴樓。
黃鶴一去不復返，白雲千載空悠悠。
晴川歷歷漢陽樹，芳草萋萋鸚鵡洲。
日暮鄉關何處是？煙波江上使人愁。

崔顥（約704—754），汴州（今河南開封）人。存詩一卷。

賞析

黃鶴為仙界飛鳥，其名兼有黃的蒼茫與鶴之高潔。《南齊書・州郡志》載仙人王子安曾駕黃鶴過此。《太平寰宇記》則稱仙人費文禕乘黃鶴登仙，曾休憩於此，故名。黃鶴既為仙鳥，樓亦因仙人得名，「仙」乃為樓之精魂。然而「昔人已乘黃鶴去，此地空餘黃鶴樓」，仙人瀟灑飛逝，惟樓空矗江畔。過了千年，黃鶴卻未曾飛回。千年的等待中，白雲翻騰變幻。時光從不知何時的古代流轉到了眼前的盛唐。

鏡頭追慕仙鶴遠去，然後轉回空落、兀自峻拔的黃鶴樓。白雲蒼狗，日月變幻千年以後，黃鶴樓上佇立了一個志氣高遠卻落拓無依的詩人，他極目遠眺，景色一片鮮麗。晴日映照長江，江畔古樹歷歷可見。芳草青綠蓬勃，蔓生在狂生埋骨的鸚鵡洲。鸚鵡洲給人鮮豔的畫面感，卻因狂士禰衡曾在此被殺而使人心中落落。此時暮色襲來，黃鶴何時能返回棲止的黃鶴樓，我又何時回歸無憂無懼的家鄉？暮靄沉沉，煙波浩渺，最後以「愁」字鎖結全詩。

開篇茫茫而後歷歷，終歸於茫茫。歷歷反似一場曇花一現的幻夢，清晰得有點不真實。空落感瀰漫了全詩，然而時空變幻、樓之峻拔、江景的鮮明與浩渺都使仙事與人事在意境上融為一體，使空落顯出超迴和渾成的氣象。

別董大二首（其一）

高適

千里黃雲白日曛，北風吹雁雪紛紛。
莫愁前路無知己，天下誰人不識君。

高適（約 700—765），字達夫。景縣（今屬河北省衡水）人。唐代邊塞詩代表詩人，與岑參並稱「高岑」。

賞析

這首絕句展露了一種極為矯健的力量。

詩歌一開始就呈現了一派冬日蕭索淒寒的景象，太陽黯淡無光，天空迷蒙陰沉，北風呼嘯，大雪紛飛。就在這風雪瀰漫的天空中，一隻失羣的大雁孤獨地飛過。大雁在秋天就應該飛往溫暖的南方去過冬的，風雪之中的大雁，必定處境艱難。這幅畫面顯然不僅僅是寫實，它還暗示了董大目前的窮困潦倒，前路漫漫。在與朋友分別之際，說這樣的話似乎讓人感到喪氣，實際上卻是為接下來的轉折蓄勢。接下來高適十分肯定地告訴朋友：「莫愁前路無知己，天下誰人不識君。」所以，根本不必為了眼前的困境而有絲毫沮喪悲愁。

詩的第一聯渲染出了濃重的愁雲慘淡的氛圍，而第二聯卻猛然振起，猶如刺破陰雲的燦爛的陽光，打破幽寂的嘹亮的號角。這其中的豪邁與自信，既是對朋友的勉勵，更是高適的自我胸襟的寫照。

題破山寺後禪院[1]

常建

清晨入古寺，初日照高林。
竹徑通幽處，禪房花木深。
山光悅鳥性，潭影空人心。
萬籟此俱寂，但餘鐘磬音。[2]

賞析

在清晨走進山中的古寺，偶爾與一兩個面容平和的僧人擦肩而過，看晨光灑滿乾

常建（生卒年不詳），長安（今陝西西安）人，詩以山水田園為多。

1 破山寺：即興福寺，在今江蘇常熟市西北虞山上。

2 鐘磬：佛寺中召集僧眾的樂器。

淨整潔的寺院，人的心情一定和寺院一樣安靜明亮。

來到古寺後院，眼前兀然出現一片竹林，林中一條小路。如果說寺的前院還與世間紅塵接壤，寺門打開，有僧俗往來，那麼這片竹林才是與世俗的真正的隔離。小路曲折，竹林幽深，心情更加沉靜，心中的俗念被一絲絲滌除。竹林盡處，一座禪房掩映在花木叢中。

彷彿走進了一個與外面完全不同的世界。這裏不再是陽光朗照，但是山光潭影，絕不幽暗；這裏生機靈動，時時響起鳥兒自在的鳴聲，並非死寂。走到潭水邊，看澄明平靜的潭水，看水中的倒影，心也變得如潭水一般澄明平靜。所有的聲音，所有的喧囂，都消退了。人和世界安靜下來，只有寺院裏的鐘聲，悠揚地在山中迴盪。

在這個世界裏，「空」去的是俗慮雜念，獲得的是純淨愉悅。

贈李白

杜甫

秋來相顧尚飄蓬，未就丹砂愧葛洪。[1]

痛飲狂歌空度日，飛揚跋扈為誰雄。[2]

杜甫（712—770），字子美。自號少陵野老，世稱杜少陵。生於河南鞏縣（今河南省鞏義市）。曾任左拾遺、檢校工部員外郎，故又有杜拾遺、杜工部之稱。杜甫與李白並稱「李杜」，是唐代偉大的詩人，他的詩被譽為「詩史」，他也被奉為「詩聖」。

❶ 丹砂：即朱砂，道教用來煉丹服食，以求長生。葛洪：東晉道士，自號抱朴子，入羅浮山煉丹。

❷ 飛揚跋扈：不守常規，狂放不羈。

賞析

李白和杜甫，是中國詩歌史上最耀眼的雙子星座。儘管他們在漫長的一生中只有短暫的交集，卻建立了深厚的友情。在他們相遇時，李白四十四歲，杜甫三十三歲；李白剛剛在長安度過了三年供奉翰林的生活，被唐玄宗賜金放還，不論是他的詩歌還是他的「謫仙人」風神，都已名滿天下；而杜甫此時尚未寫出建立起他在文學史上崇高地位的絕大多數詩作，和李白相比，他還只是盛唐詩壇上一名文藝青年。但年齡和名氣的差異絲毫沒有影響他們一見如故。在天寶三載（744）和天寶四載（745），他們先後在今天的河南、山東一帶同遊，「醉眠秋共被，攜手日同行」，度過了極為快意的一段時光。這首《贈李白》就是作於兩人於天寶四載再次同遊後分別之際。

詩中回顧了和李白詩酒論交、裘馬清狂的快意生活。從性格、年齡、聲名等各方面來看，當杜甫和李白交遊時，一定是李白對杜甫的影響更大些。李白篤信道教，曾接受道籙。杜甫在與李白同遊時，也跟隨李白進行過尋仙煉丹的活動。而李白狂放不羈、傲岸卓然的精神氣質，也深深地感染了杜甫。「痛飲狂歌」「飛揚跋扈」就不僅是在寫李白，實際上是兩人同遊時精神面貌的共同寫照。

然而杜甫的思想根底畢竟是儒家的，他此時也漸趨成熟。他意識到這樣的生活不能引導他走向建功立業之路。他和李白至今都如「飄蓬」一般；煉丹活動的沒有結果在表面上說是「愧」，其實是反省。「空度日」和「為誰雄」都顯示出他對這種放蕩生活的警醒。

事實上，杜甫在這次與李白作別後不久，就結束了「快意八九年」的漫遊，西至長安，認真地開始了漫長的求取功名的生活。

月夜

杜甫

今夜鄜州月，閨中只獨看。[1]

遙憐小兒女，未解憶長安。

香霧雲鬟濕，清輝玉臂寒。

何時倚虛幌，雙照淚痕乾。[2]

1 鄜（fū）州：今陝西省富縣。

2 虛幌：透明的窗幔。雙照：何時能一同在窗前看月，讓月光照乾我倆的淚痕，表達對未來團聚的期望。

賞析

天寶十五載（756）六月，長安陷落。杜甫攜家眷逃往鄜州羌村。八月，肅宗在靈武（今寧夏靈武市）即位，杜甫聞知，隻身從鄜州奔向靈武。不料途中被安史叛軍所俘，押至長安。困於淪陷中的長安，杜甫望月懷遠，寫下《月夜》一詩，表達對家小的思念。

月下懷人是常見的主題。「海上生明月，天涯共此時」「高高秋月照長城」都表達了思念之情。但杜甫獨闢蹊徑，從對面落筆，遙想「她」在月下倚樓神傷的場景。她的髮、她的手、她的擔憂、她的小兒女還未能理解的孤獨與不易。小兒女的天真，反襯閨中人無可言說的憂思，是此詩神來之筆。詩人想像家人的處境，以此來表達自己的思念，這與王維的「遙知兄弟登高處，遍插茱萸少一人」，後來白居易的「想得家中夜深坐，還應説着遠行人」異曲同工。超越自怨自艾，設身處地想像家人不易，猶能見出彼此深厚的情意。稍有不同的是，王維寫兄弟，白居易寫家人，杜甫寫的卻是唐詩中較少入詩的妻子。潔白如玉，雲鬟裊裊，周圍繚繞着香氣和濕氣。杜甫用樂府中描寫后妃或宮女的程式化語詞來描寫妻子，稍顯貴氣豔麗。與之相比，杜甫逃出長安後再回羌村的家人描寫倒更真實：「……柴門鳥雀噪，歸客千里至。妻孥怪我在，驚定還拭淚。世亂遭飄蕩，生還偶然遂。鄰人滿牆頭，感歎亦噓唏。夜闌更秉燭，相對如夢寐。」《羌村》的尾聯終於實現了《月夜》中的期盼「何時倚虛幌，雙照淚痕乾」。

春望

杜甫

國破山河在，城春草木深。
感時花濺淚，恨別鳥驚心。
烽火連三月，家書抵萬金。[1]
白頭搔更短，渾欲不勝簪。[2]

1 連三月：連接起兩個三月。指戰爭從去年延續到今年。

2 白頭：指白髮。搔：梳理。渾：簡直。簪：束髮用的首飾。古人成年後束髮於頭頂，用簪子橫插住，以免散開。這裏用作動詞。

賞析

安史之亂中，杜甫是一個小人物。叛軍在路上俘虜他後，僅僅是把他帶到長安，既沒有授予他偽職，也沒有囚禁他——他們完全忽略了杜甫。但是杜甫的心中卻裝着天下。即使在被叛軍佔領的長安城中，他也仍然記錄着那個時代。從國家的災難，到普通人在亂離中的遭遇，他真實地記錄下那段歷史，並發出了那個時代最沉痛的聲音。

《春望》便是作於失陷後的長安城中。杜甫曾在安史之亂前寓居長安十年，見證了盛唐的繁華。可是如今的長安城，已是滿目荒涼。城池殘破，人民或死亡或逃亡，曾經人煙繁盛的都城現在卻荒草叢生。今昔對比，不由得不叫人「濺淚」「驚心」。戰爭仍在進行，和家人被阻隔在兩地，消息斷絕，戰亂之中更加擔心家人的安危，這時候如果能知道他們平安的消息，是願意付出任何代價的。憂國念家，讓被困長安的杜甫心中傷痛，愁腸百結。

《春望》從「望」寫起，站在殘破的長安城中，遠望近瞻，從山河遠景，到身邊花鳥，再到自身，無不觸目驚心。而國家的危難，家庭的離散，和個體的遭遇息息相關。沒有國哪有家，沒有國和家的安定，哪有個人的幸福。杜甫的偉大之處，就在於從不以集體的名義取消個體的價值和情感，也從不僅僅囿於小我的悲歡，忽略對集體的關注和責任感。在他那裏，在這首詩中，個人、家庭的命運是與國家連為一體的。

旅夜書懷

杜甫

細草微風岸，危檣獨夜舟。[1]

星垂平野闊，月湧大江流。

[1] 危檣：高高的桅桿。

名豈文章著，官應老病休。
飄飄何所似，天地一沙鷗。

賞析

《旅夜書懷》是杜甫的暮年之作。杜甫對自己在政治上有極高的期許，他的政治理想是「致君堯舜上，再使風俗淳」。但他一生都不曾接近過這個理想。尤其到了暮年的時候，他在成都得以存身的庇護人嚴武死去，他被迫離開成都，攜家沿江東下。不論唐王朝的命運還是他個人的生活，都在飄搖動盪之中。他回顧自己的平生，發出了「名豈文章著，官應老病休」的自嘲。他的詩作越來越多，詩名越來越大，但仕途卻越來越失意。在嚴武死之前，杜甫就已辭去了官職。這幾乎也就意味着他放棄了在政治上的抱負。

自嘲的語氣難掩心境的悲涼，心境的悲涼又投射到夜間所見的景物上。本應平靜的夜晚，被杜甫寫得動盪不安，微風吹動岸上的細草，星辰西落，明月東升，江中波濤滾滾。這些景物又被杜甫精心地組織成從近到遠、從小到大的畫面。細草微風、危檣孤舟，是近景，是夜色中微小的一個點；星辰明月、廣闊的平野、流向遠方的大江是遠景，構成了從上到下的一幅廣闊圖景。在這幅廣闊圖景中，危檣孤舟更顯渺小。

而孤舟中正在失意傷神的詩人，內心深深地感到了渺小無助、孤獨無依，就如同天地間漂泊的一隻沙鷗，不知何處是歸巢。

江南逢李龜年

杜甫

岐王宅裏尋常見，崔九堂前幾度聞。[1]
正是江南好風景，落花時節又逢君。

[1] 岐王：唐玄宗的弟弟李範。崔九：崔滌，在兄弟中排行第九，曾任殿中監，出入禁中，得玄宗寵幸。

賞析

這首詩雖只四句，卻跨越了四十年時間，綰結起恍如隔世的兩個時代；看似簡單的敘述，平平道來，卻蘊含了異常複雜深沉的情感。

李龜年是盛唐的歌者，在開元年間「特承顧遇」，是唐玄宗極為賞識的樂工，常常出入於長安王公貴族的宅邸。當時年少的杜甫「出遊翰墨場」，以其文學天賦得到了當時文壇一些著名文人的揄揚，因此杜甫有機會見到李龜年在許多公卿大臣的宴集盛會上的演唱。這個時候，正是杜甫《憶昔》詩中所說的「開元全盛日」，是國家最繁華鼎盛的時期。而四十餘年後，當兩人再次重逢，唐王朝卻已是經歷了安史之亂後的瘡痍滿目，杜甫和李龜年也都流離漂泊到江南。在杜甫的記憶中，李龜年是和開元盛世聯繫在一起的，也讓他想起自己美好的早年時光。如今的李龜年卻淪落天涯，從李龜年身上，杜甫看到了唐王朝的盛衰劇變，看到了時代的滄海桑田，也看到了自己的顛沛流離。

僅僅四句二十八字，杜甫卻在其中寄寓了深沉的家國之悲、時世之歎、身世之感。在鮮明的今昔對比中，我們似乎聽到了杜甫悲涼的慨歎。

蜀相

杜甫

丞相祠堂何處尋，錦官城外柏森森。[1]
映階碧草自春色，隔葉黃鸝空好音。

[1] 丞相祠堂：諸葛亮廟，今名武侯祠。錦官城：今成都市南，三國蜀漢時管理織錦的官府駐此，故名錦城。

三顧頻煩天下計，兩朝開濟老臣心。[2]

出師未捷身先死，長使英雄淚滿襟。

賞析

杜甫到蜀地時，已經四十八歲了。安史之亂中，他冒着九死一生的危險，穿越叛賊防線，奔赴唐肅宗所在，以一片拳拳忠愛之意，經歷萬難、衣衫襤褸而來，被授予「左拾遺」的官職。但誠摯忠愛的杜甫因直言上諫，由皇帝身邊的諫官被貶為華州司功參軍。這對杜甫是一個沉重的政治打擊。於是他憤而棄官，流寓入蜀。此時杜甫的心中，想必有對朝廷深深的失望吧。

但他並未牢騷滿腹，仍去諸葛亮祠堂以寄託愛國之情。「丞相祠堂何處尋」，可見詩人是主動尋找蜀相祠堂，而非偶遇。祠堂門口的老柏高古肅穆，威嚴森森。黃鸝鳴囀，碧草春色，生機盎然。但這些再熱鬧也只是背景，並非此間精神，因而碧草「自」春色、黃鸝「空」好音。真正使這個祠堂深摯動人的是「三顧頻煩天下計，兩朝開濟老臣心」。臨危受命，開創基業；後主不濟，而仍鞠躬盡瘁、死而後已。這份老臣忠心，與「出師未捷身先死」的堅持，都讓仕途失意的詩人淚灑長襟。面對扶不起的後主，諸葛亮尚且拳拳報國，知其不可為而為之，何況自己呢？

[2] 兩朝：劉備、劉禪父子兩代。

1 野徑：田野間的小路。

2 紅濕處：經過一夜雨水浸洗的花叢。錦官城：成都的別稱。

春夜喜雨

杜甫

好雨知時節，當春乃發生。

隨風潛入夜，潤物細無聲。

野徑雲俱黑，江船火獨明。[1]

曉看紅濕處，花重錦官城。[2]

賞析

說起杜甫，人們首先會想到他「一飯未嘗忘君」的形象。其實他並不是每天都憂心忡忡，瞧，在春天晚上發覺窗外下起了雨，杜甫都會心生歡喜。

這場雨的確有讓杜甫喜愛的理由。它是那麼善解人意，在最需要的時候、在最合適的季節，它來了。在靠天吃飯的農業社會裏，春雨意味着農作物的茁壯成長，象徵着豐收的希望，怎能不讓人喜愛？

這場雨又是那麼輕柔，連風也是那麼和順，它們一起悄悄來到人間，不弄出一點聲響，卻無私地潤澤萬物。

大地上一片漆黑，陰沉沉的烏雲一定遮蔽了整個天空。只有遠處江上的一隻漁船上，亮着一點燈光，雖然微小，卻十分顯眼。雨雖細微，但濃密的烏雲一定能降下足量的雨水。

既然這是一場善解人意的雨，杜甫也就絲毫不擔心明天早晨「花落知多少」。經過細雨的滋潤，明天早晨的成都將會開滿鮮花。杜甫的眼前，浮現出雨後鮮花的樣子，浸透了雨水的花朵沉甸甸地壓彎了花枝，迸發出生命的愉悅，實在讓人喜愛。

江村

杜甫

清江一曲抱村流，長夏江村事事幽。[1]
自去自來堂上燕，相親相近水中鷗。
老妻畫紙為棋局，稚子敲針作釣鈎。
但有故人供祿米，微軀此外更何求？[2]

1 曲：曲折。
2 祿米：這裏指錢米。微軀：微賤的身軀，杜甫謙指自己。

賞析

對於一個剛剛經歷了極度匱乏和漂泊之苦的人來說，安定的、溫飽能夠得到滿足的生活就是莫大的幸福。杜甫的《江村》就是在這種情況下寫出來的。

在寫此詩前的一年中，由於饑荒，杜甫從華州司功參軍任上棄官而走，攜全家到秦州就食。但在秦州並沒有獲得生活保障，不過一個半月，又遷至同谷，卻在同谷陷入更加貧困匱乏的境況。於是杜甫帶着家人繼續南遷，經過長途跋涉，最後到達成都。在成都城外浣花溪畔的一個小村莊裏，靠着朋友的資助，杜甫建了一座草堂，和家人終於有了一個安居之所。

杜甫此時不擔任任何官職，不會被瑣碎的公務煩擾；有朋友的饋贈幫助，暫時解除了生活來源上的後顧之憂。心情閒逸下來，他感覺自己就像一個隱士一樣，這座平凡的小村莊也如世外桃源一般「事事幽」。看身外物，燕子和鷗鳥自在安然，與人和諧相處；看家中人，妻子正在紙上畫出棋局，兒子正在用針製作釣鈎，生活資料雖不豐裕，但每個人都悠然滿足，自得其樂。對我們的詩人而言，在飽嚐窮困之愁、漂泊之苦的後半生，這樣的日子就已殊為難得了。

1 緣：因。蓬門：用蓬草編成的門，借指貧苦人家。

2 盤飧（sūn）：菜餚。兼味：各種味道的菜食。舊醅（pēi）：隔年的酒。

客至

杜甫

舍南舍北皆春水，但見羣鷗日日來。
花徑不曾緣客掃，蓬門今始為君開。[1]
盤飧市遠無兼味，樽酒家貧只舊醅。[2]
肯與鄰翁相對飲，隔籬呼取盡餘杯。

賞析

「有朋自遠方來，不亦樂乎？」全詩洋溢着好友來訪的喜悅，正合詩題原注「喜崔明府相過」中的「喜」字。

開篇四句一氣而下。「舍南舍北皆春水，但見羣鷗日日來」寫住所僻靜，只有春水鳥兒相伴，但「春」的明媚、「羣」的熱鬧倒也為草屋平添了一份歡快的氣息，足以自得其樂。「舍」的重複、「日」的疊詞、流水對都使詩句有一種行雲流水、歡脱前行的流蕩感。雖然樸野，也自有一份清新的風致。只是鮮有來客，終究有些單調，於是第四句的喜客之情水到渠成，「蓬門今始為君開」，順勢也轉入了後半待客的情景。

「盤飧市遠無兼味，樽酒家貧只舊醅」是倒裝，順着說應是「市遠盤飧無兼味，家貧樽酒只舊醅」。倒裝後突出了「盤飧」「樽酒」，表現主人竭誠以待的盛情和招待不周的歉意。而到第四聯又歡樂起來，「肯與鄰翁相對飲，隔籬呼取盡餘杯」，主客和鄰家老頭隔着籬笆舉酒歡飲，率真誠樸的氣息感染了讀詩的每一個人。

茅屋為秋風所破歌

杜甫

八月秋高風怒號，捲我屋上三重茅。

茅飛渡江灑江郊，高者掛罥長林梢，下者飄轉沉塘坳。[1]

南村羣童欺我老無力，忍能對面為盜賊。

公然抱茅入竹去，唇焦口燥呼不得，歸來倚杖自歎息。[2]

俄頃風定雲墨色，秋天漠漠向昏黑。

1 掛罥（juàn）：掛着，掛住。

2 呼不得：喝止不住。

布衾多年冷似鐵，驕兒惡臥踏裏裂。[3]
牀頭屋漏無乾處，雨腳如麻未斷絕。[4]
自經喪亂少睡眠，長夜沾濕何由徹！[5]
安得廣廈千萬間，大庇天下寒士俱歡顏，風雨不動安如山！
嗚呼！何時眼前突兀見此屋，吾廬獨破受凍死亦足！

[3] 布衾：布做的被子。

[4] 牀頭屋漏無乾處：整個房間裏都沒有乾的地方了。屋漏，指房子西北角。牀頭屋漏，泛指整個屋子。雨腳如麻：形容雨點像下垂的麻線一樣密集。雨腳，雨點。

[5] 何由徹：怎樣才能捱到天亮。

賞析

很可能由於成都城中官員的變動，原來向杜甫「供祿米」的故人離職，而後來給予杜甫更大資助的嚴武尚未到來，杜甫在成都的生活一度陷入貧困境地。這在他此時期的一些詩中多有體現，如「厚祿故人書斷絕，恒飢稚子色淒涼」「百年已過半，秋至轉飢寒」等，《茅屋為秋風所破歌》是其中最著名的一首。

杜甫在浣花溪所建草堂的屋頂是由成束的茅草層層苫蓋而成，大風吹來，掀起一束束茅草，吹得七零八落，有的掛在高高的樹枝上，有的沉落在水塘中。一部分飄落在地上，可以撿拾回來的，偏又被一羣頑童抱走。杜甫追喊不及，面對一羣孩子的惡作劇無可奈何。屋漏偏逢連夜雨，夜裏秋雨從秋風摧殘過的屋頂滴下，房間裏到處都被淋濕。牀上的布被破舊不堪，已經失去了禦寒的功用。本來心中就充滿了種種煩憂，如此淒寒長夜，詩人倍感煎熬難耐。

從茅屋被秋風吹破寫起，寫到被一羣孩童欺侮，寫到秋雨長夜的淒冷，杜甫層層推進，十分真切傳神地寫出了他的狼狽困苦的生活。可是他寫這些並不是為了獲得同情，相反，他由自己的生活想到了天下更多像他這樣窮困潦倒的人，他希望不再有人受苦，因而發出了「安得廣廈千萬間，大庇天下寒士俱歡顏」的宏願，為了實現這一宏願，他甘願作出犧牲：「何時眼前突兀見此屋，吾廬獨破受凍死亦足！」

杜甫的偉大，就在於不論他自己陷入多麼困苦哀愁的境遇，都不失對最廣大人羣的最深厚的仁愛精神。

贈花卿

杜甫

錦城絲管日紛紛，半入江風半入雲。[1]

[1] 錦城：即錦官城，成都的別稱。絲管：弦樂器和管樂器，這裏泛指音樂。

此曲只應天上有，人間能得幾回聞。

賞析

唐詩中描寫音樂的作品不少，名篇如白居易的《琵琶行》將商人婦彈奏琵琶曲的聲音比作「大珠小珠落玉盤」，韓愈的《聽穎師彈琴》從穎師的琴聲中彷彿看到了「浮雲柳絮」、看到了「孤鳳凰」等形象，李賀的《李憑箜篌引》則想像着李憑的箜篌聲能讓「老魚跳波瘦蛟舞」。從這些作品中，我們都能感受到演奏者技藝的高超和音樂本身的美妙。而杜甫的《贈花卿》，乍一看似乎句句都在表現音樂，細讀卻有着與以上各篇不同的滋味。

「錦城絲管日紛紛，半入江風半入雲」的着眼點並不是這音樂如何動聽，而是場面的盛大，如果沒有一支頗具規模的樂隊，是不會有「半入江風半入雲」的效果的。很容易推想到，這音樂意味着一場更加盛大的宴會的舉行，「日紛紛」的音樂演奏也就意味着花天酒地的宴會每天都在上演，而主人生活的豪奢也就不言而喻了。如果僅僅豪奢也就罷了，從「此曲只應天上有，人間能得幾回聞」看，主人有僭越、不遵人臣之禮的嫌疑。「天上」「人間」有明顯的雙關意，表面看是「仙界」與「凡間」對舉，實際上是皇帝與臣民之別。

主人當然就是題目中的「花卿」，即當時駐守成都的西川節度使崔光遠的部將花敬定。花敬定曾率軍平定了東川一次叛亂，杜甫對他十分肯定，在另一首《戲作花卿歌》中不吝讚美之辭：「成都猛將有花卿，學語小兒知姓名」「綿州副使着柘黃，我卿掃除即日平」。然而花敬定又有驕奢不法的一面。從杜甫稱花敬定為「花卿」「我卿」來看，兩人之間似乎較為熟識。對花敬定的驕奢，杜甫主要持勸誡的態度，用「此曲只應天上有，人間能得幾回聞」來委婉地告誡花敬定：作為一名將軍，要懂得分寸。

聞官軍收河南河北

杜甫

劍外忽傳收薊北，初聞涕淚滿衣裳。[1]
卻看妻子愁何在，漫捲詩書喜欲狂。
白首放歌須縱酒，青春作伴好還鄉。[2]
即從巴峽穿巫峽，便下襄陽向洛陽。

1 劍外：劍門關以南，今四川地區。薊北：幽州、薊州一帶，今河北北部地區，是安史叛軍的老巢。

2 白首：一作「白日」。青春：指明麗的春天的景色。

賞析

763年，安史之亂終於結束。當唐軍收復安史叛軍老巢的消息傳來，杜甫喜不自禁，揮筆寫下了這首「生平第一快詩」。

這個消息來得太突然，杜甫喜極而泣，八年的陰霾，長久的憂苦之情，被一掃而空。家中充滿了歡樂的氣氛，妻子和孩子與杜甫一樣激動。在那一刻，杜甫似乎已經看到，從此以後，國家安定，百姓幸福，而他和妻子、孩子也終於可以回家了，終於不用在漂泊動盪中度日了。在這快樂的時刻，他要縱酒高歌，他要趕快打點行裝返回家鄉。甚至回家的路線都浮現在了眼前，他的家鄉在洛陽的偃師，他將沿長江東下，穿過三峽出川，然後再向北到達襄陽，從襄陽再向北，就能到達洛陽了——杜甫沉浸在勝利的喜悅和對未來的遐想之中。

都說「歡愉之辭難工，窮苦之言易好」，在杜甫這裏卻是不成立的，這首《聞官軍收河南河北》就把歡快之情寫得淋漓盡致。當然，杜甫詩裏寫得最多的還是沉鬱頓挫的「窮苦之言」，這可能是老杜一生中歡愉的時候太少了吧。

詠懷古蹟（其三）

杜甫

羣山萬壑赴荊門，生長明妃尚有村。[1]
一去紫台連朔漠，獨留青塚向黃昏。[2]
畫圖省識春風面，環佩空歸月夜魂。[3]
千載琵琶作胡語，分明怨恨曲中論。

[1] 荊門：山名。夔州到荊門這一帶山勢連綿，如順水奔赴之態。明妃：王昭君，名嬙，漢元帝宮人。

[2] 紫台：天子宮廷。王昭君遠嫁匈奴和親，離開漢廷，一去不返。青塚（zhǒng）：昭君墓，傳說墓上草常青。

[3] 畫圖：漢元帝時，以畫工所繪圖像召幸後宮女子，此即指王昭君的圖像。

賞析

「羣山萬壑赴荊門」，開篇極有氣勢，「赴」字將羣山的走向和動勢渲染出來，彷彿羣山萬壑的鍾靈毓秀都奔赴至「生長明妃」的村中。於是佳人的靈秀、大氣、正直也就不言而喻了。

然而如此絕代佳人的命運竟然是「一去紫台連朔漠，獨留青塚向黃昏」。觸目驚心的結局與首聯的鍾靈毓秀形成強烈對照，令人心疼，同時也造成懸念，不知佳人為何薄命？原來傳說漢元帝依畫像選宮女，大家爭相賄賂畫工，昭君不肯，便被醜化。

後來漢元帝按圖讓昭君去匈奴和親，召見時方知是後宮第一美人。然而成命難收，戎裝出發的王昭君只有魂魄才能在月夜歸來漢地。

詩歌至此，隱約能夠領會杜甫在王昭君這個半歷史半傳説的女性身上所得到的共鳴了，王昭君天生麗質，卻因不隨流俗，終至在荒寒的北方沙漠中孤獨地虛度一生。試想，如果擁有與王昭君一般的天生美質，然而也像王昭君一樣，終身失意、落寞，那一定能體會「獨留青塚向黃昏」的深沉孤獨和「分明怨恨曲中論」的不甘。身在胡地的王昭君那疾風驟雨的琵琶聲分明訴説着「怨恨」二字，這怨恨是幽怨的，也是壯闊的。杜甫「悲昭以自悲」，將王昭君的一生提升到了悲劇的高度，留給後代文人無限的感慨。

登岳陽樓

杜甫

昔聞洞庭水，今上岳陽樓。
吳楚東南坼，乾坤日夜浮。[1]

[1] 坼（chè）：分裂，分開。

親朋無一字，老病有孤舟。[2]
戎馬關山北，憑軒涕泗流。[3]

❷ 無一字：沒有任何音訊。字，這裏指書信。

❸ 戎馬：指戰爭。涕泗：眼淚。

賞析

杜甫可謂「有情人」，對親人，對朋友，對國家，對大自然中的山水花鳥，都滿懷深情。但他也為「情」所累，常常處於憂念之中。

這首《登岳陽樓》，是杜甫晚年漂泊至洞庭湖畔的岳州時所作。安史之亂結束，杜甫攜全家沿江東下，出川之後，並沒能按預想的那樣順利返回家鄉，而是輾轉於今天的湖北、湖南一帶。安史之亂雖然結束，但國家並沒有安定下來，在安史之亂中形成的藩鎮醞釀着新的危機。而吐蕃勢力的擴張使唐王朝的都城長安都面臨着嚴重威脅。

此時杜甫登上岳陽樓，心情是十分沉重的。八百里洞庭的壯觀景象，早已聞名，如今登上岳陽樓，果然名不虛傳。浩蕩無邊的湖水分割開吳楚兩地，放眼眺望，除了眼前的湖水，就是頭頂的天空了，似乎整個宇宙都是浮在湖水之上的。

但這雄闊的景色並沒有讓杜甫心曠神怡，他已經沒有了年輕時「壯遊」的豪情。暮年羈旅，風雨漂泊，寄居孤舟之上，顧影自憐，怎能不落寞傷感？更讓杜甫關切的，是國家局勢未穩，強敵入侵。憑欄遠眺，百感交集，悲愴之情難以自抑，杜甫竟不由得放聲大哭。

梁啟超稱杜甫為「情聖」，認為杜甫富於情感而又善於表達情感。從這篇《登岳陽樓》看，杜甫的情感至暮年而無絲毫衰減。憑欄痛哭的身影，千百年來不知感動了多少讀者。

登高

杜甫

風急天高猿嘯哀，渚清沙白鳥飛迴。[1]
無邊落木蕭蕭下，不盡長江滾滾來。
萬里悲秋常作客，百年多病獨登台。
艱難苦恨繁霜鬢，潦倒新停濁酒杯。

[1] 渚（zhǔ）：水中小洲。迴：迴旋。

賞析

盛唐的悲愁是浩大的，即使艱難潦倒，也有蒼茫博大的境界。

開篇寫秋風的動感：風急、天高、猿聲哀鳴；渚清、沙白、鳥兒來回飛旋。每句都有三景，景物和音節的密集渲染了秋風的緊迫感。本來難以捉摸的秋氣，詩人借風之淒急、猿之哀鳴、鳥之迴旋來表現。這股飛旋迴盪的秋氣彷彿裹挾了江天之間的萬物，催促着草木盡脫、江水急流，不由人不惶然無主。「落木蕭蕭下」「長江滾滾來」本是常景、常句，但加了「無邊」「不盡」便氣象浩大，由眼前之景而至於無窮無盡的時空之中。萬物都在逝去，時光之河永在流淌，個人的愁苦在這肅殺的大背景中，淪於微渺，也更為悲壯了。

詩歌後半部分描述詩人自己。一生漂泊，客中悲秋，貧病交困，人到晚年。種種淒涼之景集於一身，登高四望，滿目秋色悲涼。然而「萬里」「百年」四字使個人愁苦中仍有一股壯逸之氣，即使詩人艱難苦恨、鬢髮斑白，因肺病而新近戒酒。

「前四句景，後四句情。一、二碎，三、四整，變化筆法，五、六接遞開合，兼敍點，一氣噴薄而出」（方東樹《昭昧詹言》）。「建瓴走坂之勢，如百川東注於尾閭之窟」（胡應麟《詩藪》）。對仗如此精嚴，而筆勢雄勁奔放，氣勢順流而下，不愧為「古今七言律第一」。

登樓

杜甫

花近高樓傷客心，萬方多難此登臨。
錦江春色來天地，玉壘浮雲變古今。[1]
北極朝廷終不改，西山寇盜莫相侵。[2]
可憐後主還祠廟，日暮聊為《梁甫吟》。[3]

1. 玉壘：山名，在四川都江堰市西、成都西北。
2. 北極：朝廷像北極星一樣不會改變。西山寇盜：吐蕃。
3. 後主還祠廟：後主劉禪昏庸亡國，只因劉備和諸葛亮的政績，而人心不忘，還保有祠廟。聊為：不甘心這樣做而姑且這樣做。《梁甫吟》：相傳諸葛亮躬耕農畝時「好為《梁甫吟》」，此指本詩。

賞析

《峴傭說詩》云：「起得沉厚突兀，若倒裝一轉，『萬方多難此登臨，花近高樓傷客心』，便是平調。」因「花近高樓」是樂景，卻「傷客心」，情理反常，頓起懸念。

此時的大唐王朝剛經歷長安失守，吐蕃入侵，松、維、保三州陷落，還有蜀中的徐知道之亂。縱使春回大地，也難掩四境狼煙烽火，哀鴻遍野。錦江春色之下掩映着內憂外患、民不聊生，想及此，登樓的詩人如何不悽惻、不憮然？雖然「錦江春色來天地」，但「感時花濺淚」的慨歎暗含其中。詩人此次登臨是在代宗廣德二年（764）。

二十年前，「稻米流脂粟米白，公私倉廩俱豐實」；十年前，國家雖有隱患，但還歌舞昇平；而這八年來，內憂外患，戰亂不息，處處「戍鼓斷人行」，「有弟皆分散，無家問死生」。時代的劇烈變幻讓人猝不及防，如同玉壘山的浮雲古今變化，翻覆不定。但無論如何，朝廷不會變！詩人以堅定的決心和口吻突然振起。「北極朝廷終不改，西山寇盜莫相侵」，不容置疑的堅定口吻衝破原來憂慮的心境，充滿力量與信念。即使當今天子像蜀漢後主劉禪一樣昏庸輕信，即使代宗任用肖小，輕信宦官程元振、魚朝恩致使長安失守，但大唐基業百有餘年，不會就此滅亡。我姑且如孔明扶助後主一樣，繼續與國家同憂同樂。

憂慮國家而又充滿希望，不滿庸主又拳拳忠愛，不在朝卻仍想為國盡忠，詩中糅雜着種種矛盾，卻又一片溫厚渾成、雄健高闊，相當動人。

白雪歌送武判官歸京

岑參

岑參（約715—770），盛唐著名的邊塞詩人，與高適並稱「高岑」。官至嘉州刺史，故世稱「岑嘉州」。

北風捲地白草折，胡天八月即飛雪。1
忽如一夜春風來，千樹萬樹梨花開。

散入珠簾濕羅幕，狐裘不暖錦衾薄。2
將軍角弓不得控，都護鐵衣冷難着。3
瀚海闌干百丈冰，愁雲慘淡萬里凝。4
中軍置酒飲歸客，胡琴琵琶與羌笛。5
紛紛暮雪下轅門，風掣紅旗凍不翻。6
輪台東門送君去，去時雪滿天山路。7
山迴路轉不見君，雪上空留馬行處。

1 白草：據説是西北一種草名，經霜後草脆，故會被風吹斷。

2 錦衾薄：指天氣嚴寒，連錦緞的被子都顯得單薄了。

3 角弓：兩端用獸角裝飾的硬弓。都護：漢唐時均在西域設有都護府，都護府長官稱都護，負責管理西域各國事務。此處泛指駐守西域的將領。

4 瀚海：沙漠。闌干：縱橫交錯的樣子。這句説大沙漠裏到處都結着很厚的冰。

5 中軍：古時軍隊分為中、左、右三軍，中軍為主將率領，此處指主將的營帳。飲歸客：宴飲歸京的人，指武判官。

6 轅門：軍營的門。

7 輪台：唐北庭都護府的下轄縣。

賞析

唐玄宗開元、天寶年間，是唐代國力最強盛的時期。作為「盛唐氣象」的表徵之一，便是在邊境戰爭中不斷取得勝利。從東北方向的契丹到北方的突厥，從西南方向的吐蕃到西域的天山南北及至中亞一帶，唐王朝在總體上佔據了明顯的優勢。而頻繁的邊境戰爭和將士得勝後的立功受賞，也引起了當時詩人們的普遍關注。一方面，邊塞詩的創作開始在盛唐詩壇流行；另一方面，很多詩人或是從軍入幕，或是隻身漫遊，有了親身遊歷塞外的經歷。例如王維曾任河西節度副大使崔希逸的判官，高適曾為河西隴右節度使哥舒翰掌書記，李白、王之渙、王昌齡、王翰、李頎、崔顥等著名詩人都曾「一窺塞垣」，到過幽州、并州等邊塞地區。其中出塞最遠、在塞外生活時間最長的，則非岑參莫屬了。

岑參曾兩度出塞，先是入安西節度使高仙芝幕府，後又入安西和北庭節度使封常清幕府。長期的塞外生活，為岑參的創作提供了多姿多彩的素材；岑參自己又有旺盛的好奇心、豐富的想像力，這使岑參的邊塞詩不論是寫戰爭、寫民俗還是寫風景，都顯得雄奇瑰麗，成為盛唐邊塞詩中的一座豐碑。

這首《白雪歌送武判官歸京》是岑參的代表作。從題目看是一首送別詩，但詩的開頭，詩人卻首先為「胡天八月即飛雪」的氣候感到詫異，這是在中原地區沒有經歷過的。然後就徹底地沉浸在雪花漫天飛舞的美景之中，詩人恍若看到春天的梨花盛開，隨風起舞，潔白紛繁。不過畢竟不是春天，除了春天的美麗，這裏還有春天所沒有的寒冷。這寒冷是連狐裘和錦衾都難以抵擋的，而將士們手持冰冷的武器，身穿沉重的鎧甲，想一想都會感到一種刺骨的冷。

就在奇寒的天氣裏，武判官將要啟程回京了。照例有置酒餞行，照例有音樂歌舞，但是詩人卻沒有把鏡頭給送別場景中的人。我們看到的是天空佈滿陰沉的烏雲，雪花仍在紛紛揚揚地飄落，軍營大門前旗桿上的紅旗在渾然瑩白的天地間十分醒目，可是儘管北風呼嘯，紅旗因為嚴寒而被凍住，並未隨風招展。

詩歌的最後，武判官乘馬而去，在雪地裏留下一串馬蹄印跡向着遠方延伸。而詩人，還在大雪中佇立，向着武判官離去的方向眺望。這最後一聯顯露了詩人對武判官的惜別之意。而詩人在整個送別場面中傳達的，與其說是離別的感傷，不如說是塞外的奇寒。

逢入京使

岑參

故園東望路漫漫，雙袖龍鍾淚不乾。[1]
馬上相逢無紙筆，憑君傳語報平安。

賞析

現代人或許很難再能理解古人的思家之情了。不論身在何地，走得多遠，當今快捷的交通工具，即時的通訊方式，都能使我們和家人隨時保持聯繫。心裏的思念剛剛

1 龍鍾：濕漉漉的樣子。此處指流淚不止，以袖拭淚，淚水沾濕雙袖。

生發，就可以立即通過電話、網絡等方式聽到彼此、看到彼此。但是也因此，就不容易如古人那樣思念到刻骨銘心的地步。

當古人遠行萬里，少則幾個月，多則若干年。這期間傳遞音訊更是千難萬難，所以古人在無可奈何之中，有時會幻想天空的大雁或是水中的魚能夠為自己做信使。比較靠譜的方式，就是恰好遇有朋友、熟人要回家鄉，請他幫忙帶信給自己的家人。這種機會不多，遇到了當然要倍加珍惜。

岑參的這首《逢入京使》，所寫就是在遠赴西域的路上遇到東歸的友人，可以請友人為自己捎帶音訊，這是何等的驚喜；而漫漫征途上不斷發酵的對家鄉和家人的思念，也由此觸發，以至於「雙袖龍鍾淚不乾」。心中自然有千言萬語想對家人訴說，然而曠野荒原，兩人又各攜使命，既無紙筆可以寫信，也沒有時間容他駐馬細細囑託，只有請友人轉告自己的家人：自己在外一切安好。

是啊，家中人對於遠行人最關切的牽掛、最深摯的祈願，不就是希望他平安歸來麼？

春夢

岑參

洞房昨夜春風起，遙憶美人湘江水。[1]
枕上片時春夢中，行盡江南數千里。

1 洞房：此處指臥室、內室。

賞析

在盛唐詩壇，這首詩可說是寫得旖旎至極。

日有所思，夜有所夢。宋朝的晏幾道曾有詞說：「夢魂慣得無拘檢，又踏楊花過謝橋。」夢就是這麼隨心任性，現實中的諸多無奈，諸多束縛，諸多不如意處，它都可以無視。於是戀情受阻的人，就常常借助於夢，在夢中遂成心願。這叫作春夢。

岑參的這場春夢，迷離恍惚。他的心中那位美人是誰？他和美人之間有甚麼故事？那位美人遠在湘江畔，他是否知道確切的地點？他和美人為甚麼不能在一起？

所有這些，岑參都留給讀者自己去想像。他只記下了自己的這場夢。他和美人相隔遙遠，而夢能跨越時空。在夢中他瞬間千里，在夢中他可以縱情追尋。曾經的柔情，現今的思慕，如春天般美好，他在夢中都不再遮掩。

春夢是美好的，春夢也是空幻的。夢醒時分，不見夢中人，又將是怎樣的悵惋，怎樣的憂傷？

楓橋夜泊

張繼

張繼（生卒年不詳），湖北襄州（今湖北襄陽）人。唐代詩人，唐玄宗天寶年間中進士，約卒於唐代宗大曆末年。

月落烏啼霜滿天，江楓漁火對愁眠。
姑蘇城外寒山寺，夜半鐘聲到客船。

賞析

一千多年前的那個夜晚，張繼的船停泊在寒山寺外的河岸邊。月亮已沉沉落下，無邊的夜色中，傳來幾聲烏鴉的啼叫。張繼在船中輾轉難眠。長夜漫漫，旅途孤寂，越發感覺到秋天深夜的寒冷，似乎整個世界都浸洗在寒霜之中。

江邊的楓林，比暗夜更暗，勾勒出黑魆魆的輪廓。江上幾點漁燈，如螢火一般，鮮明而微小。孤獨就像這夜色一樣無邊無際，無可排遣的愁緒倒像一位不離不棄的旅伴，揮之不去。

就在張繼難以為懷的時候，不遠處的寒山寺響起了鐘聲。在寂靜的夜晚，一聲接一聲的鐘聲顯得格外悠長，從寒山寺悠然飄來，飄蕩進船內。隨着每一聲鐘響的餘音裊裊，張繼的愁緒也在拉長，在瀰漫。

一千多年前的那個夜晚，那個夜晚的楓橋和寒山寺，就這樣被張繼定格在歷史的長河中。那個夜晚的鐘聲，則穿越了千年歷史，至今迴響在每一個中國人的心頭。

除夜宿石頭驛[1]

戴叔倫

旅館誰相問，寒燈獨可親。

一年將盡夜，萬里未歸人。

寥落悲前事，支離笑此身。[2]

愁顏與衰鬢，明日又逢春。

戴叔倫（732—789），潤州金壇（今屬江蘇）人。中唐詩人。

1 除夜：除夕之夜。石頭驛：在今江西南昌新建區贛江西岸。驛，驛館。

2 寥落：冷落。支離：身體衰弱。

賞析

對於無始無終的時間而言，每一年，每一天，都是相同的。但是我們卻會賦予時間以意義，在人的一生中，總有一些日子會比其他日子更特別。例如除夕這一天，它意味着一年的結束，讓人更鮮明地意識到時間的流逝，乃至生命的衰老；在習俗上它又意味着闔家團聚，溫暖幸福。因此當詩人吟出「一年將盡夜，萬里未歸人」，就顯得尤為淒苦。

在這樣一個特別的時間點，別人家都是杯盤笑語，而自己孤館寒燈，獨身一人，離家萬里，這時候更容易回首身世，更容易自歎自憐，詩人感到一生都如今天一般淒苦：「寥落悲前事，支離笑此身。」明天也是一個特別的日子，是新的一年的開始，是一個象徵着歡笑和希望的日子，然而詩人體會到的，卻只有憂愁與衰老。

每個人都難免有困頓落寞、情緒黯淡的時候，難免會感歎萬事惟艱，人生實難。不過這時候應該學會調整心態，換一種眼光打量自己。如果意識到了「明日又逢春」，何不一展愁顏呢？

逢雪宿芙蓉山主人

劉長卿

日暮蒼山遠，天寒白屋貧。[1]
柴門聞犬吠，風雪夜歸人。

劉長卿（約726—約786），字文房。宣城（今屬安徽）人。後遷居洛陽，河間（今屬河北）為其郡望。唐代詩人，玄宗天寶年間中進士，詩以五言見長，稱「五言長城」。

1 白屋：指平民所住的房屋，不作彩飾。或認為指以白茅作屋頂的房屋。

賞析

「未晚先投宿，雞鳴早看天」，是古人出門行旅的守則。如果走在荒山野嶺中，天黑前沒能找到投宿借住的驛站或人家，旅行者可能面臨很危險的境況。不僅吃飯睡覺不知如何解決，還可能會有野獸襲擊，或者強盜打劫。即便最終平安無事，旅行者內心的恐懼卻是必不可免的，就像賈島《暮過山村》中所寫的：「怪禽啼曠野，落日恐行人。」

你可以想像，「日暮蒼山遠」，在一名旅行者眼中該是怎樣一幅令人恐慌不安的畫面。而突然看到一所房屋，心中又該是怎樣的驚喜欣悅！在天寒地凍中，在荒山野嶺中，出現孤零零一座簡陋的茅屋，這畫面無疑是蕭條冷落的。可對於飢渴勞頓的旅行者來說，卻不啻看到福音。

當旅行者敲開這所「白屋」的門，他一定受到了熱情的招待。這所「白屋」，不知為多少旅人提供過住宿。旅行者安頓下來，也許就要進入夢鄉時，主人回來了。在風雪交加的夜晚，道路一定異常難行。不過主人一路走來，心中不會有恐慌。因為他知道自己是在走向溫暖，走向安定；不論路途多麼艱辛，最終他會看到熟悉的燈光，聽到歡快的犬吠。

雲陽館與韓紳宿別[1]

司空曙

故人江海別，幾度隔山川。

乍見翻疑夢，相悲各問年。

孤燈寒照雨，濕竹暗浮煙。

更有明朝恨，離杯惜共傳。[2]

司空曙（約720—約790），洺州（今屬河北省）人。中唐詩人，擅長五律，為「大曆十才子」之一。

1 雲陽館：雲陽縣的驛館。雲陽，在今陝西省。

2 恨：遺憾。

賞析

這首詩中的情感可謂「悲欣交集」。曾經的好友，久別多年，天各一方，不期然地在旅途中重逢，既驚喜，又不敢相信。當第一眼認出對方的時候，簡直懷疑在夢裏了，這是剎那間地由驚而喜。待到定下心神相互打量，注意到了彼此的變化，回想分別以來自己經歷的種種，又不由得由喜而悲。

司空曙及其同代的詩人都是出生於盛唐，在成長階段經歷了安史之亂，目睹了唐王朝的由盛轉衰，親身經歷了多年戰亂，備嚐顛沛流離的艱辛。他們不再如初盛唐詩人那般壯志淩雲、瀟灑豪邁，他們更多感到個體在亂世中的無力和無奈。他們的詩歌的基調也總是感傷哀歎。當司空曙在這首詩裏表達離別之意時，已沒有了「海內存知己，天涯若比鄰」的高朗，也不見了「莫愁前路無知己，天下誰人不識君」的自信。他們把握不了自身的命運，現在短暫相遇，明天就將各奔一方，而下次見面，便渺不可期了。

「孤燈寒照雨，濕竹暗浮煙」，渲染了這一夜黯淡悲涼的情緒，也是司空曙他們一代人心境的真實寫照。

滁州西澗

韋應物

獨憐幽草澗邊生，上有黃鸝深樹鳴。
春潮帶雨晚來急，野渡無人舟自橫。

韋應物（約737—約791），京兆萬年（今陝西西安）人，官至蘇州刺史，故稱韋蘇州。中唐著名詩人，擅長寫山水田園詩，後人將他與王維、孟浩然、柳宗元並稱為「王孟韋柳」。

賞析

王國維先生在《人間詞話》中提出藝術境界可以劃分為「有我之境」和「無我之境」兩種。按照王先生的標準，韋應物這首詩刻畫出了「無我之境」。瞧，在春天傍晚的野外，澗邊青草叢叢，隨意生長，樹冠枝葉茂密，有黃鸝清脆的鳴叫聲從枝葉中傳出，只聞其聲，不見其處。一陣雨過後，澗中水勢上漲，水流湍急。渡口一隻空空如也的渡船橫在岸邊，既沒有擺渡人，也沒有要渡河的行人。這首詩中沒有人，只有充滿野趣的大自然。

不過「無我之境」其實並非真的無我，只是讓「我」隱藏起來，藏到詩的更深處。而且不論怎樣隱藏，總會露出痕跡。這首詩開頭的第一個詞「獨憐」，便讓「我」若隱若現地顯露出來了。「獨憐」即偏偏喜愛，原來這看似無人的世界，詩人一直站在旁邊，眼中帶着欣喜。

王國維先生又說：「無我之境，人惟於靜中得之。有我之境，於由動之靜時得之。故一優美，一宏壯也。」誠然，這首《滁州西澗》，真是優美極了。

寄全椒山中道士[1]

韋應物

今朝郡齋冷，忽念山中客。[2]
澗底束荊薪，歸來煮白石。[3]
欲持一瓢酒，遠慰風雨夕。
落葉滿空山，何處尋行跡。

賞析

這首詩如隨口自語，毫無雕琢，卻有一種非常真摯動人的力量。

1 全椒：縣名，今屬安徽省。

2 郡齋：韋應物的衙署中的官舍，此時韋應物任滁州刺史。

3 荊薪：柴草。煮白石：東晉葛洪《神仙傳・白石先生》記一位得長生不死之術的白石先生「常煮白石為糧」，後以借指道家修煉。

一位是地方官員，每天案牘勞形，往來應酬，在名利場中周旋。一位是山中道士，隱居深山，遠離紅塵，潛心採藥煉丹。

在一個秋天的黃昏，官員公務之餘，獨坐齋中，忽然感到了冷。既是秋風秋雨帶來的氣候的冷，也是從忙忙碌碌中突然脫離出來後的冷落。但也就是在這樣的時刻，一個人才會靜下來聽聽自己內心的聲音，真實的情感才會從心中顯現出來。

官員坐在房中，望向窗外的遠方，風雨淒淒，想到了全椒山中的那位道士朋友。修煉生活一定很清苦寂寞，此時的山中一定更冷。他想去拜訪，和道士飲酒閒聊。可是又一轉念，落葉滿山，道士已如仙人一般，縹緲難尋。

在天氣變化的時候，對朋友問寒問暖，再平常不過的念頭之中蘊含着殷勤的關切。看似平淡實則溫厚的友情，即便是方外之士，也一定會被感動吧。

盧綸（約742—約799），河中蒲（今山西永濟）人。中唐詩人，為「大曆十才子」之一。

塞下曲六首（其二、其三）

盧綸

林暗草驚風，將軍夜引弓。

平明尋白羽，沒在石稜中。

月黑雁飛高，單于夜遁逃。
欲將輕騎逐，大雪滿弓刀。

賞析

這兩首詩分別化用了西漢兩位名將的故事。第一首詩取材於李廣。據說李廣有一次打獵，將亂草叢中的一塊石頭誤作老虎，一箭射去，射中石頭，整支箭竟幾乎都要穿入石頭之中。第二首詩取材於衛青。衛青率軍遠征漠北，與匈奴單于的大軍遭遇，雙方展開激戰，戰至日落時分，忽然風沙大作，單于帶幾百人逃跑，衛青派輕騎連夜追趕。

盧綸以這兩件事入詩，並非簡單地複述或襲取，而是進行了再創作，通過想像增加了新的元素。首先他注意到了環境的塑造。第一首中「林暗草驚風」是原來的故事中沒有的，這一句突顯了一種緊張甚至驚悚的環境，很自然地引發了「將軍夜引弓」的動作。第二首中「月黑雁飛高」，既塑造了戰場慘淡的環境，又用比興手法照應了下一句的「單于夜遁逃」。

這兩首詩還特別成功地運用了特寫鏡頭。第一首詩裏並沒有去絮絮叨叨地強調將軍如何鎮定從容、箭術如何超羣、膂力如何驚人，所有這些只用一個特寫鏡頭就表達出來了，就是「沒在石稜中」的那支箭尾部的「白羽」，這樣一個特寫鏡頭推出來，觀眾（讀者）必然會發出讚歎的驚呼。第二首詩裏也沒有寫將軍如何率軍奮勇作戰，戰鬥多麼激烈，而是選取了一場激戰接近尾聲時單于敗逃、我軍追擊的一個場面。這個場面中又給了大雪之中戰士的武器一個特寫鏡頭，戰鬥的艱苦和將士們的奮勇精神、昂揚鬥志都不言而喻了。

盧綸的再創作是如此成功，以至於讀者即使不知道這兩首詩的本事，也不妨礙理解和欣賞。而這兩首詩，也確實比它們的本事更加膾炙人口，深受喜愛。

寒食[1]

韓翃

春城無處不飛花，寒食東風御柳斜。
日暮漢宮傳蠟燭，輕煙散入五侯家。[2]

韓翃（生卒年不詳），南陽（今屬河南）人。中唐詩人，「大曆十才子」之一。

[1] 寒食：古代傳統節日，在清明節前兩天。這兩天裏家家禁火，只吃冷食，故名寒食。

賞析

長安的春天花開不斷，自立春開始，杏花、李花、桃花，梨花，直到暮春時的牡丹，次第綻放。長安人喜歡春遊，似乎整個春天都是出遊的日子。從「長安二月多香塵，六街車馬聲轔轔」，到「三月三日天氣新，長安水邊多麗人」，再到「帝城春欲暮，喧喧車馬度」，這是至今我們還能在唐詩中讀到的繁華熱鬧。而在寫長安春天的唐詩中，韓翃的《寒食》可能是其中最著名的一首了。

不過不同於其他詩歌極力描寫長安的紅塵滾滾、尋歡行樂，這首詩中的長安一下子安靜了下來。依然是春天，依然是長安，清風吹來，朱雀大街兩邊柳條輕拂，滿城落花飄舞。沒有往來奔馳的駿馬輕車，沒有叫囂喧呼的富少妖姬，長安的美麗中多了幾分矜持和端莊。寒食節禁火，讓長安城又增添了幾分清冷。惟有皇宮之中點亮了蠟燭，皇帝再將點燃的蠟燭分賜給權貴近臣。從皇宮到少數權貴之家，燭光點點，輕煙裊裊。不作富貴語，但這首詩中的長安，具足了皇家的氣象、帝都的氣派。

據說唐德宗有一次欲任命韓翃為駕部郎中知制誥，當時的江淮刺史也叫韓翃，承命的大臣就進一步請示任命的是哪一個韓翃。德宗在請示的奏折上寫下這首詩，然後在旁邊批道：與此韓翃。

假如這首詩真如有人所認為的暗含諷喻之意，譏刺了宦官專權的政治現象，那麼唐德宗是不會如此欣賞這首詩的。

2 五侯：西漢和東漢都有「五侯」。西漢成帝時外戚王氏一家有兄弟五人同日封侯，漢桓帝時曾有宦官五人同日封侯。另外也有人認為指東漢外戚梁氏一族的五侯。此處以五侯泛指豪門權貴。

李益（748—約829），字君虞。隴西姑臧（今甘肅武威）人。中唐詩人。

1 外弟：表弟。

2 滄海事：《神仙傳》中仙女麻姑對王方平說，「接待以來，已見東海三為桑田」。

3 巴陵：唐巴陵縣，今湖南岳陽。

喜見外弟又言別[1]

李益

十年離亂後，長大一相逢。
問姓驚初見，稱名憶舊容。
別來滄海事，語罷暮天鐘。[2]
明日巴陵道，秋山又幾重。[3]

賞析

戰亂中，流離失所的人們在倉皇中相遇，彷彿似曾相識，但又不敢確定。於是上前端詳，詢問姓氏，讓對方有些驚異。但當說到名字時，兒時的記憶絡繹奔湧而來，隨即班荊道故，興致盎然，開始熱烈地談論兒時的嬉戲、親友的變故、婚喪嫁娶、生老病死，有的讓人意外，有的讓人唏噓。

「問姓驚初見，稱名憶舊容。」其中問、驚、稱、憶一系列動詞精準地捕捉住了亂世中的兄弟長大後相逢時的戲劇感，將試探、驚異、回憶、意外之喜的過程細緻地表現出來。於是，盛唐的繁華、兒時的無憂從記憶的深海中浮現，與當下的襤褸愁苦疊加，使「十年離亂後，長大一相逢」十個字血肉飽滿起來。「一相逢」裏包孕了十多年來的前塵往事和心路歷程。這一瞬間，詩人遇到的何止是外弟，更是曾經的自己。人生幾堪回首，不經意地回溯不由翻動早已平復的心潮起伏和離亂之感。此時，薄暮的鐘聲響起。聲音迴盪、盤旋，然後慢慢淡去，如同漸漸撫平的心緒。在蒼茫杳遠的意境中，各自起程吧。「明日巴陵道，秋山又幾重。」

夜上受降城聞笛[1]

李益

回樂烽前沙似雪，受降城外月如霜。[2]
不知何處吹蘆管，一夜征人盡望鄉。

❶ 受降城：靈州城，貞觀年間唐太宗在此受突厥降，故名。

❷ 回樂烽：靈州西南的屬縣回樂縣的烽火台。

賞析

大漠荒寒，平沙似雪，關塞屹立，冷月如霜。烽火台、受降城籠罩在一片迷茫幽邃的月色中。原本殺伐果決、堅毅挺拔的英銳士氣此時漸漸消退了，取而代之的是心中柔和的情感。戰爭苦寒，不由渴望慰藉；邊地寥廓，讓人思念家人。月色下，難以言狀的悵惘湧上心頭。

此時，不知何處傳來一曲胡笳聲，聲調悲涼，征人心中隱微的孤獨與鄉愁都被觸發了，舉頭望月，何處故鄉。「一夜」和「盡」寫出了此景、此情對於征人的普遍與深長。但深想，他們還回得去嗎？鄉思中也許夾雜着他們對戰爭的憂思與不安。回樂回樂，但願回鄉，平安喜樂。

全詩先由景物渲染，後緩緩觸發鄉情。王昌齡的《從軍行》則與之正相反：「琵琶起舞換新聲，總是關山舊別情。撩亂邊愁聽不盡，高高秋月照長城。」先寫煩亂不定的別情，最後以景結情，使繚亂的心緒在邊關月色中獲得撫慰和平靜。王詩意蘊雄渾含蓄，李詩風調細緻悲涼，正是盛唐與中唐邊塞詩的典型。

孟郊（751—814），字東野。湖州武康（今浙江湖州德清）人。中唐詩人，與韓愈並稱「韓孟」；又與賈島一起，有「郊寒島瘦」之稱。

遊子吟

孟郊

慈母手中線，遊子身上衣。
臨行密密縫，意恐遲遲歸。
誰言寸草心，報得三春暉[1]！

[1] 三春暉：春天的陽光。三春，春天的三個月分別稱孟春、仲春、暮春。

賞析

母愛，在特殊時刻會以轟轟烈烈、驚心動魄的方式展現出來；而在絕大多數時候，母愛又表現在極其平凡的小事上，不被我們注意。母愛的偉大，是我們每個人都親身感受到，卻又是語言難以確切表述出來的。

孟郊的《遊子吟》，所寫就是一件小得不能再小、平凡到不能更平凡的事件——臨出遠門前，母親為兒子縫製衣服。從小到大，母親為子女不知縫製過多少件衣服，在母親做來是理所當然，在兒女看來也是心安理得。而這次就要出遠門了，母親再次為兒子縫製衣服，還像以往那樣。不過擔心兒子在外太久，不知何時才能回家，這次縫製得更為細密，更為結實。母親的擔心和關心都無言地融入了這一針針一線線之中。兒子的心被觸動了，意識到了平時被自己所忽略的母愛。母愛就像春天的陽光，無私、博大，時時刻刻哺育兒女的成長，從不求回報。而兒女們就像在陽光下茁壯成長的小草，怎麼能報答得了陽光的哺育呢？

也許可以這樣說，這首詩不僅僅是表現了母愛的偉大和無私，更是表達了天下兒女的感恩與愧疚，和他們對母親的愛。

題都城南莊

崔護

崔護（？—831），藍田（今屬陝西）人。中唐詩人。

去年今日此門中，人面桃花相映紅。

人面不知何處去，桃花依舊笑春風。

賞析

有人說：第一個把女人比作花的是天才，第二個把女人比作花的是庸才。這句話有點誇張，把嬌豔美麗的女人和嬌豔美麗的花聯繫到一起，好像不能算作多困難的事。特別是在女人和桃花之間，兩千多年前的《詩經》裏就已經說過「桃之夭夭，灼灼其華。之子于歸，宜其室家」。在過了一千多年後，又有一個人用桃花來比女人，可我們也並不覺得他是庸才。這個人就是崔護。

崔護再次以桃花讚女人的美麗，並非拾人牙慧，這個比喻在崔護那裏變得比《詩經》中更妙。《詩經》裏的「之子」與桃花之間，還有一點距離；而崔護的《題都城南莊》中，直接將「人面」與桃花並置在一起，青春美麗少女如鮮豔的桃花一樣的畫面便呼之欲出了。而且這個畫面是去年今日所見，經過了時間的過濾，現在回想，便愈加生動鮮明。

然而這樣的畫面只能在記憶中去尋找了，今年故地重遊，曾讓自己動情的少女已然不知去向，只有門前的桃花還如去年一般在春風中綻開。

物是人非，睹物思人，最是讓人惆悵。人生之中，我們曾與多少美好的事物擦肩而過？

左遷至藍關示姪孫湘[1]

韓愈

一封朝奏九重天，夕貶潮州路八千。
欲為聖明除弊事，肯將衰朽惜殘年！
雲橫秦嶺家何在？雪擁藍關馬不前。
知汝遠來應有意，好收吾骨瘴江邊。[2]

韓愈（768—824），字退之。河南南陽（今河南孟州市南）人。中唐著名文學家，世稱韓昌黎、韓吏部；倡導古文運動，被譽為「文起八代之衰」，與柳宗元並稱「韓柳」，為「唐宋八大家」之一。

1 左遷：降職。藍關：即藍田關，地處陝西秦嶺北麓，自古為關中通往東南諸省的要道。姪孫湘：韓愈姪子的兒子，名韓湘。

2 瘴江：古人認為嶺南地區江水中能散發令人致病乃至死亡的瘴癘之氣，故而稱之為瘴江。

賞析

元和十四年（819），唐憲宗派使者去鳳翔迎佛骨舍利入大內。時任刑部侍郎的韓愈上《論佛骨表》，痛斥佞佛之荒唐，觸怒唐憲宗，險些被處以死刑。幸得宰相裴度等人說情營救，免去一死，貶為潮州刺史。詔書一下，即刻啟程，連與家人告別的時間都不給，而他的家人也被逐出京城，他的一個女兒因此驚嚇而死。一家人倉皇至極，也淒涼至極。直到韓愈行至藍關，他的姪孫韓湘才追上來，告知家人的消息。韓愈滿懷悲憤，寫下了這首詩。

韓愈致力於儒學復興，排斥佛教，以衛道者的姿態諫阻憲宗迎佛骨，言辭激烈，即便因此惹惱皇帝也在所不惜。「朝奏」「夕貶」形成鮮明對比，可見他獲罪之速；「路八千」可見他受罰之重。「雲橫秦嶺」「雪擁藍關」，可見眼前道路艱危，困頓坎坷。但他並不後悔，他相信自己是正確的，是在「除弊事」，無論付出多麼慘重的代價都是值得的。他也為自己的結局作好了心理準備，未來自己恐怕會死於貶所，他告訴韓湘：「好收吾骨瘴江邊。」

不論當下招致多麼嚴重的挫折和打擊，也不論未來的命運多麼黯淡和無望，韓愈沒有絲毫畏懼和退縮之意。他堅持着自我，堅持着內心認定的真理。他的這種堅持和承擔，可以向上追溯到孟子所說的「富貴不能淫，貧賤不能移，威武不能屈」的大丈夫精神。韓愈對後世的感召力量，除了來自他在文學上的傑出成就，還來自他這種光輝的人格。

早春呈水部張十八員外二首（其一）[1]

韓愈

天街小雨潤如酥，草色遙看近卻無。[2]

[1] 水部張十八員外：指張籍。張籍時任水部員外郎，在兄弟輩中排行十八。

[2] 天街：指京城長安的承天門大街，與皇帝居住

和處理朝政的太極宮相連，路面非常寬闊。酥：以牛羊乳製成的酪類食物。

3 絕勝：遠遠超過。

最是一年春好處，絕勝煙柳滿皇都。3

賞析

韓愈也寫過《晚春》，晚春的景色要更好寫，因為晚春有「百般紅紫鬥芳菲」，有楊花榆莢「惟解漫天作雪飛」，風光滿眼，紛至沓來。而「早春」能寫甚麼呢？北方的早春還籠罩在嚴冬的餘威之下，百花尚在蟄伏，樹枝還是光禿禿的，到處都是荒涼蕭條的景象。

可是詩人是敏銳的，他率先感受到了春天。初春的小雨濕潤了承天門大街，鋪成街道的黃土解凍了，表層像乳酪一樣滋潤。在街道的邊沿，去年的枯草叢中，悄悄長出了纖細的小草，它們小心翼翼，惟恐被人發現。低頭近前看還是去年的枯草，可是縱覽遠望，一層若有若無的綠色還是浮現了出來，而且一天比一天明顯，很快就將藏不住了。那時所有人都會意識到：春天來了。

而現在，詩人是春天的最早發現者。這時候的春天，雖不盛大，卻蘊含着欣欣之意，給你驚喜，給你希望。那滿城楊柳堆煙的暮春時節，不是不美，卻已到了盛極而衰的時候。兩相比較，詩人毫不掩飾地厚此薄彼了。

節婦吟[1]

張籍

君知妾有夫，贈妾雙明珠；
感君纏綿意，繫在紅羅襦。[2]
妾家高樓連苑起，良人執戟明光裏。[3]
知君用心如日月，事夫誓擬同生死。[4]
還君明珠雙淚垂，恨不相逢未嫁時。

張籍（約767—約830），吳郡（今江蘇蘇州）人。中唐詩人，與另一位中唐詩人王建並稱「張王」。

1 節婦：此指堅守節操、對丈夫忠貞的妻子。
2 羅：絲織品。襦：短衣。
3 良人：古代妻子稱丈夫。明光：明光殿，指皇宮。
4 擬：打算。

賞析

梁武帝蕭衍曾寫過一篇題為《河中之水歌》的詩，講一個名叫莫愁的女孩嫁入富貴之家，卻還對曾經的一位鄰家少年念念不忘，「恨不嫁與東家王」。張籍的這首《節婦吟》，寫的則是一個女子在婚後又遇到一位狂熱的追求者，追求者贈送給她珍貴的「雙明珠」，女子一度也被感動，但想到自己的丈夫，最終還是將明珠奉還，拒絕了對方。

後人論此詩，對節婦的行為頗不以為然，認為節婦先是接受對方饋贈，送還時表現得柔情繾綣，節婦的節行也實在岌岌可危了。姑且不論後人的標準是否苛刻，張籍此詩的用意並不在歌頌「節婦」，而是用來自喻。在有的版本裏，這首詩的題目下還有一條小注：寄東平李司空師道。

李師道是當時實力最強大的割據軍閥之一，且與中央的對立態勢十分明顯，曾派刺客潛入京城刺殺了力主削藩的宰相武元衡，另一位宰相裴度也被刺傷。李師道徵聘張籍做自己的幕僚，張籍一方面擁護唐王朝，另一方面也不願得罪李師道，故而寫了這樣一首詩。通篇用比興，將自己和唐王朝比作節婦和良人，明確自己的忠貞之節，「事夫誓擬同生死」；另外又委婉地拒絕了李師道，不是你不好，只是「恨不相逢未嫁時」。

的確，詩中的「節婦」表現出了很矛盾的心態和行為，由此也招致了後世很多人的非議和批評。不過，在現實生活中，不是所有人都能在最正確的時候遇見最愛的人，「恨不相逢未嫁時」的遺憾恐怕並不鮮見吧。

秋思

張籍

洛陽城裏見秋風，欲作家書意萬重。
復恐匆匆說不盡，行人臨發又開封。

賞析

西晉時候，一位吳郡人陸機在洛陽做官，長期與家人離別，欲寫信給家人，卻苦於無人能夠送信，就把信繫在自己養的一隻狗的脖子上，讓牠跑回吳郡，代為送信。這就是「黃耳傳書」的故事。

還是西晉時候，另一位同樣在洛陽做官的吳郡人張翰，見秋風吹來，想念家鄉的鱸魚、蒓菜等美味，乾脆辭官回家。

過了大約四百年，又一位在洛陽做官的吳郡人張籍，在秋風吹來時，勾起了對家鄉和家人的思念。不過他比兩位先輩幸運的地方是，他有信使可以代為送信。

首句「洛陽城裏見秋風」，既寫實又用典。寫環境，恰好觸發思念之情；用典，則不着痕跡。這一句十分巧妙，更巧妙的是詩人只選取了一個細微的動作——「行人臨發又開封」，將很難表述的對家人深切的思念很形象地表達了出來，讓讀者都能感受到：對家人無盡的思念和牽掛，豈是一封信能說得完的？

王建（約767—約830），許州（今屬河南許昌）人。中唐詩人，與張籍並稱「張王」。

新嫁娘詞三首（其一）

王　建

三日入廚下，洗手作羹湯。
未諳姑食性，先遣小姑嚐。[1]

[1] 姑：婆婆。小姑：丈夫的妹妹。諳（ān）：熟悉。

賞析

婆媳關係自古以來就是一個難題，但並非無解。瞧這位新嫁娘，新婚三日，按照習俗開始下廚做飯，這標誌着她開始成為這個家庭的正式一員。而能否被這個家庭真正接納，婆婆的態度至關重要。新嫁娘早已考慮周詳，成竹在胸。她明白這第一頓飯的重要性，做好這一頓飯是讓婆婆滿意的第一步。是否符合婆婆的口味，則是這頓飯成功的關鍵。那麼如何探知婆婆的口味呢？新嫁娘用了一個巧妙的方法——先遣小姑嚐。這一家人此前的飯食，一直是婆婆做的。小姑的飲食習慣和口味當然是由婆婆塑造的，是跟婆婆保持一致的。小姑能夠被新嫁娘「遣」，也可見她此時必然還是一個小女兒，全無心計，不會想到嫂子的目的。而新嫁娘也就在不動聲色中獲得了關於婆婆口味的第一手資料。

《詩經》裏祝福新嫁娘時說：「之子于歸，宜其室家。」這首詩裏的新嫁娘聰慧可人，在這樣一件小事上都考慮得如此細緻周到，婆婆怎會不喜愛呢？她一定能夠讓夫家和睦，為夫家帶來幸福的。

秋詞二首（其一）

劉禹錫

自古逢秋悲寂寥，我言秋日勝春朝。
晴空一鶴排雲上，便引詩情到碧霄。

劉禹錫（772—842），字夢得。洛陽人。與柳宗元一起參與「永貞革新」，世稱「劉柳」，晚年與白居易並稱「劉白」。

賞析

悲秋，是歷代文人的傳統主題。從宋玉的「悲哉，秋之為氣也」，到漢代的「秋風蕭蕭愁殺人」（《古歌》），再到杜甫的「萬里悲秋常作客」，悲秋似乎成了一種慣性，一種程式。但劉禹錫說：「我言秋日勝春朝。」以響遏行雲的一聲斷喝，推翻悲秋主題，讓天下人耳目一新。

「晴空一鶴排雲上」勾勒了一幅明淨的秋景圖：一碧如洗的寥廓高天上，一隻白鶴騰空而起，直上雲霄，彷彿還能聽見「鶴鳴於九皋，聲聞於天」。鮮明的色彩、昂揚的精神、響徹雲霄的鶴唳、令人感奮的速度，此情此景，讓人不由心胸曠遠，精神發越，「便引詩情到碧霄」！秋天，一樣可以飽滿高昂。

眼中之景，往往是胸中氣象。秋天是陰慘衰颯，還是豐收高朗，往往能見出一個人的內在風骨。劉禹錫因永貞革新失敗而被貶朗州，面對人生的秋天，他熱烈地讚頌，之後的冬天便能堅強渡過。朗州十年、連州四年、夔州三年、和州兩年、蘇州汝州同州共五年，作為朝之重臣，劉禹錫被貶離京這麼多年，四處奔走，仍能精神健旺，支撐到七十一歲，這需要豪邁的氣概與堅強的自信，《秋詞》便是起點與明證。

竹枝詞二首（其一）

劉禹錫

楊柳青青江水平，聞郎江上唱歌聲。
東邊日出西邊雨，道是無晴卻有晴。

賞析

同樣被貶出京，劉禹錫並未像好友柳宗元一樣「悄愴幽邃」，他倒興致勃勃地向當地人學習民歌創作，發展出文人詩和民歌結合的新道路。被貶朗州和連州期間，他一直堅持習作。十多年後，他因貶得福，來到了《竹枝詞》的故鄉——夔州。劉禹錫在這裏親自觀摩「聯歌竹枝」的盛會，還學習了《竹枝詞》的演唱技巧，刻苦練習後甚至達到了「聽者愁絕」的高妙境地。這首《竹枝詞》正是他在夔州時的文字佳作。

詩的女主人公是一個情竇初開的少女，心有所屬，又頗為矜持。早春時節，楊柳綻青，江水平堤，空氣中飄浮着杳渺的情絲。這時，傳來她心上人的歌聲，歌聲悅耳卻又捉摸不定，他到底對自己有意還是無心呢？她揣摩許久，覺得看似無情，大概還是有意的吧。六朝樂府民歌裏常見的諧音雙關——「晴」通「情」，「絲」同「思」，「蓮」

諧「憐」——用來表現少女含羞宛轉的心意真是再合適不過了。春夏之際，南方的天空往往這邊烏雲翻捲，那邊卻紅日高照，一片晴朗。詩人以這種氣候來摹寫少女先驚喜，後疑慮，終究有些忐忑的心情，真是移情入景，物我相融。讓人不由想，男孩之後會不會給出更明朗的愛的信息，讓這可愛的姑娘少費些思量呢？

烏衣巷

劉禹錫

朱雀橋邊野草花，烏衣巷口夕陽斜。
舊時王謝堂前燕，飛入尋常百姓家。

賞析

三國時東吳曾在烏衣巷設軍營，軍士皆穿黑衣，故名。東晉時，王、謝兩家貴族多居於此。朱雀浮橋是連接金陵與烏衣巷的必經之路。可以想見當年橋上車馬喧騰，冠蓋往還，金鞭絡繹，熱鬧非凡。如今卻只剩下野草閒花，自生自滅。「野」字點睛，給人以強烈的今昔之感。高尚街區烏衣巷也曾雕樑畫棟，金宇重重。然今只有夕陽西下，暮靄沉沉。

今昔對比是詠史詩常見的表現手法，只是有些詩歌顯，有些詩歌隱。《烏衣巷》一、二句中地名與景致的對舉，已流露濃濃的今非昔比之感。三、四句則將此與永恆自然對照，以不變的大自然參照出人事滄桑。燕子依舊歸巢，而房屋卻已易主。王謝豪宅淪為老百姓的棲身之所，瀟灑任性的「王謝風流」已蕩然無存。自然與人事的對照使人在悵惘的同時更多一分渺小的悲哀。

《烏衣巷》辭淺境深，篇幅短小，卻呈現詠史詩的兩種表現手法，深刻且生動，無愧於千古佳作。

石頭城

劉禹錫

山圍故國周遭在，潮打空城寂寞回。

淮水東邊舊時月，夜深還過女牆來。[1]

[1] 淮水：今秦淮河，橫貫金陵城，六朝時秦淮河畔是金陵最繁華的區域。女牆：矮牆，指城垣上的牆垛。

賞析

劉禹錫並未到過金陵，在歷陽任地方官時，對金陵很嚮往，於是憑想像寫成了這套組詩，《石頭城》是其中一首。

「山圍」點出金陵的地理形勢：羣山環繞，確有「虎踞龍盤帝王州」的森嚴氣象。「故國」二字包含了曾經的歷史榮光，市列珠璣，戶盈羅綺，周圍山村水郭宛然尚在。但偌大一個金陵城如今已是「空城」，「家」徒四壁，空空如也，連來光顧的潮水也索然無味地掉頭而回了。只有淮水東邊的舊時月，還念舊情，在夜深時分前來看望。一座城池的盛衰興亡之感被潮水和明月渲染得格外深長。彷彿在說，故國金陵已鮮有問津者，即使有，也只是出於念舊，甚或索然而歸。

白居易讀到「潮打空城寂寞回」一句後稱賞不已，慨歎「吾知後之詩人不復措詞矣」。巧妙的擬人使全詩荒涼孤寂，卻又別開生面，新意盎然。可見劉禹錫不僅善於營造雄渾老蒼的氛圍，也能將旖旎巧思形諸筆端。

西塞山懷古[1]

劉禹錫

王濬樓船下益州，金陵王氣黯然收。[2]
千尋鐵鎖沉江底，一片降幡出石頭。[3]
人世幾回傷往事，山形依舊枕寒流。
今逢四海為家日，故壘蕭蕭蘆荻秋。[4]

1 西塞山：今湖北大冶市東，是長江中游的軍事要塞之一，東吳曾以之為江防要地。

2 王濬：西晉益州（今成都）刺史，受晉武帝命，造樓船可容二千人。太康元年（280）正月，王濬率船沿江而下，直取吳都建業（今南京），吳主孫皓出降。金陵王氣：今南京，戰國楚威王見其地有王氣，乃埋金以鎮之，故稱金陵。

3 千尋鐵鎖：東吳為抵阻王濬水師，曾在西塞山橫江設鐵鎖，王濬以火焚斷之，長驅而下。石頭：石頭城，金陵之別稱。

4 四海為家：四海歸於一家，指全國統一。《史記・高祖本紀》：「天子以四海為家。」

賞析

橫掃千軍的氣概，鱗次櫛比的樓船，黯然飄逝的王氣，沉入江底的鐵鎖，軍壘後抖抖升起的白旗。西晉攻東吳的歷史畫面鋪展開來。東吳認為天險足憑，僅以鐵鎖抵擋，最終鐵鎖沉江，敗退亡國。一方來勢洶洶，一方恃險固守，詩人心中的褒貶含蓄而鮮明。

五、六句以矯健的筆力囊括六朝更迭，無數歷史畫面迅速掠過，但西塞山依然冷峻地在那裏。此句不僅以永恆的自然來反襯朝代淪替，「寒」字還隱含着歷史的沉思：

山形依舊險峻，歷史的悲劇依然屢屢發生，這是為何？興廢由人事，山川空地形。修明政治才是長治久安的關鍵。如今天下雖然太平、四海可為家，但西塞山的天塹是否足以憑恃，以保證東南地區的長治久安？「故壘蕭蕭蘆荻秋」的意境警策蕭瑟，引人深思。

中唐以來，藩鎮擁兵自重，元和初年，李錡就曾據江南東道叛亂。因而本詩並非泛泛的歷史情懷，而以詠史詩的形式表達有針對性的政治諷諫。劉禹錫畢竟曾任朝中要員，與一般文人的泛泛感慨不同。可貴的是，途經西塞山時，詩人已被貶離京近二十年，但他對這個國家仍有着深深的憂慮和關懷，令人感佩。

酬樂天揚州初逢席上見贈[1]

劉禹錫

巴山楚水淒涼地，二十三年棄置身。
懷舊空吟聞笛賦，到鄉翻似爛柯人。
沉舟側畔千帆過，病樹前頭萬木春。

[1] 樂天：白居易字。

今日聽君歌一曲，暫憑杯酒長精神。

賞析

永貞元年（805）九月，詩人因政治革新失敗而被貶出京，先後在朗州、連州、夔州、和州等地任職。自首次被貶出京到此次應召回京，詩人謫居在外已有二十三年了。因此說「二十三年棄置身」，「棄置」固然有些哀怨，倒也坦直有力。

「聞笛賦」出典於晉人向秀的《思舊賦》。向秀的好友嵇康、呂安被政治迫害致死後，向秀路經他們的故居，此時鄰人的笛聲寥亮，讓他想起了當年三人共同灌園彈琴的美好歲月，極為感傷，遂寫此賦紀念。永貞革新失敗後，和劉禹錫一起被貶的柳宗元等人都已紛紛謝世，詩人只能「懷舊空吟聞笛賦」。典故中蘊藏着對亡友繾綣悲涼的懷念，含蓄沉痛，耐人尋味。「爛柯人」一語出典於《述異記》，晉人王質入山砍柴，見兩童子下棋，觀棋至終，方覺手中斧柄已爛。回到家鄉，才知已過百年，同輩人皆已亡故。詩人以王質自比，表達離京太久，回來後恍如隔世的慨歎。

頸聯以「沉舟」「病樹」自喻，雖有自感衰淪、自歎落伍之意，但「千帆過」「萬木春」展示了一番生機勃勃的景象，寄寓了新陳代謝的思想和積極面對困厄的襟懷。經歷二十三年的貶謫，詩人仍有堅忍不拔的意志和永葆勁直的情操，令人讚歎。

再遊玄都觀

劉禹錫

余貞元二十一年為屯田員外郎，時此觀未有花木。[1]是歲，出牧連州，尋貶朗州司馬。[2]居十年，召至京師，人人皆言有道士手植仙桃，滿觀如紅霞，遂有前篇以誌一時之事。[3]旋又出牧，於今十有四年，復為主客郎中。重遊玄都，蕩然無復一樹，惟兔葵燕麥動搖於春風耳。因再題二十八字，以俟後遊。[4]時大和二年三月。

百畝庭中半是苔，桃花淨盡菜花開。
種桃道士歸何處，前度劉郎今又來。

1. 貞元二十一年：劉禹錫與柳宗元、王叔文等人推行永貞革新，由於反對派勢力強大，而在政爭中失敗。
2. 牧：出任地方長官。尋：不久。
3. 前篇：即《元和十年自朗州承召至京戲贈看花諸君子》一詩。
4. 俟：等待。

賞析

劉禹錫被貶朗州十年後，曾在京城寫過一首著名的諷刺詩：「紫陌紅塵拂面來，無人不道看花回。玄都觀裏桃千樹，盡是劉郎去後栽。」（《元和十年自朗州承召至京戲贈看花諸君子》）長安街上川流不息，塵土飛揚，人人都說自己是看花歸來；「無人不道看花回」一句尤其精妙地表達了，花美不美不重要，重要的是人們標榜自己看過花了——只為站隊而不求真理的做派正是詩人要揶揄的。這玄都觀裏的千樹桃花，盡是我劉郎去後所栽。看似熱鬧繁盛，但利益勾連，終難持久。此詩「語含譏刺，執政不悅」，於是不數日，劉禹錫又被貶為連州刺史。

時隔十四年，詩人再度回京，舊地重遊，寫下《再遊玄都觀絕句》，發出了正義者勝利的笑聲。當年那些聲勢煊赫的權貴們如今「百畝庭中半是苔，桃花淨盡菜花開」。朝中新貴如朝華夕落，過眼雲煙，都已經翻雲覆雨，更迭數代了。當年那些迫害自己的「種桃道士」早已不知人在何處，而我劉郎又回來了！天道輪迴，正義不倒，二十三年，終於守得雲開見月明。末句以極富挑戰意味的自我亮相表達了勝利的喜悅和自豪的笑聲。這笑聲是快意的，也是莊嚴的。「前度劉郎」於是成為一個語典，代表了歷盡劫難而無改貞操的人格典範。

白居易（772—846），字樂天，號香山居士。唐代偉大詩人之一，中唐新樂府運動的倡導者，與元稹並稱「元白」。

賦得古原草送別[1]

白居易

離離原上草，一歲一枯榮。[2]
野火燒不盡，春風吹又生。
遠芳侵古道，晴翠接荒城。
又送王孫去，萋萋滿別情。[3]

1 賦得：詩人集會作詩，有時會限定題目，題前多加「賦得」二字。
2 離離：繁茂的樣子。
3 王孫：貴族子弟。此處指即將遠行的人。萋萋：草盛的樣子。

賞析

野草隨處可見，蓬勃茂盛，只要沒有人力的阻攔，可以從眼前長到天邊。古人送別，抬眼看到的就是野草，無窮無盡的離愁別緒和別後的思念，恰與無邊無際的野草相似。寫送別的詩詞中，也就很容易出現野草。漢魏古詩裏就有「青青河畔草，綿綿思遠道」這樣的句子，南唐後主李煜的《清平樂》則直接作比：「離恨恰如春草，更行更遠還生。」

白居易這首詩以「原上草」寫別情，更是明顯從《楚辭・招隱士》的名句「王孫遊兮不歸，春草生兮萋萋」中化用而來。他用「遠芳侵古道，晴翠接荒城」來寫荒原之上青草無邊，隨着路途向遙遠的遠方伸展，而離愁也如春草一般無邊地蔓延開去。如果將這首詩置於送別詩的行列，只能說寫得中規中矩，並無特別之處。但這首詩裏「別情」只是配角，「原上草」才是主角。這繁茂的野草，生命力是多麼旺盛，每年經歷着從枯到榮的循環，哪怕遭遇了野火焚燒，只要春天來臨，它還會再次長出，生機勃勃地長滿大地。白居易通過「原上草」，寫出了生命力的強大，寫出了一種給人希望的天道。

這首詩是白居易十六歲時所作，從「賦得」這個詩題來看，對於當時的他而言，這首詩大概類似於今天的一次命題作文練習，卻一不小心就寫成了一首千古絕唱。

問劉十九

白居易

綠蟻新醅酒，紅泥小火爐。[1]
晚來天欲雪，能飲一杯無？

[1] 綠蟻：新釀的酒未過濾時，酒面上會浮起酒渣，顏色微綠，故稱「綠蟻」。醅：釀造。

賞析

冬天的黃昏，天空飄浮着陰沉的雲，空氣中開始有了雪的氣息。屋外越來越冷，屋內溫暖明亮。紅泥砌成的火爐內，火苗跳動，將爐壁映得更紅，火爐上正溫着酒。爐火雖不十分旺盛，卻足以將寒冷禦之門外。閒坐火爐前的詩人，舉酒欲飲，忽然想到了友人，若能邀來同飲，豈不是一件美事？不過他肯在這樣的天氣裏，衝風冒寒而來嗎？

兩人不是長久未見，也不是相隔遙遠，只是很尋常的一次邀請，非常普通的一件日常小事，被白居易信手拈來，就寫成了一首詩。看似平平道來，卻用極簡省的語言勾畫出了極鮮明的畫面。詩人用這幅畫面告訴友人：來吧，這裏有酒，有溫暖，還有詩意的生活。

相信無論是誰，都不會拒絕如此充滿詩意和溫暖的邀請。

長恨歌

白居易

漢皇重色思傾國，御宇多年求不得。[1]
楊家有女初長成，養在深閨人未識。[2]
天生麗質難自棄，一朝選在君王側。
回眸一笑百媚生，六宮粉黛無顏色。
春寒賜浴華清池，温泉水滑洗凝脂。[3]
侍兒扶起嬌無力，始是新承恩澤時。
雲鬢花顏金步搖，芙蓉帳暖度春宵。[4]
春宵苦短日高起，從此君王不早朝。
承歡侍宴無閒暇，春從春遊夜專夜。
後宮佳麗三千人，三千寵愛在一身。

1 漢皇：原指漢武帝，此處借指唐玄宗。唐人詩歌中常以漢稱唐。傾國：指絕色女子。李延年曾在漢武帝前唱《佳人歌》：「北方有佳人，絕世而獨立。一顧傾人城，再顧傾人國。寧不知傾城與傾國，佳人難再得。」御宇：指統治天下。

2 養在深閨人未識：此句與史實不符，楊貴妃十七歲先嫁與玄宗之子壽王李瑁為妃。二十七歲被玄宗冊封為貴妃。

3 凝脂：形容皮膚白嫩細膩，猶如凝固的脂肪。語出《詩經・衛風・碩人》：「膚如凝脂。」

4 金步搖：一種首飾，用金銀絲盤成花之形狀，上面綴着垂珠之類，插於髮鬢，走路時搖曳生姿。

5 金屋：據《漢武故事》記載，漢武帝幼時，他的姑姑問他願娶誰為婦，他回答說：「若得阿嬌，當以金屋貯之。」阿嬌，是漢武帝姑姑的女兒。

6 列土：分封土地。楊貴妃有姊三人，玄宗並封國夫人之號。再從兄銛，為鴻臚卿。錡，為侍御史。從祖兄國忠，為右丞相。可憐：可愛，值得羨慕。

7 驪宮：驪山華清宮，在今陝西臨潼。

8 凝絲竹：指弦樂器和管樂器伴奏出舒緩的旋律。

9 漁陽：今北京市平谷區和天津市的薊州區等地，當時屬於安祿山的轄區。鼙鼓：古代騎兵用的小鼓，此借指戰爭。天寶十四載(755)冬，安祿山起兵叛亂。

10 千乘萬騎西南行：指安祿山叛軍破潼關，玄宗得報後帶領楊貴妃等向西南方向倉皇出逃。

11 翠華：用翠鳥羽毛裝飾

金屋妝成嬌侍夜，玉樓宴罷醉和春。5
姊妹弟兄皆列土，可憐光彩生門户。6
遂令天下父母心，不重生男重生女。
驪宮高處入青雲，仙樂風飄處處聞。7
緩歌慢舞凝絲竹，盡日君王看不足。8
漁陽鼙鼓動地來，驚破霓裳羽衣曲。9
九重城闕煙塵生，千乘萬騎西南行。10
翠華搖搖行復止，西出都門百餘里。11
六軍不發無奈何，宛轉蛾眉馬前死。12
花鈿委地無人收，翠翹金雀玉搔頭。13
君王掩面救不得，回看血淚相和流。
黃埃散漫風蕭索，雲棧縈紆登劍閣。14
峨嵋山下少人行，旌旗無光日色薄。15

的旗幟，指皇帝儀仗隊。

[12] 宛轉蛾眉：指楊貴妃。

[13] 花鈿：用金翠珠寶等製成的花朵形首飾。委地：丟棄在地上。翠翹：形如翡翠鳥尾的首飾。金雀：金雀釵。玉搔頭：玉簪。

[14] 雲棧縈紆：指棧道高入雲霄，縈迴盤繞。

[15] 峨嵋山下：玄宗不曾經過峨嵋山，這裏泛指蜀中高山。

[16] 天旋地轉：指時局出現轉機，唐軍收復長安。回龍馭：皇帝的車駕歸來。

[17] 太液、未央：都是漢代池苑宮殿名，這裏借指唐朝皇宮。

[18] 西宮南內：皇宮之內稱為大內。西宮即西內太極宮，南內為興慶宮。玄宗返京後，初居南內，後遷往西內。

[19] 梨園弟子：據《新唐書·禮樂志》記載，唐玄宗時宮中曾選「坐部伎」

蜀江水碧蜀山青，聖主朝朝暮暮情。
行宮見月傷心色，夜雨聞鈴腸斷聲。
天旋地轉回龍馭，到此躊躇不能去。[16]
馬嵬坡下泥土中，不見玉顏空死處。
君臣相顧盡霑衣，東望都門信馬歸。
歸來池苑皆依舊，太液芙蓉未央柳。[17]
芙蓉如面柳如眉，對此如何不淚垂。
春風桃李花開日，秋雨梧桐葉落時。
西宮南內多秋草，落葉滿階紅不掃。[18]
梨園弟子白髮新，椒房阿監青娥老。[19]
夕殿螢飛思悄然，孤燈挑盡未成眠。
遲遲鐘鼓初長夜，耿耿星河欲曙天。[20]
鴛鴦瓦冷霜華重，翡翠衾寒誰與共。

悠悠生死別經年，魂魄不曾來入夢。
臨邛道士鴻都客，能以精誠致魂魄。[21]
為感君王輾轉思，遂教方士殷勤覓。
排空馭氣奔如電，升天入地求之遍。
上窮碧落下黃泉，兩處茫茫皆不見。[22]
忽聞海上有仙山，山在虛無縹緲間。
樓閣玲瓏五雲起，其中綽約多仙子。[23]
中有一人字太真，雪膚花貌參差是。[24]
金闕西廂叩玉扃，轉教小玉報雙成。[25]
聞道漢家天子使，九華帳裏夢魂驚。
攬衣推枕起徘徊，珠箔銀屏迤邐開。[26]
雲鬢半偏新睡覺，花冠不整下堂來。[27]
風吹仙袂飄飄舉，猶似霓裳羽衣舞。

三百人教練歌舞，號稱「皇帝梨園弟子」。椒房：后妃居住之所。阿監：宮中的侍從女官。青娥：年輕的宮女。

[20] 耿耿：微明的樣子。

[21] 臨邛（qióng）道士鴻都客：從臨邛來長安的道士。臨邛，今四川邛崍縣。鴻都，東漢都城洛陽的宮門名，這裏借指長安。

[22] 碧落：即天空。黃泉：指地下。

[23] 五雲：五彩雲霞。綽約多仙子：有很多體態輕盈柔美的仙子。

[24] 太真：楊貴妃入宮前，先出家為女道士，道號太真。參差：彷彿，差不多。

[25] 金闕、西廂：指宮殿。玉扃：玉門。小玉：吳王夫差女兒的名字。雙成：傳說中西王母的侍女。這裏皆借指楊貴妃的侍女。

[26] 珠箔：珠簾。銀屏：飾

玉容寂寞淚闌干，梨花一枝春帶雨。[28]

含情凝睇謝君王，一別音容兩渺茫。

昭陽殿裏恩愛絕，蓬萊宮中日月長。[29]

回頭下望人寰處，不見長安見塵霧。[30]

惟將舊物表深情，鈿合金釵寄將去。

釵留一股合一扇，釵擘黃金合分鈿。[31]

但教心似金鈿堅，天上人間會相見。

臨別殷勤重寄詞，詞中有誓兩心知。

七月七日長生殿，夜半無人私語時。[32]

在天願作比翼鳥，在地願為連理枝。[33]

天長地久有時盡，此恨綿綿無絕期。[34]

銀的屏風。迤邐：接連不斷地。

27 覺：醒。

28 闌干：縱橫交錯的樣子。這裏形容滿面淚痕。

29 昭陽殿：漢成帝寵妃趙飛燕的寢宮。這裏指楊貴妃在長安的宮殿。蓬萊宮：傳說中的海上仙山。這裏指楊貴妃在仙山的居所。

30 人寰：人間。

31 擘：分開。指一半給玄宗，另一半自己留下。

32 長生殿：在驪山華清宮內。

33 比翼鳥：傳說中的鳥名，據說只有一目一翼，雌雄併在一起才能飛。連理枝：兩株枝幹合生在一起的樹。

34 恨：遺憾。

賞析

如果沒有白居易的《長恨歌》，人們對唐玄宗李隆基與楊貴妃之間的愛情，會是另一種看法嗎？畢竟，楊貴妃曾是壽王妃，是李隆基的兒媳婦，他們之間存在着事實上的亂倫關係。唐帝國的由盛轉衰，他們也脫不了干係。而且，在後來的故事中，楊貴妃還曾與安祿山偷情，對唐玄宗不忠。可是在《長恨歌》中，這一切最終都被無視，詩人用最優美的語言，歌頌了唐玄宗與楊貴妃之間的愛情，對他們的悲劇給予了無限的同情。

唐人在詩中書寫皇家宮廷之事，相比於歷朝歷代都是最大膽的，也沒聽說有誰因此得罪。《長恨歌》作於元和元年（806），其時白居易三十六歲，正是他提倡以諷喻時事為重要內容的新樂府運動的開端之年。所以不論從外在壓力還是內在動因來看，白居易都無須刻意美化已經逝去了半個世紀的唐玄宗和楊貴妃。而詩歌第一句也確實透露出十足的諷喻之意——「漢皇重色思傾國」，對玄宗皇帝實在不恭敬。接下來寫玄宗因沉溺美色而耽擱朝政，「春宵苦短日高起，從此君王不早朝」；寫玄宗對貴妃家人的賜爵封賞，「姊妹弟兄皆列土，可憐光彩生門戶」，幾乎把玄宗寫成了一位荒淫無道的皇帝。在寫了玄宗對楊貴妃的寵溺之後，緊接着寫安史之亂爆發，「漁陽鼙鼓動地來，驚破霓裳羽衣曲」，可見詩人對玄宗與貴妃還是持批判態度，認為他們兩個要為這場讓唐王朝由盛轉衰的叛亂負責。

不過在寫到馬嵬事變之後，白居易對玄宗和楊貴妃的態度發生了完全的變化。他不再關心政治治亂的探討，而是傾力描寫玄宗在貴妃死亡後的痛苦和對她的思念。「蜀江水碧蜀山青，聖主朝朝暮暮情」，每一天都沉浸在對貴妃的思念中；「行宮見月傷心色，夜雨聞鈴腸斷聲」，無論看到甚麼、聽到甚麼，都會引發他的悲傷。這悲傷絲毫不能被時間的流逝沖淡，回到長安後，處處觸景傷情，看到「太液芙蓉未央柳」，就會想到「芙蓉如面柳如眉」。每天晚上獨對孤燈，思念着貴妃難以入眠。玄宗的痴情甚至感動了一位方士，方士為玄宗升天入地去尋找貴妃的魂魄，終於在海上的一座仙山找到。此時貴妃已位列仙班，儘管仙凡兩隔，但她對玄宗同樣也未忘情，仍然保留着當年的定情物，仍然記着當年的海誓山盟：「在天願作比翼鳥，在地願為連理枝。」

行文至此，不論作者還是讀者，誰還記得，誰還在乎玄宗和貴妃的身份呢？我們看到的，是一對經歷了生離死別仍然忠貞不渝的戀人，是一齣儘管深情相愛卻不能在一起的愛情悲劇。「天長地久有時盡，此恨綿綿無絕期」，永遠隔絕的遺憾，永遠相愛的執着，隨着這篇長詩傳唱至今。

琵琶行

白居易

元和十年，予左遷九江郡司馬。[1]明年秋，送客湓浦口，聞舟中夜彈琵琶者，聽其音，錚錚然有京都聲。問其人，本長安倡女，嘗學琵琶於穆、曹二善才，年長色衰，委身為賈人婦。[2]遂命酒，使快彈數曲。曲罷，憫默。自敘少小時歡樂事，今漂淪憔悴，轉徙於江湖間。予出官二年，恬然自安，感斯人言，是夕始覺有遷謫意。因為長句，歌以贈之，凡六百一十六言，命曰《琵琶行》。

潯陽江頭夜送客，楓葉荻花秋瑟瑟。[3]
主人下馬客在船，舉酒欲飲無管弦。
醉不成歡慘將別，別時茫茫江浸月。

1. 左遷：貶官，降職。九江郡司馬：即江州司馬。
2. 倡女：歌女。善才：當時對琵琶師或曲師的通稱。賈（gǔ）人：商人。
3. 瑟瑟：形容楓葉、蘆荻被秋風吹動的聲音。

忽聞水上琵琶聲，主人忘歸客不發。
尋聲暗問彈者誰？琵琶聲停欲語遲。
移船相近邀相見，添酒回燈重開宴。[4]
千呼萬喚始出來，猶抱琵琶半遮面。
轉軸撥弦三兩聲，未成曲調先有情。
弦弦掩抑聲聲思，似訴平生不得志。
低眉信手續續彈，說盡心中無限事。
輕攏慢撚抹復挑，初為《霓裳》後《六幺》。
大弦嘈嘈如急雨，小弦切切如私語。[5]
嘈嘈切切錯雜彈，大珠小珠落玉盤。
間關鶯語花底滑，幽咽泉流冰下難。[6]
冰泉冷澀弦凝絕，凝絕不通聲漸歇。
別有幽愁暗恨生，此時無聲勝有聲。

[4] 回燈：重新撥亮燈光。
[5] 嘈嘈：指聲音沉重。切切：指聲音細碎輕幽。
[6] 間關：形容鳥鳴聲。幽咽：形容遏塞不暢狀。

銀瓶乍破水漿迸，鐵騎突出刀槍鳴。
曲終收撥當心畫，四弦一聲如裂帛。[7]
東船西舫悄無言，惟見江心秋月白。
沉吟放撥插弦中，整頓衣裳起斂容。
自言本是京城女，家在蝦蟆陵下住。[8]
十三學得琵琶成，名屬教坊第一部。[9]
曲罷曾教善才服，妝成每被秋娘妒。[10]
五陵年少爭纏頭，一曲紅綃不知數。[11]
鈿頭銀篦擊節碎，血色羅裙翻酒污。[12]
今年歡笑復明年，秋月春風等閒度。
弟走從軍阿姨死，暮去朝來顏色故。[13]
門前冷落鞍馬稀，老大嫁作商人婦。
商人重利輕別離，前月浮梁買茶去。

[7] 四弦一聲：一曲結束時，用撥子在琵琶的中部劃過四弦，亦即上句中說的「當心畫」。

[8] 蝦（há）蟆陵：在長安城東南，曲江附近。

[9] 教坊：唐代官辦管領音樂雜技、教練歌舞的機構。

[10] 秋娘：泛指歌舞妓。

[11] 五陵：在長安城外，因有漢代五個皇帝的陵墓而得名。年少：年輕人。纏頭：用錦帛之類的財物送給歌舞妓女。

[12] 擊節：打拍子。

[13] 顏色故：指容貌衰老。

去來江口守空船，繞船月明江水寒。
夜深忽夢少年事，夢啼妝淚紅闌干。[14]
我聞琵琶已歎息，又聞此語重唧唧。[15]
同是天涯淪落人，相逢何必曾相識！
我從去年辭帝京，謫居臥病潯陽城。
潯陽地僻無音樂，終歲不聞絲竹聲。
住近湓江地低濕，黃蘆苦竹繞宅生。
其間旦暮聞何物？杜鵑啼血猿哀鳴。
春江花朝秋月夜，往往取酒還獨傾。
豈無山歌與村笛？嘔啞嘲哳難為聽。[16]
今夜聞君琵琶語，如聽仙樂耳暫明。
莫辭更坐彈一曲，為君翻作《琵琶行》。
感我此言良久立，卻坐促弦弦轉急。[17]

[14] 闌干：形容淚痕縱橫散亂的樣子。

[15] 唧唧：歎聲。

[16] 嘔啞嘲哳：形容聲音嘈雜。

[17] 促弦：把弦擰得更緊。

淒淒不似向前聲，滿座重聞皆掩泣。[18]
座中泣下誰最多？江州司馬青衫濕。

[18] 向前聲：剛才奏過的單調。掩泣：掩面哭泣。

賞析

《長恨歌》和《琵琶行》是白居易最著名的兩首長詩。在白居易去世後不久，唐宣宗寫詩悼念，詩中說：「童子解吟《長恨曲》，胡兒能唱《琵琶篇》。」可見這兩首詩在當時流傳之廣。《琵琶行》作於元和十一年（816），其時白居易正在遭受一生中最沉重的政治打擊，被貶九江司馬。

《琵琶行》首先最讓人津津樂道的是對音樂的描寫。在一個「楓葉荻花秋瑟瑟」的夜晚，月光照在江面上，這時琵琶曲響起，從初始的「輕攏慢撚」「弦弦掩抑」，到「大弦嘈嘈」「小弦切切」的樂聲逐漸紛繁變化，再到「弦凝絕」「聲漸歇」的再次幽緩，乃至「此時無聲勝有聲」，樂聲幾不可聞，最後突然樂聲陡起，越來越高昂、急促，在「四弦一聲如裂帛」的高潮處戛然而止。詩人還用了大量精妙的比喻來描寫美妙的音樂聲，寫樂音紛繁高低變化時如「急雨」「私語」，如「大珠小珠落玉盤」，寫樂音幽緩時如「間關鶯語花底滑，幽咽泉流冰下難」，寫樂音高昂急促時則如「銀瓶乍破水漿迸，鐵騎突出刀槍鳴」，而最後的收尾則如「裂帛」。這些比喻不僅在聲音上惟妙惟肖，而且極富畫面感，讓讀者不僅「聽」到了音樂，似乎還「看」到了音樂。在描寫音樂的同時，詩人也沒有忘記琵琶女。隨着音樂的展開，我們也聽到了她的「平生不得志」，音樂中傳達着她的「心中無限事」。當音樂結束時，「東船西舫悄無言，惟見江心秋月白」，不論演奏者還是聽者，都沉浸在音樂和音樂在各自心中所引起的「幽愁暗恨」中。

詩人將一場琵琶彈奏寫得聲情並茂，如在耳邊，如在眼前。但《琵琶行》最動人之處，在於它在音樂之外，還講了兩個故事。一個故事是琵琶女的，她曾經有過年輕得意的時候，見慣了繁華熱鬧，「五陵年少爭纏頭，一曲紅綃不知數」，「今年歡笑復明年，秋月春風等閒度」；但是後來年紀老大，風光不再，「門前冷落鞍馬稀，老大嫁作商人婦」，但是商人對她並不愛惜，如今她獨守空船，在回憶以前的美好時光中度日。另一個故事是詩人自己的，詩人在元和年間意氣風發，在朝堂上敢於直言極諫，在文學創作上寫了大量新樂府詩，以詩歌補察時政，諷喻執政。然而終於在元和十年因得罪權貴遭到沉重打擊，被貶謫到九江。他此時的處境是「住近湓江地低濕，黃蘆苦竹繞宅生。其間旦暮聞何物？杜鵑啼血猿哀鳴」。他的心情也頗為消沉：「春江花朝秋月夜，往往取酒還獨傾。」

儘管兩個人的身份地位有天壤之別，但都命途多舛，都經歷了自盛而衰的命運轉折。因而琵琶女的音樂和身世，引發了詩人「同是天涯淪落人，相逢何必曾相識」的感歎。不論任何時代，總會有人由於種種原因，跌入命運的低谷，或在仕途上坎坷不遇，或在生活上窮困潦倒，或在情感上悲愁困苦。而這首詩，也就在後世持續地引起無數人的共鳴。

大林寺桃花

白居易

人間四月芳菲盡，山寺桃花始盛開。
長恨春歸無覓處，不知轉入此中來。

賞析

春天即將到來時，人們會去尋春、賞春；春天結束時，人們會惜春、傷春。但春天究竟在哪裏呢？「天街小雨潤如酥，草色遙看近卻無」，韓愈從街邊剛剛萌發綠意的小草那裏看見了春天；「城中桃李愁風雨，春在溪頭薺菜花」，辛棄疾從郊野溪邊的薺菜花那裏看見了春天；「春色滿園關不住，一枝紅杏出牆來」，葉紹翁從探出牆外的一枝杏花那裏看見了春天。

白居易是在山寺桃花那裏看見了春天，他更為驚喜。因為這時候已是四月，春天已經逝去，春芳都已凋謝，詩人正滿懷惜春的遺憾。這時候突然在山上看見剛剛開始盛開的桃花，如何不讓他詫異、驚喜？如果這時候你去告訴詩人，這是由於山上氣溫比山下低，是正常的物候現象，那你就太煞風景了。詩人也不會聽，因為這時候詩人的眼中只有春天。

春天究竟在哪裏，當代有一首兒歌這樣回答：「春天在那小朋友眼睛裏，看見紅的花呀，看見綠的草，還有那會唱歌的小黃鸝。」雖然是一首兒歌，它的答案卻是通行於古今的：春天在我們的眼睛裏。

錢塘湖春行[1]

白居易

孤山寺北賈亭西，水面初平雲腳低。

幾處早鶯爭暖樹，誰家新燕啄春泥。

[1] 錢塘湖：即杭州西湖。

亂花漸欲迷人眼，淺草才能沒馬蹄。
最愛湖東行不足，綠楊陰裏白沙堤。[2]

賞析

杭州西湖是天下勝景，連民間曲藝中都唱「杭州美景蓋世無雙，西湖岸奇花異草四季清香」。白居易曾任杭州刺史，西湖也是從他開始聲名漸著。他有多篇歌詠西湖的詩作，《錢塘湖春行》是其中流傳最廣的一篇。

這首詩沒有刻意去展現西湖的湖山美景，只用一句「水面初平雲腳低」勾勒了一下西湖的樣貌，然後就陶醉在西湖的春天裏。詩人騎在馬上，沿着湖岸，悠悠蕩蕩，聽到近旁有黃鶯在樹上發出悅耳的鳴唱，看見不遠處有燕子掠地飛過，花花草草都在春光中自由舒展。

詩人沒有過多去寫西湖的湖山，不等於詩人的眼睛沒有去看。早鶯、新燕、亂花、淺草，這些尋常景物，正是在西湖的湖光山色裏，才格外引人沉醉。讀者也需要展開想像的翅膀，將視線從這幾樣景物上延伸開去，才能看到詩人彼時彼地看到的畫面，才能和詩人一起徜徉在西湖的春天裏。

[2] 綠楊：柳樹。

柳宗元（773—819），字子厚。河東（今山西運城）人。參與「永貞革新」，事敗被貶永州司馬，後調柳州刺史，世稱「柳河東」「柳柳州」，詩文峻潔流麗。

江雪

柳宗元

千山鳥飛絕，萬徑人蹤滅。
孤舟蓑笠翁，獨釣寒江雪。

賞析

這首被譽為「唐人五絕最佳」的小詩是柳宗元詩文冷峭風格的集中體現。天地開闊，卻全無「飛鳥」「人蹤」，一個「絕」、一個「滅」，見出一片浩渺的潔白，極清寒，極寂寥。視線由千山、萬徑逐漸縮小到孤舟，最後聚焦於一個小小的漁翁。「寒」「雪」渲染了寂寥肅殺之境，但「孤」「獨」卻使蓑笠翁相當醒目。他並未被這清寒肅殺的冰雪所懼，而是倔強孤獨地垂釣着冰雪。晶瑩澄澈、幽寒高潔的境界不僅是畫面，也是詩人精神世界的外現。漁翁的孤傲勁拔與環境的清冷開闊結合，構成了詩歌迥拔流俗、一塵不染的冷峭格調。

富於理想色彩的永貞革新失敗後，柳宗元被貶永州。隨他流徙的七旬老母半年後過世。政途黑暗，至親離世，朝廷還下令「縱逢恩赦，不在量移之限」，他的人生如冰雪般嚴寒，但他為人為文仍追求「奧、節、清、幽、潔」，以純粹和清潔來要求自我，絕不苟且媚俗。那個在風雪嚴寒中不避嚴霜的漁父何嘗不就是詩人自己呢？

與之相較，柳宗元《漁翁》則表現了漁父散淡清新的一面：「漁翁夜傍西巖宿，曉汲清湘燃楚竹。煙銷日出不見人，欸乃一聲山水綠。回看天際下中流，巖上無心雲相逐。」

登柳州城樓寄漳、汀、封、連四州刺史

柳宗元

城上高樓接大荒，海天愁思正茫茫。
驚風亂颭芙蓉水，密雨斜侵薜荔牆。[1]
嶺樹重遮千里目，江流曲似九迴腸。[2]
共來百越文身地，猶自音書滯一鄉。[3]

1 颭（zhǎn）：吹動。薜（bì）荔牆：蔓生香草的牆面。

2 九迴腸：愁思纏結。司馬遷《報任安書》「腸一日而九迴」。

3 百越：南方少數民族的統稱。文身地：越人斷髮文身。

賞析

元和十年（815），柳宗元遠放柳州（今屬廣西）。如果說革新失敗被貶永州司馬還有東山再起的希望，那再次遠放就意味着政治生命的結束。可以想見他心中難以言明的憤懣、幽怨和近乎絕望的孤獨。因而即使被嚴密監控，他也要寄詩給同為永貞革新同志的四位友人——漳州刺史韓泰、汀州刺史韓曄、封州刺史陳諫、連州刺史劉禹錫。

邊城擁托着城樓，城樓高處有一人，目光越過荒原，神思與海天相通。天地間彷彿都充盈着他的愁思。

芙蓉、薜荔都是《楚辭》中的美好之物。《離騷》曰：「製芰荷以為衣兮，集芙蓉以為裳。不吾知其亦已兮，苟余情其信芳。」《九歌・雲中君》曰：「採薜荔兮水中，搴芙蓉兮木末。」可見芙蓉、薜荔之高潔美好。然而眼下，芙蓉被狂風颳倒，薜荔為暴雨摧殘，美好之物被無情地打擊破壞，正如充滿理想的人們卻被打壓摧殘。面對此種景象，令人不由為之憂恐、憤懣。

嶺樹青蒼，阻隔了千里望友的視野；曲折江流，彷彿詩人迴環不解的愁腸。

前三聯的景物描寫已滲透了憂憤之情，尾聯便點出詩人心中最深的怨憤：遠放邊州，幸尚五人同來，卻因蠻鄉異域而音書斷絕。「共來」與「猶自」的鮮明對比突出詩人胸中強烈的不平之氣。然而愁腸傷身，憂悶傷神，四年後，詩人歿於柳州。

聞樂天授江州司馬

元稹

殘燈無焰影幢幢，此夕聞君謫九江。[1]
垂死病中驚坐起，暗風吹雨入寒窗。

元稹（779—831），字微之。河南（今河南洛陽）人。與白居易是好友，世稱「元白」。

1 幢幢：燈影昏暗搖曳的樣子。九江：江州的治所。

賞析

元稹與白居易的友情是文學史上的佳話。兩人在文學創作上才華橫溢，在政治上志同道合，一生中儘管聚少離多，但音訊通問頻繁，詩歌唱和不斷。兩人都是通過科舉考試早登仕途，滿懷一腔熱情，希望經世濟民，補救時弊，因而剛直不阿，不畏權貴，但也因此在前半生仕途坎坷，屢遭打擊。唐憲宗元和十年，宰相武元衡被藩鎮派來的刺客暗殺，白居易上書請求搜捕兇手，觸怒當權者，被貶江州司馬。當時元稹已經被貶多年，在貶所聽到這個消息後，憤而寫下此詩。

詩歌開篇就用「殘燈無焰影幢幢」一語，渲染了自己此時黯淡的心緒和淒涼的處境，在昏暗搖曳的燈光下，突然得知了好友被貶謫的消息。本來纏綿病榻毫無氣力的自己，聽到這個消息也竟然從牀上「驚坐起」。這三個字，這一動作，可謂「含不盡之意，見於言外」，其中有詩人因友人遭此不幸的震驚，有對友人受此不公的憤懣，有為友人將如自己備嚐艱辛的悲痛。可是，自己如今自身難保，對友人的不幸無能為力。因而「驚坐起」的詩人，更加感受到淒涼，此時陪伴他的，只有「暗風吹雨入寒窗」。

遣悲懷三首（其二）

元稹

昔日戲言身後事，今朝都到眼前來。
衣裳已施行看盡，針線猶存未忍開。
尚想舊情憐婢僕，也曾因夢送錢財。
誠知此恨人人有，貧賤夫妻百事哀。

賞析

不能白頭偕老，是恩愛夫妻最大的遺憾。元稹與自己的第一任妻子韋叢共同生活了七年，琴瑟和鳴，感情深篤。但韋叢早逝，給元稹留下了無盡的遺憾。在韋叢身後，元稹在不同時期寫下了許多悼亡詩，懷念亡妻，《遣悲懷三首》是其中最著名的一組。

本詩是《遣悲懷三首》中的第二首，記述了在韋叢離去後的日子裏，詩人對韋叢的追念。如今和亡妻的陰陽兩隔，在以前他們也開玩笑提起過，沒想到竟然這麼早地成為現實。韋叢穿過的衣服，他都已施捨給別人，韋叢用過的針線，他都封存起來。他以為這樣可以減輕他對亡妻的思念。可是看到家中曾經服侍過韋叢的婢女，就會讓他想起他與韋叢的恩愛；而夢中更是無可避免地夢見韋叢，他也因此到寺廟中施捨錢財。韋叢離開了，卻仍在他心裏。

元稹也想自我勸慰：生離死別是人世的普遍現象，最終都會落在每一對夫妻身上，自己不必為此過度悲傷。只是韋叢跟他在一起時他官職低微，俸祿微薄，而韋叢卻十分賢惠，與他患難與共，一起度過了那些艱辛的日子。隨着韋叢的離世，他再也沒有機會彌補了。這是他最難以釋懷的，正如他在第三首中所說的，如今他能做的，就是「惟將終夜長開眼，報答平生未展眉」。

離思五首（其四）

元稹

曾經滄海難為水，除卻巫山不是雲。

取次花叢懶回顧，半緣修道半緣君。[1]

1 取次：任意，隨便。修道：道教或佛教的修行。

賞析

纏綿悱惻，生死不渝，是這首詩的動人之處。

「曾經滄海難為水」一句化用了《孟子》中的「觀於海者難為水，遊於聖人之門者難為言」，「巫山雲」則取典於宋玉《高唐賦序》中巫山神女自稱的「妾在巫山之陽，高丘之阻。旦為朝雲，暮為行雨，朝朝暮暮，陽台之下」。經過元稹巧妙的點化，賦予了這兩個典故新的含義，表達了一種非你莫屬的極為堅決的態度。

這種態度，這份愛，不因為愛人的離世而改變，詩人明確宣告：因為愛了你，再也不會愛別的人了；雖然你已離開人世，我的心裏依然只有你。

「修道」，說到底還是由於愛人的離世，此時的詩人已生無可戀，惟有向「修道」尋求些許慰藉。可是如果「修道」真能讓詩人超脱，也就不會說「半緣君」了。由於愛人的逝去，在塵俗已不能獲得幸福，而「修道」也無法讓自己從悲傷中解脫出來。

這首詩為我們詮釋了人們所嚮往的愛情的最高境界：忠貞和永遠。

行宮

元稹

寥落古行宮，宮花寂寞紅。

白頭宮女在，閒坐說玄宗。

賞析

紅豔豔的宮花和白頭宮女被並置在一幅畫面內，形成了鮮明的對比，生機的勃發與生命的衰亡都是如此醒目。但宮花和宮女又有相同的命運，宮女曾如宮花一般鮮豔美麗，宮花也如宮女一般被禁錮在行宮內，無論多麼美麗，也只能寂寞地綻放，然後寂寞地凋零。

白頭宮女們的話題還停留在玄宗時代，那是一個鼎盛美好的時代，也是她們青春妙齡的時代。而從那以後，外面的世界就與她們無關了。時間從她們身邊駛過，年復一年，日復一日，她們的生活卻好像被定格了一般，惟一的變化是容顏在時光中漸漸老去。

「如花美眷，似水流年」，青春被無價值地損耗，生命被無意義地浪費，怎能不讓人痛心惋惜？

李涉（約806年前後在世），洛陽人。中唐詩人。

題鶴林寺僧舍

李涉

終日昏昏醉夢間，忽聞春盡強登山。
因過竹院逢僧話，又得浮生半日閒。

賞析

我們常常迷失於忙碌的工作和瑣碎的日常生活而不自知，在自己的一片小天地中，庸庸碌碌地度過一天又一天。曾經的許多計劃和想法，找不到時間去實施，便被一次次推後，直到被我們放棄乃至遺忘。

詩人從這種生活中警醒了。他猛然發現春天已經在不知不覺中流逝，一年中最美好的日子還未察覺就要結束了。於是詩人下定決心，從日常的世界中掙脫出來，走向大自然。

在大自然中，沒有功利目的，沒有刻意安排，隨意漫遊，自由自在。來到一家寺院，遇到一位僧人，就停下來閒聊，聊一些世俗之外的話題。

半日的出遊，讓詩人感到輕鬆愉快。浮生如夢，大多數時候身不由己，但我們不能被生活奴役而不自知。讓自己成為生活的主宰，哪怕只有半日也好。

江樓感舊

趙　嘏

趙嘏（約806—852），字承祐。山陽（今江蘇淮安）人。晚唐詩人。

獨上江樓思渺然，月光如水水如天。

同來望月人何處？風景依稀似去年。

賞析

這首詩的背後有一個故事，詩人卻不肯述說明白。江邊月夜，詩人獨自登樓，心中生出一種昨日重現的感覺，還是去年的江樓，還如去年的月色。只是昨日畢竟不能重現，去年曾與詩人同來賞月的人，今夜已不知身在何處。那人是誰？與詩人是朋友還是戀人？為了甚麼緣由而分別？詩人沒有說，但我們能感到詩人對過去的人與時光的懷念；他在懷念中倚闌眺望，月色如水，江水茫茫，無邊的思緒融入到無邊的水光月色之中。

每個人都有屬於自己的悲歡離合的故事，所以詩人即使不把他的故事講述出來，在這樣一個月色縹緲的夜晚，我們也能和詩人一起沉浸在物是人非的悵惘之中。

長安秋望

趙嘏

雲物淒清拂曙流，漢家宮闕動高秋。[1]

[1] 雲物：即雲霧。拂曙：拂曉。流：流動。

殘星幾點雁橫塞，長笛一聲人倚樓。[2]
紫豔半開籬菊靜，紅衣落盡渚蓮愁。[3]
鱸魚正美不歸去，空戴南冠學楚囚。[4]

[2] 雁橫塞：大雁飛越邊塞，向南飛去。

[3] 紅衣落盡：指紅色的蓮花已經凋謝。渚：水中小洲。

[4] 鱸魚正美：此處用了西晉張翰的典故，張翰是吳（今江蘇蘇州）人，在洛陽做官，見秋風起，思念家鄉的鱸魚蒓菜，遂棄官回家。南冠、楚囚：此處指南方人來到北方。典出於《左傳・成公九年》，楚國樂官鍾儀被俘虜到晉國，晉侯到軍中視察時看到他，問：「南冠而縶者，誰也？」他旁邊的晉國官員回答說：「鄭人所獻楚囚也。」

賞析

秋天的拂曉，長安城還未醒來。詩人登高眺望，看到了與白天不一樣的長安。曙光依稀中，空中有些雲霧飄移，長安城的街道屋宇朦朦朧朧顯出一些輪廓，最顯眼的仍是皇宮中高大巍峨的宮殿樓閣，高高聳立，直指天空。遠天幾顆將落未落的殘星，有一行大雁飛過。悠揚的笛聲吹來，在寂靜的清晨傳得很遠，有人倚樓吹笛。光線漸漸分明，能夠看清籬邊菊花正在安靜地開放，在秋天的晨光中尤覺鮮豔，相比之下，水中的蓮花已經凋零殘敗。

南飛的大雁，半開的菊花，零落的紅蓮。詩人看到了秋天，感受到了秋天拂曉的清冷和孤獨，對故鄉的思念在詩人心中油然而生。現在的故鄉，溫暖依舊，鱸魚肥美。詩人忽然醒悟：為了空幻的浮名浮利，離棄了最可依戀的事物，這是多麼的不明智啊。就如陶淵明所說的：「悟已往之不諫，覺今是而昨非。」好在迷途未遠，不如歸去！

渡桑乾

劉皂

客舍并州已十霜，歸心日夜憶咸陽。
無端更渡桑乾水，卻望并州是故鄉。

劉皂（生卒年不詳），咸陽人。中唐詩人。

賞析

咸陽在今陝西咸陽，并州在今山西太原，桑乾河在并州以北。詩人家鄉在咸陽，卻已旅居并州十年。古人安土重遷，離開家鄉愈遠，對家鄉的思念愈切，「歸心日夜憶咸陽」。可是「無端更渡桑乾水」，要渡過桑乾河，去往更北的方向。越期盼回鄉，反而離家鄉越遠。「無端」是沒有來由、沒有原因的意思，詩人渡河北上，當然不會無來由，必是有着迫不得已的原因。只是不論甚麼原因，都非詩人所願，都讓詩人離家鄉更遠。

詩人本來日夜盼望期望離開并州，那是為了回到家鄉。如今卻是向着背離家鄉的方向，去往完全陌生的地方，而回望之中，對客居了十年的并州竟有了熟悉親切之感。一句「卻望并州是故鄉」，道出了心中的苦澀。歸鄉之期，更為渺然；思鄉之情，更覺淒然。

陳陶（生卒年不詳），字嵩伯，自稱三教布衣。晚唐詩人。

❶ 貂錦：貂裘錦衣。此處為借代手法，指穿着貂裘錦衣的戰士。

❷ 無定河：在今陝西北部。

隴西行

陳陶

誓掃匈奴不顧身，五千貂錦喪胡塵。[1]
可憐無定河邊骨，猶是春閨夢裏人。[2]

賞析

唐代的邊塞詩，題材豐富，主題多樣，或反映奮不顧身殺敵立功的豪情，或抒發久戍邊關念家思歸的憂傷，或描寫異域風光異族風俗。而頻繁的邊塞戰爭也會催生詩人對戰爭的意義、戰爭的後果作更深刻的思考和反省。陳陶《隴西行》就是這樣一首將戰爭的災難展示得怵目驚心的優秀之作。

詩人就像一位冷靜的電影大師，四句詩猶如四個精心選取的鏡頭，被用蒙太奇手法剪切在一起。第一個鏡頭是出征的場景，將士們鬥志昂揚，盔甲鮮明，義無反顧地奔向戰場；第二個鏡頭就切換到了戰場上，將士們奮勇殺敵，犧牲在遙遠的土地上；接着彷彿一個長鏡頭緩緩掠過戰鬥結束後的戰場，屍橫遍野，慘不忍睹；最後一個鏡頭閃回到將士們的家鄉，那裏有他們的妻子正在日夜思念，盼他們早日返回。妻子還在夢着丈夫錦衣貂裘凱旋，哪裏知道丈夫此時已是荒野枯骨。「河邊骨」與「夢裏人」的對比，讓人震撼。妻子此時充滿希望的等待，更讓人同情。儘管詩人沒有作任何宣告，但這組鏡頭卻讓人直面戰爭帶來的痛苦和災難。戰爭，無論是正義的還是非正義的，無論是勝利的還是失敗的，對於倒在戰場上的將士來說，都是災難，對於他們的家人來說，都是難以承受的悲痛。

賈島（779—843），字閬仙。范陽（今屬北京房山區）人。中唐著名的苦吟詩人。

尋隱者不遇

賈島

松下問童子，言師採藥去。
只在此山中，雲深不知處。

賞析

這首小詩寫得既簡省乾淨，明白如話，又言有盡而意無窮，讀來趣味盎然。

從題目開始，詩人就點到為止，同時又給出一定的信息引讀者去想像。「尋隱者不遇」，遇到了誰呢？讀正文知其遇到了隱者的童子。「松下問童子」，問了甚麼問題呢？從以下三句童子的回答可以推想，一定是詩人發現隱者不在家，向童子詢問隱者去了哪裏，幾時回來等等。這一番對答，只用了五言四句二十個字便説盡，可謂言簡意賅。

更見詩人功力的是，雖然隱者不在場，卻句句圍繞隱者而寫，短短二十個字説足了隱者的風采。「松下」點出隱者的居處環境，那是高雅幽潔的；「採藥」點出了隱者的活動，此處的「藥」當是術士服食以求長生的丹藥，與李白「採藥窮山川」同趣；「雲深」襯托出隱者的蹤跡難尋，遠離人間。

司馬遷對孔子是「讀孔氏書，想見其為人」，而賈島對隱者，則是聞其人童子之言，想見其為人。

近試上張水部[1]

朱慶餘

洞房昨夜停紅燭，待曉堂前拜舅姑。[2]

朱慶餘（生卒年不詳），越州（今浙江紹興）人。中唐詩人。

[1] 張水部：指中唐著名詩人張籍，時任水部員外郎。

[2] 舅姑：公婆。

妝罷低聲問夫婿：畫眉深淺入時無？

賞析

從後人的眼光來看，唐代科舉考試不夠嚴肅。試卷不糊名，考官能看到考生的名字；考生的出身門第、名聲大小、有沒有權勢者舉薦，都是影響能否被錄取的重要因素。因此唐代士子都需在考試之外另下功夫。他們廣事干謁，拜見名公巨卿，希望得到他們的賞識和舉薦；考試前把平時所作詩文投給朝中顯貴，以期待他們能轉致主考官，稱為「行卷」——要參加進士科考試的舉子們是不能直接向主考官行卷的。行卷後隔一段時間，還可以再投卷或呈送書信，稱為「溫卷」。

朱慶餘這首《近試上張水部》就是這樣一首溫卷性質的詩。此詩妙在全篇用比，生動巧妙地表達了自己的目的。從字面上看，這首詩表現了新嫁娘在新婚第二日見公婆前的心情，她緊張而又期待，不知道自己是否會被公婆接受，這決定着將來她在這個家庭中的命運。所以她精心打扮，可又不知自己這樣的打扮能否讓公婆中意，於是她首先徵詢丈夫的意見——此時她身邊惟一的也是最重要的參謀，他的意見在很大程度上也代表了公婆的看法。

而朱慶餘真正要表達的，是以公婆比主考官，以丈夫比張籍，以新嫁娘比自己。

臨近考試，他就像新嫁娘一樣忐忑不安，希望知道自己的文章是否能讓主考官中意。而張籍的意見，就是重要的參考。

這首詩如此巧妙，引得張籍也用一首比體詩給予了答覆，他在《酬朱慶餘》中寫道：「越女新妝出鏡心，自知明豔更沉吟。齊紈未足時人歸，一曲菱歌敵萬金。」將朱慶餘比作明豔的「越女」，將朱慶餘的詩比作價值萬金的「菱歌」，毫無保留地表達了對朱慶餘詩文的讚賞之情。

金銅仙人辭漢歌並序[1]

李賀

魏明帝青龍元年八月，詔宮官牽車西取漢孝武捧露盤仙人，欲立置前殿。[2]宮官既拆盤，仙人臨載，乃潸然淚下。唐諸王孫李長吉遂作《金銅仙人辭漢歌》。

茂陵劉郎秋風客，夜聞馬嘶曉無跡。[3]

李賀（790—816），字長吉。年少失意，鬱鬱而死，詩風詭譎，被稱為「詩鬼」。

1 金銅仙人：漢武帝於建章宮前造神明台，上鑄金銅仙人，舒掌擎銅盤、玉杯以承雲之露，以雲露玉屑飲之以求仙道。

2 魏明帝：三國時期魏國

君主曹叡。宮官：宦官。

❸ 茂陵：漢武帝的陵墓。劉郎：漢武帝劉徹。「夜聞」句：漢武帝陰靈夜出曉滅，與生前赫赫對照，加倍悲涼。

❹ 秋香：林同濟認為應作「枯香」。土花：苔蘚。

❺ 魏官：序中的宮官。牽車指千里：牽車指向千里之外的洛陽。東關：長安東城關。

❻ 將：攜。漢月：銅人在漢時所見之月，亙古不變，故魏時仍稱「漢月」。君：指漢武帝。鉛水：銅人的淚水。

❼ 客：銅人。

❽ 渭城：秦都咸陽，漢改稱渭城，這裏應指長安。

畫欄桂樹懸秋香，三十六宮土花碧。4
魏官牽車指千里，東關酸風射眸子。5
空將漢月出宮門，憶君清淚如鉛水。6
衰蘭送客咸陽道，天若有情天亦老。7
攜盤獨出月荒涼，渭城已遠波聲小。8

賞析

金銅仙人建造於漢武帝時代，是漢王朝繁榮昌盛的標誌物。但隨着漢室敗亡，它亦不免被魏官牽引，辭別曾經輝煌一時的漢都長安。詩人採用金銅仙人的獨特視角，讓它來見證朝代更迭的滄桑一幕。

詩歌以銅人尚在漢宮的感受開篇。漢武帝劉徹早已葬身茂陵，夜間遊魂馬嘶，清早杳無蹤跡，而他生前臨幸的「三十六宮」也已盡生苔蘚，不復當年的繁華景象。這已讓銅人暗暗憂傷，更令它痛苦的是，曹魏統治者要將它遷往洛陽。從「魏官牽車指千里」一句始，金銅仙人開始辭別漢宮。一路景致都被銅人的感受渲染上了主觀色彩。「東關酸風射眸子」以通感寫盡風中酸楚，蘭草蕪敗，月下荒涼，「渭城已遠波聲小」更寫出漸行漸遠中往日痕跡消失殆盡的慘痛。至此，銅人雖有金石之質，也不免「憶君清淚如鉛水」，淚灑古道。然而，在這壓倒一切的悲傷中，詩人是清醒的。「天若有情天亦老」，詩人從天道與人事關係的角度，清醒地認識到，愴別之情皆為空恨，只能獨自承受。

李賀被稱為「詩鬼」，其詩色彩濃郁，想像奇詭，擬人通感皆新意迭出，然其人其詩流於個人感傷，故杜牧稱其「理不勝辭」。而「天若有情天亦老」一句卻富於哲理，頗為後人稱道。宋人石曼卿以「月若無恨月長圓」對之，被秦少游寫入詞中。毛澤東更將此句寫入律詩，「天若有情天亦老，人間正道是滄桑」，從變化乃正理的角度賦予天道以雄健有力的新氣象。

夢天

李賀

老兔寒蟾泣天色，雲樓半開壁斜白。
玉輪軋露濕團光，鸞佩相逢桂香陌。

黃塵清水三山下，更變千年如走馬。[1]
遙望齊州九點煙，一泓海水杯中瀉。[2]

1 黃塵清水：陸地海洋。三山：蓬萊、方丈、瀛洲三座仙山。

2 齊州：指中國。九點煙：古分中國為九州，即兗、冀、青、徐、豫、荊、揚、雍、梁，從天上看，九州不過九點煙塵。

賞析

《夢天》是一首遊仙詩。天色幽晦，一陣微雨，彷彿月宮裏的玉兔蟾蜍在哭泣。隨後雨停雲開，月光斜照，幽深潔白。詩人由此進入天界。明月升起，像車輪碾壓着清露緩緩前行，染濕團團月暈。在一片仙氣茫茫中，詩人與佩戴鸞鳳玉佩的神女相遇了。周圍是桂樹小道，陣陣飄香。

回望塵寰，海上三座仙山之下，萬物變化如奔走的野馬。海生陸沉，滄海桑田，人事代謝，往來古今。然而在時間永恆的仙界看來，這一切不過發生在白駒過隙的瞬間。正所謂「仙界方七日，世上已千年」。詩人超時間的幻想，與現代物理中的時間彎曲理論頗為相近。世人以為的廣袤山河、九州大地，在天界看來不過只是九點煙塵，汗漫無邊的海水也不過如一泓水在杯中傾瀉。視角的切換帶來新穎的感受，與現代人坐飛機的體驗很相似。尾聯中「九點煙」和「杯中瀉」的表達富於動感，尤其新穎，使人難忘。

李賀善借仙姝、鬼魅等幽眇意象來表達內心的慾望和苦悶，並用五彩眩耀的詞句將仙界形容得異常美妙。辭藻固然流光溢彩、新奇詭譎，然其實質不過是通過神光折射自己未實現的世俗慾望。《夢天》即表達詩人對男女歡愛和超越生滅的嚮往。但詩人脆弱，且苦吟傷身，因而並未在短暫的一生中實現夙願。二十七歲時，彌留之際，他仍耽於仙界的幻覺中來克服對死亡的恐懼，「將死時，忽晝見一緋衣人，駕赤虯，持一版，書若太古篆或霹靂石文者，云：『當召長吉。』長吉了不能讀，欻下榻叩頭言：『阿嬭老且病，賀不願去。』緋衣人笑曰：『帝成白玉樓，立召君為記。天上差樂，不苦也。』……長吉竟死」。

雁門太守行

李賀

黑雲壓城城欲摧，甲光向日金鱗開。[1]
角聲滿天秋色裏，塞上燕脂凝夜紫。
半捲紅旗臨易水，霜重鼓寒聲不起。
報君黃金台上意，提攜玉龍為君死。[2]

1 甲光：鎧甲之光。金鱗：連鎖甲。
2 黃金台：燕昭王置千金於黃金台上，以延天下之士。玉龍：劍。

賞析

烏雲壓陣，正如與敵軍對峙的緊張氣氛。此時陽光破雲隙而出，金甲反射陽光，令人耀目。兩軍開始衝殺，號角聲聞滿天，沙場鏖戰的激烈可想而知。夜色凝紫，猶如燕地紅藍花汁製成的燕脂（胭脂）。《滕王閣序》云：「煙光凝而暮色紫。」在邊塞戰地的急逼氛圍下，這凝重的夜空更為複雜，不知蘊藏了多少拼殺與危機。

在這緊迫凝重的戰地氛圍中，躍動的「紅旗」成為一抹亮色，戰旗「半捲」，可「見輕兵夜進之捷」。王昌齡詩云：「大漠風塵日色昏，紅旗半捲出轅門。前軍夜戰洮河北，已報生擒吐谷渾。」聯繫「臨易水」三字，迅捷有紀律的行軍中還含有「風蕭蕭兮易水寒，壯士一去兮不復還」的悲壯，但卻是內斂而緊迫的。「霜重鼓寒聲不起」，嚴霜濃重，鼓聲都低沉不響。如此嚴峻的天氣，士兵們仍冒寒迎戰，慷慨英勇的士氣衝紙而出。

環境渲染至此，士兵們的戰鬥意志便可自然點出、畫龍點睛：為報答明君養士之恩，甘願「提攜玉龍」，血灑疆場。

杜牧（803—853），字牧之。京兆萬年人。與李商隱並稱「小李杜」。

寄揚州韓綽判官

杜牧

青山隱隱水迢迢，秋盡江南草未凋。
二十四橋明月夜，玉人何處教吹簫？

賞析

杜牧風流倜儻。《唐才子傳》記載：「牧美容姿，好歌舞，風情頗張，不能自遏。時淮南稱繁盛，不減京華，且多名姬絕色，牧恣心賞。」時任揚州節度使的牛僧孺因愛才，派人暗中保護杜牧，收回的平安帖子甚至堆滿了一書篋。對於在揚州的風流生活，杜牧自詩云：「落魄江湖載酒行，楚腰纖細掌中輕。十年一覺揚州夢，贏得青樓薄幸名。」

《寄揚州韓綽判官》一詩正展現了詩人在揚州夢一般的生活。青山逶迤，隱於天際，綠水如帶，迢遞不斷。「隱隱」「迢迢」一對疊字，將揚州綽約多姿的山水點染開來，淡淡的思憶隱現其間。「秋盡江南草未凋」，深秋清寒，詩人將對揚州的眷戀融入江南未盡的生意中，一股朦朧的暖意輕輕湧起。

「二十四橋明月夜，玉人何處教吹簫？」明淨瑩潔，如仙如夢，風流俊爽的韓君此時在何處教人吹簫呢？調侃與豔情都能寫得如此風調悠揚、清麗輕爽，大概也只有杜牧了吧！一絲歆羨，幾分悵觸，更有對夢一般的揚州親切的懷念：吹簫的玉人披着銀輝，潔白光潤，嗚咽悠揚的簫聲飄散在已涼未寒的江南秋夜，令人心蕩神移……「誰家唱水調，明月滿揚州。」

山行

杜牧

遠上寒山石徑斜，白雲生處有人家。
停車坐愛楓林晚，霜葉紅於二月花。

賞析

這首小詩不僅即興詠景，而且是詩人志趣的寄託、內在精神世界的表露。

「遠上寒山石徑斜」，「斜」與「上」寫高而緩的山勢，呼應第一個「遠」字。起句深遠開闊，寒山蒼翠，石徑裸露，山間已不復春夏的濃蔭翠秀。一條小徑向遠處伸展，順着這條山路向上望去，在白雲飄浮的地方，有幾間山石砌成的石屋石牆，也許還有犬吠、雞鳴、炊煙。人的氣息使石徑不再冷寂，白雲繚繞也不虛無縹緲了，寒山蘊含着生氣。

流連之際，一片深秋楓林展現在眼前。詩人驚喜地發現，夕暉晚照下，楓葉流丹，層林如染，如雲錦，如彩霞，這美景比江春二月更為絢麗。原來經過嚴霜的楓葉比嬌嫩的美更打動人心。「霜葉紅於二月花」不僅是眼中之景，更是心中氣象。絢麗的秋色不遜於春朝，人生又何嘗不是如此？於是一股英爽俊拔之氣拂拂筆端，令人不禁精神發越，昂揚滿足。

秋夕

杜牧

銀燭秋光冷畫屏，輕羅小扇撲流螢。
天階夜色涼如水，臥看牽牛織女星。

賞析

冷與暖、明與暗的交織是此詩獨有的美。

畫屏精緻，但屋內的燭影秋光一片寒白，照着畫屏越精緻，卻越冷寂。到屋外走走吧。草間閃閃爍爍的是甚麼？近看，是飛復不息的流螢！輕紗羅裙的少女突然感到某種活潑的生趣。她手持小巧的團扇，歡快地追逐忽高忽低、忽東忽西的流螢，自在、唯美、輕盈。待到追累了，螢飛了，就仰臥在白玉宮階之上，望向秋空。涼冷的玉石漸漸消去了運動後的燥熱，她看到牛郎和織女星在夜空中熠熠閃耀。此時，她有何感受呢？少女的憧憬？還是自憐的憂傷？不得而知了，或許兩樣都有點吧。

冷、螢、涼、星，環境的涼冷與少女明澈的心境互相交織，共同構成了秋夕高迴澄明而微蘊輕愁的氛圍。純潔的少女心彷若表裏澄微的秋夕，而秋夕的輕寒正照應少女心中隱約的悲涼之情。情景交織，瑩白微寒的秋夜如水一般地流進讀者的心裏。

過華清宮絕句三首（其一）

杜牧

長安回望繡成堆，山頂千門次第開。
一騎紅塵妃子笑，無人知是荔枝來。

賞析

站在華清宮上回望長安，市列珠璣，戶盈羅綺，重簷疊瓦，一片繁華。如錦繡般絢爛的都城，令人心生自豪。經營如此繁華的都城和天下的統治者應當奏章滿案、日理萬機吧？

此時，厚重威嚴的宮門一道接一道徐徐打開，是軍情急報嗎？一名專使騎驛馬風馳電掣而來，身後揚起團團紅塵。邊疆告急？還是藩鎮舉兵？門吏正為國事擔憂之時，宮內的貴妃接過專使獻上的包裹，展顏一笑。原來是加急運送的荔枝。《新唐書・楊貴妃傳》：「妃嗜荔枝，必欲生致之，乃置騎傳送，走數千里，味未變，已至京師。」

詩人將歷史的細節特寫化、文學化，不動聲色地將最高規格的專使與荔枝並舉，貴妃恃寵而驕、玄宗淫逸誤國便可管中窺豹。如此以公謀私，荒唐行事，長此以往，

「長安回望繡成堆」的盛況還能維持多久？點到為止的描述背後是意在言外的質問。含而未發，卻清晰有力。李商隱《賈生》的寫法與本詩相近：「宣室求賢訪逐臣，賈生才調更無倫。可憐夜半虛前席，不問蒼生問鬼神。」否定的表達暗含對君主的批評，但更有一片拳拳忠意和對君主履職的期待。可惜杜牧和李商隱一生都未遇上勤政的明君。兩人不長的人生都經歷了走馬燈似的君主迭換，憲宗、穆宗、敬宗、文宗、武宗、宣宗，帝王的興廢生殺皆出於中官（太監）。難怪杜牧經過唐玄宗的「勤政樓」時不禁發出哀歎：「惟有紫苔偏稱意，年年因雨上金鋪。」

赤壁

杜牧

折戟沉沙鐵未銷，自將磨洗認前朝。[1]

東風不與周郎便，銅雀春深鎖二喬。[2]

❶ 將：拿起。

❷ 銅雀：銅雀台，在鄴城（今河北臨漳），曹操所建，樓頂有大銅雀高一丈五尺。二喬：大喬小喬，分別為孫策（孫權兄）、周瑜之妻，是東吳著名的美女。

賞析

斷戟沉埋沙岸，詩人俯身撿起。斷戟上的精鐵尚未蝕盡，磨洗一看，竟是三國兵器。當年火燒赤壁、氣吞萬里如虎的壯景如史詩般浮現在眼前：舳艫千里，旌旗蔽空，火光映徹，三國就此鼎立。然而時光流轉，萬物生滅，白雲蒼狗，滄海桑田，人與物都變化了、模糊了。此時，「折戟沉沙」像一個道具、一個媒介，帶我們穿越時空，到達某個特定的歷史時刻。記憶中的那個場景突然鮮活起來，一切都清晰而真實，宛如當年，只等待着我們邁入。

杜牧此時已是四十歲的中年人，為治癒弟弟的眼疾四處奔走，又因黨爭而離開京城，出放黃州。他飽嚐現實辛酸，已不復當年寫《阿房宮賦》時的激越飛揚。「四十已云老，況逢憂窘餘。」但作為宰相杜佑之孫，杜牧心中那份指點江山、激揚文字的壯志隱隱仍在。他曾為《孫子兵法》作注，與曹操注同為「孫子注」中最為人稱道的兩家。杜牧對曹操的軍事才能頗為推崇，因而對曹注多有引用。此詩正是杜牧為曹操翻案的論史之作：若非當年東風助吳，勝局當屬曹公。有趣的是，堂皇的史論竟用「銅雀春深鎖二喬」的豔麗想像來表述，旖旎風流的詩人本色盡顯無遺。

江南春

杜牧

千里鶯啼綠映紅，水村山郭酒旗風。
南朝四百八十寺，多少樓台煙雨中。

賞析

這首小詩千百年來素負盛名，不僅寫出江南春景的明豔秀麗，還寫出了它的廣闊、深邃和迷離。

起首的「千里」二字將江南的春天長卷般地鋪展在讀者眼前。浩蕩的春風拂過大地，千里繁花盛開。到處是鶯啼，無邊的綠葉映襯着紅花，春深如海。起句開闊，而不失細節，將江南春天的綿延千里、生機勃勃充分表現。

「水村山郭酒旗風」是江南人的生活。臨水有村莊，依山有城郭，在春天的和風中，酒旗輕輕招展。詩歌並未描寫某個具體的地方，而是着眼於整個江南的生活環境，將江南水鄉明淨、安寧、健康的生活氣息傳遞了出來。

「南朝四百八十寺，多少樓台煙雨中。」雨中的江南另有一番風光。南朝遺留下來的數百佛寺為江南的春天平添了歷史的深邃。這些金碧輝煌、屋宇重重的佛寺，被迷濛煙雨籠罩着，若隱若現，似有似無。像一幅寫意的長卷，畫中隨便哪處煙雨都有歷史，都有故事，惹人遐思。而畫者與觀畫人也將成為「江南春」的一處新景。

江南的春天明快、雋秀、迷離而又深邃，說不盡的江南美。一首七言絕句能展現出這樣一幅豐富而廣闊的畫卷，真可謂「尺幅千里」了。

泊秦淮

杜牧

煙籠寒水月籠沙，夜泊秦淮近酒家。
商女不知亡國恨，隔江猶唱後庭花。[1]

賞析

「籠」字使寒水冷月交映的感傷氣氛籠罩全詩。秦淮河畔本是一片鶯歌燕舞，浮

[1] 商女：以歌樂為生的樂伎。陳後主作舞曲《玉樹後庭花》，辭甚哀怨，「玉樹後庭花，花開不復久」，時人以為歌讖，後來成了「亡國之音」的代表。

麗繁華，卻在煙水迷濛中被消解了。曼妙的歡歌隔着江岸傳來，讓聽者無端感到悲涼。時代正在傾覆，歌女仍嚶嚶呀呀唱着靡靡之音，是該感慨歌女的無知，還是世人的紙醉金迷呢？

杜牧與晚唐的貴冑子弟、官僚大夫一樣，也遊宴享樂，聲色歌舞，並留下風流之名。但自詡有王佐之才的杜牧不止於此。晚唐宦官專政、藩鎮作亂、回紇屢屢入侵，心懷家國的杜牧即使外放出京，也仍關心國事。宰相李德裕討伐澤潞，抵抗回紇之時，身在黃州的杜牧積極上書，規劃出一套攻取澤潞的戰策，相當具體。李德裕採納其言，順利奏功，但並未引用其人。即便如此，之後轉任池州刺史的杜牧仍上書李德裕，論列對付回紇殘部的方策。一生關懷國家邊務民生，對於王朝面臨的問題能提出實際的方略，並切實奏效，其人其志如此，絕非風流倜儻所能概論。

贈別二首（其二）

杜牧

多情卻似總無情，惟覺樽前笑不成。
蠟燭有心還惜別，替人垂淚到天明。

賞析

「黯然銷魂者，惟別而已矣。」《贈別二首》分別表現了離別的兩種心情：留戀與淒傷。「娉娉嫋嫋十三餘，豆蔻梢頭二月初。春風十里揚州路，捲上珠簾總不如。」第一首《贈別》深深讚歎於少女之美，豆蔻般的清新自然，在一片珠光寶氣中脱穎而出，明淨脱俗。要告別如此青春的美好，自然眷戀難捨，哀婉傷別。

此刻，濃烈的情感在心中五味雜陳，一時不知從何説起。「多情卻似總無情，惟覺樽前笑不成。」美好甜蜜，憂傷酸楚，過往的場景一幀幀地絡繹奔湧而來；此時的留戀，未來的祝福，諄諄的叮囑，都在心中翻湧。「別情無處説，方寸是星河。」心中濤瀾洶湧，洪波奔流，臉上只是一副慘然木然。「多情卻似總無情」，有一種壓抑的美感，很真實。

離人「無情」，蠟燭卻有心（芯）。蠟滴如淚滴，垂淚到天明。心中的傷感無處紓解，於是移情至外物，以補償離人欲哭無淚的淒傷。

清明

杜牧

清明時節雨紛紛，路上行人欲斷魂。
借問酒家何處有？牧童遙指杏花村。

賞析

唐代的清明寒食，是家人團聚、遊玩觀賞、踏青掃墓的大節日。而這個行人卻在佳節趕路，心緒不由繁雜。又值雨絲風片，紛紛揚揚，路人冒雨趕路，春衫盡濕，心境就更加紛煩了。於是想要找個酒家，歇歇腳，避避雨，小飲幾杯，解解春寒，暖一暖被淋濕的衣服，更重要的是，散散心頭的愁緒。

清明的雨與黃梅、秋季的不同。清明的雨是春雨，草木萌發，春回大地。在清明的雨澤滋潤下，莊稼地一片油綠，天地間充滿生機。「暮春三月，江南草長，雜花生樹，羣鶯亂飛」，正是清明時節。因而清明的煙雨淒迷中暗藏着活力，這活力正由牛背上嬌憨的牧童表現。吹着橫笛的牧童憨態可掬地遙指杏花村。那是一個杏花深處的村莊，還是村名或酒店名？答案已不得而知。但「杏花村」給人美麗的聯想，紅杏梢頭，分明挑出一幅酒帘。行人於是沿着牧童所指的方向，找到酒家，欣慰地避雨、消愁，獲得滿足和快意……然而這一切詩中都沒有說，都被包含在牧童天真的一指中，令人遙想無窮，正是此詩妙處所在。

題宣州開元寺水閣，閣下宛溪，夾溪居人

杜牧

六朝文物草連空，天淡雲閒今古同。
鳥去鳥來山色裏，人歌人哭水聲中。[1]
深秋簾幕千家雨，落日樓台一笛風。
惆悵無因見范蠡，參差煙樹五湖東。

[1] 《禮記・檀弓下》：「晉獻文子成室，晉大夫發焉。張老曰：『美哉輪焉，美哉奐焉！歌於斯，哭於斯，聚國族於斯。』」

賞析

開成三年（838），杜牧第二次來到宣州。八年前，初出茅廬的青年才俊跟隨尚書右丞沈傳師第一次來宣州時，可謂春風得意、前程似錦。一晃八年過去了。這八年裏，幕主沈傳師過世，自己也宦海沉浮、歲月蹉跎。甘露之變後，朝政盡落入宦官手中，更無希望。此次詩人離京赴宣州，心情是消沉的。

故地重遊，景物仍是天閒雲淡，但自己已不復當年。《大雨行》中說「大和六年亦如此，我時壯氣神洋洋」，而「今來鬫茸鬢已白，奇遊壯觀惟深藏」。景物不盡人自老，誰知前事堪悲傷」。歲月流逝、人事變遷，六朝、飛鳥、人間早已死生迭代，天與水卻仍閒散疏淡。「鳥去鳥來山色裏，人歌人哭水聲中」，如延時鏡頭一般將世間的生死榮枯快速推進，惟獨青山綠水不變。「今古同」的慨歎寄寓了人已非的滄桑，於是心中眼前一片蒼茫，「深秋簾幕千家雨，落日樓台一笛風」。或者就歸隱這亙古不變的山水吧，像范蠡一樣功成身退。但功尚未成，身如何退？內心仍是迷茫，彷若「參差煙樹五湖東」。

全詩詩意低迴惆悵，語調卻輕快流走、明朗健爽。這就是杜牧，蘊藉宛轉，仍能清麗俊逸，哀而不傷。

金谷園

杜牧

繁華事散逐香塵，流水無情草自春。
日暮東風怨啼鳥，落花猶似墜樓人。

賞析

繁華歷史與眼前之景的渾然對接是此詩獨有的美。

金谷園是西晉豪富石崇的別墅，極繁華富麗之能事。王嘉《拾遺記》：「石季倫（崇）屑沉水之香如塵末，佈象牀上，使所愛者踐之，無跡者賜以真珠。」詩中的「繁華事散逐香塵」正出典於此，但不知典故者從字面上也能領會詩意：金谷園的繁華、石崇的豪富，都如園中花瓣飄零散落，雲煙過眼，惟有塵屑的暗香猶存。於是，歷史、感慨與園景彼此交織，三維一體。詩句意蘊豐富，卻用詞曉暢，典故了無痕跡，正是杜牧詩的高妙之處。

末句更新巧奇絕。「落花猶似墜樓人」，唯美與傷逝夾纏，景致和典故對接，花與人的香消玉殞一齊撲面而來。《晉書・石崇傳》記載：「石崇有妓曰綠珠，美而豔。

孫秀使人求之。……崇正宴於樓上，介士到門。謂綠珠曰：『我今為爾得罪。』綠珠泣曰：『當效死於君前。』因自投於樓下而死。」

全詩繁麗感傷，唯美卻不柔靡，筆力能如此矯健深沉，不知杜牧經過洛陽金谷園時，是否也將盛唐已逝的時代悲慨寄寓其中？

咸陽城西樓晚眺

許渾

一上高城萬里愁，蒹葭楊柳似汀洲。
溪雲初起日沉閣，山雨欲來風滿樓。
鳥下綠蕪秦苑夕，蟬鳴黃葉漢宮秋。
行人莫問當年事，故國東來渭水流。

許渾（生卒年不詳），潤州丹陽（今屬江蘇）人。晚唐詩人。

賞析

詩人喜歡登臨眺覽，可以散心遣愁，比如李商隱「向晚意不適」後，就「驅車登古原」。可登臨之後，有時反會招愁聚恨，比如許渾這首《咸陽城西樓晚眺》，「一上高城萬里愁」，剛剛登上高高的城樓，極目遠眺，便有愁緒瀰漫開來。隨着在城樓上的徘徊，眼中所見的一切都讓這愁緒愈來愈濃重、複雜。

眼前看到的是「蒹葭楊柳」，許渾是潤州丹陽人，在現在的江蘇鎮江，這景象讓他聯想到了江南水鄉常見的汀洲。他的「萬里愁」，是對萬里之外的家鄉的鄉愁，同時也會讓人感到他的愁緒似乎瀰漫萬里，無窮無盡。

向天空眺望，看到烏雲開始聚合，夕陽西下，晚風颯颯，眼看就要下一場大雨的樣子。「溪雲初起日沉閣，山雨欲來風滿樓」，寫出了一種讓人憂慮的動盪之勢，也寫出了詩人內心的不平靜。

縱覽整個荒原，還能從一些遺跡看出這裏曾是秦漢帝國的都城。遙想當年的宮苑樓台，豪奢繁盛，如今只有荒草黃葉，飛鳥鳴蟬。王朝的興亡，怎不讓人感傷？

詩人的思鄉之愁，時局動盪之愁，憑弔江山之愁，融匯於一體，茫無邊際，以至於詩人不忍繼續追思王朝興廢。無論多麼強大的帝國，也已在歷史的長河中雨打風吹去，惟有眼前的渭水，從古到今，不變地向東流去。

謝亭送別[1]

許渾

勞歌一曲解行舟，紅葉青山水急流。[2]
日暮酒醒人已遠，滿天風雨下西樓。

[1] 謝亭：在宣城北面，謝朓所建，又稱謝公亭。
[2] 勞歌：指送別時所唱的歌。

賞析

唐人送別之際，往往飲酒唱歌。這首詩從送別儀式完成、友人解舟遠去的那刻寫起，詩人站立江邊，目送友人乘船遠去。從下一句的「紅葉青山」可以看出此時已是深秋，「水急流」可以看出船行之快和詩人的不捨之情。

友人的船已經駛出目力所及的範圍，但是詩人並沒有即刻返回，也許是餞行時喝的酒起了作用，更多是友人離去後詩人感到的寂寞惆悵，竟讓詩人在謝亭睡着了。等一覺醒來，天色已晚，外面下起了雨。友人的船已經行到很遠的地方了。外面滿天風雨，整個世界一片淒迷，詩人踽踽走下西樓，留給我們一個孤獨落寞的背影。

這首詩並沒有明寫惜別之情，也沒有直說別後的惆悵之感，而是以景寫情，寓情於景，短短四句，如有餘音繞樑，令人回味。

贈少年

溫庭筠

江海相逢客恨多，秋風葉下洞庭波。
酒酣夜別淮陰市，月照高樓一曲歌。[1]

溫庭筠（約812—866），字飛卿。太原（今屬山西）人。晚唐著名詩人、詞人，與李商隱齊名，並稱「溫李」。

[1] 淮陰市：淮陰的集市。此處用韓信的典故，韓信早年曾在淮陰集市上受胯下之辱，後助劉邦一統天下，建立功勳。

賞析

題目中的「少年」，其實指少年俠士。漢魏以來，詩歌中出現了諸如「少年行」「結客少年行」之類的標題，內容都是對俠的描寫與讚頌。唐人也喜歡寫俠客，如王維《少年行》讚美少年俠士殺敵報國：「孰知不向邊庭苦，縱死猶聞俠骨香」，李白《結客少年場行》描寫俠客的快意恩仇：「笑盡一杯酒，殺人都市中。」唐詩中的俠的形象，更多是詩人的文學想像，這種想像既有戰國秦漢時候的真實的俠的記載作為基礎，又有詩人自己的主觀發揮。

溫庭筠這首詩雖名為「贈少年」，但看來更多是抒寫自己心中的情緒。在一個冷風蕭蕭、落葉紛紛的秋天，詩人與少年俠士邂逅於羈旅途中。兩人俱是落拓江湖，萍水相逢，一見如故，把酒痛飲。喝酒的地點在「淮陰」，這裏就是韓信年輕時屢遭困辱的地方，但他在後來的楚漢戰爭中大展身手，建立了蓋世的功業。想到韓信，眼前的這些不如意算得了甚麼呢？詩人和少年豪情漸生，此時明月照高樓，在這明朗的夜晚，兩人高歌而別，各奔前程。

溫庭筠才華極高，但一生仕途不得意。這首詩寫「少年」，他着重表現的是俠的豪氣，表現在流落江湖的困頓中仍然睥睨豪邁，未嘗不與他自己胸中塊壘有關。

錦瑟

李商隱

錦瑟無端五十弦，一弦一柱思華年。[1]

莊生曉夢迷蝴蝶，望帝春心託杜鵑。[2]

滄海月明珠有淚，藍田日暖玉生煙。[3]

此情可待成追憶，只是當時已惘然。

李商隱（約813—約858），字義山，號玉谿生。詩風深情綿邈，與杜牧並稱「小李杜」。

1 錦瑟：裝飾華美如錦繡紋的瑟。《史記・封禪書》：「太帝使素女鼓五十弦瑟，悲，帝禁不止，故破其瑟為二十五弦。」柱：弦樂器中用以固定弦索的柱頭。

2 「莊生」句：《莊子・齊物論》：「不知（莊）周

之夢為胡蝶與？胡蝶之夢為周與？」「望帝」句：《華陽國志》載，蜀帝杜宇號望帝，為佞臣害死，魂魄化為杜鵑，夜啼達旦，血出口中。歷來為悲怨的典故。

3 珠有淚：晉張華《博物志》：「南海外有鮫人，水居如魚，不廢織績，其眼能泣珠。」「藍田」句：長安南藍田山產玉，精美溫潤，有言曰：「詩家之景，如藍田日暖，良玉生煙，可望而不可置於眉睫之前也。」

賞析

琵琶有四弦，古琴五弦、七弦，箏有十三弦，錦瑟為何偏偏比別者多出許多弦來？這多出來的思、多出來的情讓人平白地更敏感、更纖細，在生命的歷程中多了許多顧慮、許多悵惘。

莊生夢蝶，物我相通。詩人加一「曉」與「迷」字，便翻出一層新意。「迷」字強化夢的渾然忘我、強烈迷離。而「曉」字卻說，這讓人痴狂的美夢竟是拂曉時快要破滅的殘夢。曾經狂亂的心跳、熱烈的眼神、無憂的時光轉頭都將成空，莊生夢蝶的迷幻於是疊加了夢醒時分的哀涼。

迷夢醒來，舊情已逝，但春心仍在，如望帝一般杜鵑啼血，至死方休。「春心」給淒絕的杜鵑帶來一分浪漫熱烈的色彩。但春心也往往伴隨許多痛苦與悲哀，「春心莫共花爭發，一寸相思一寸灰」。明知春心終將成灰，還要「望帝春心託杜鵑」，詩人的執迷不悔，令人感喟。

「滄海月明珠有淚，藍田日暖玉生煙。」句首滄海與藍田對舉，暗指滄海桑田，時光流遷；句中以明珠和良玉自比，表明此心明澄，日月可鑒。心中的傷悲是海上月滿之時蚌珠的眼淚，一片悵惘是藍田玉石煥發出的淒迷煙光。這份執迷，事後看來也許只是一段雲淡風輕的記憶，但是當時怎麼也走不出這若有所失的憂傷。

全詩低迴宛轉、幽隱哀怨，喚起了無數人心中的憾恨與溫厚的憂思。

嫦娥

李商隱

雲母屏風燭影深，長河漸落曉星沉。
嫦娥應悔偷靈藥，碧海青天夜夜心。

賞析

嫦娥是傳說中有窮國后羿之妻，羿從西王母處求得不死神藥，嫦娥偷食之，成仙奔月，長住月宮。

宮中有雲母石裝飾的屏風，華美絕倫。燭影映照着，卻只有光影忡忡。杜牧詩云「銀燭秋光冷畫屏」，也是相似的意境。越精緻，卻越孤清。她從燭檠初燃，一直等到星河落，曉星沉，東方漸明，終夜難以入眠。詩人之所以寫後半夜，大概不如此不足以概括整個夜晚。連後半夜都醒着的人可謂真正的徹夜難眠吧。

嫦娥在月宮中望着碧海無涯，青天罔極，深感無可為友，無可為侶，心已寂寞難平。「夜夜心」三個字更讓徹骨的寂寞蔓延開來，滲透到生命的每一天中。空間的開闊與時間的拓展使這寂寞充斥於天地古今之間，因不死神藥而沒有終結。這可真是最大的寂寞，最大的悲哀了。由此，便能領會「應悔」二字中的沉痛與深厚。

本詩意旨眾說紛紜。有說「自悔才思深穎，孤高不能諧俗者」；也有說同情某位修行的女道士，因「靈藥」與道教求升仙界相關，而李商隱本人早年也有求道的經歷。

無題

李商隱

相見時難別亦難，東風無力百花殘。

春蠶到死絲方盡，蠟炬成灰淚始乾。[1]

曉鏡但愁雲鬢改，夜吟應覺月光寒。

蓬山此去無多路，青鳥殷勤為探看。[2]

賞析

「相見時難別亦難」中的兩個「難」不同。第一個「難」指相見不易。茫茫人海，

1 絲：諧音「思」。

2 蓬山：海外三神山之一蓬萊山，此指所思之人的居所。青鳥：西王母的使者，此指傳信人。

相遇相知，結下塵緣，並非易事。第二個「難」指難分難捨，相遇相知後的分離，「黯然銷魂者，惟別而已矣」！兩個「難」字疊加，加重了心中離恨，於是移情於物，風也為之傷，花亦為之殘，萬物都為此離別而纏綿哀惻。

別後，心中的情思如蠶絲，至死方休；臉上的離淚如蠟淚，成灰始乾。這聯詩句以諧音、比喻來表達至死不渝的執着與無窮無盡的思念，其中渾然忘我、全部付出、毫無保留的態度令人動容。

離別之後，詩人對所別之人依然魂縈夢牽。故而晨起攬鏡，擔憂年華老去；夜涼吟詩，又感月色淒寒，心緒悲涼。相思之情難以消解，好在對方的居所正好不遠，希望青鳥代為傳書，殷勤致意。

無題二首（其一）

李商隱

昨夜星辰昨夜風，畫樓西畔桂堂東。[1]

身無彩鳳雙飛翼，心有靈犀一點通。[2]

1 畫樓：雕畫的樓閣。桂堂：以桂木為材的廳堂。

2 靈犀：犀牛角中央有一道貫通上下的白線。

隔座送鈎春酒暖，分曹射覆蠟燈紅。[3]
嗟余聽鼓應官去，走馬蘭台類轉蓬。[4]

[3] 送鈎：兩隊遊戲，一隊藏鈎，暗中相傳，另一隊猜鈎在誰手，輸者罰酒，是謂「春酒暖」。分曹：分組。射覆：將所猜之物覆蓋，給對方猜，唐時亦為酒令。

[4] 余：我。聽鼓應官：聽更鼓而去上朝站班。蘭台：秘書省。轉蓬：離根飄轉的蘭草。

賞析

這首《無題》表達了一種阻隔未通的情感。

李商隱的《無題》詩是神秘的，它彷彿告訴你一個秘密，但又不告訴你是甚麼秘密。李商隱的《無題》詩又是豔麗的，讓人有愛情的聯想，但又不像杜牧那樣風流坦蕩。兩相結合，人們便感覺，詩人好像有一些必須保密的私情，曖昧幽眇、撲朔迷離。美麗的意象、零碎的印象拼貼在一起，詩的主旨、背景、用意千百年來聚訟紛紛，難得定論。所以，讀者無妨根據文本，發揮想像，摹畫出自己心中的《無題》故事。比如，可以將全詩讀作詩人對發生在昨夜的一件情事的回憶：

星辰和風，畫樓和桂堂，昨夜的一切都是那麼美好。這是一場達官貴人家的宴會，在宴席之上，詩人和一位女子一見傾心。出現在這樣場合的女子，大約是達官貴人家的侍兒歌女吧。兩人雖然不能明言，但心意相通。在人羣之中，注意到了彼此的存在，「送鈎」「射覆」的遊戲也成為他們傳情達意的機會。在歡樂的宴會上，他們別有一種秘密的歡樂。但這歡樂是如此短暫，天亮了，詩人有公務在身，不得不離去。

這場戀情，還沒開始就結束了。

詩的前三聯極寫一場浪漫的邂逅，目成心授的歡愉，心照不宣的默契，使詩人沉浸在溫馨甜蜜之中，春酒有別樣之「暖」，蠟燈有別樣之「紅」。而最後一聯卻頓轉淒涼，詩人感到自己如飄蓬一般身不由己，昨晚發生的一切都將如一場夢一般結束。但這將是一場刻骨銘心的、再難忘記的夢，而「身無彩鳳雙飛翼，心有靈犀一點通」遂成為千古名句。

安定城樓[1]

李商隱

迢遞高城百尺樓，綠楊枝外盡汀洲。[2]
賈生年少虛垂涕，王粲春來更遠遊。[3]
永憶江湖歸白髮，欲回天地入扁舟。[4]
不知腐鼠成滋味，猜意鵷雛竟未休。[5]

1 安定：郡名。
2 迢（tiáo）遞：綿長繚繞。
3 賈生：西漢賈誼，青年時呈上的《陳政事疏》中針對國家種種弊端，指出當時形勢「可為痛哭者一，可為流涕者二，可為長太息者六」。王粲：東漢末建安七子之一，曾離京城而赴荊州依劉表，時作《登樓賦》表達心懷家國但不得志的苦悶。
4 入扁舟：越國大夫范蠡

助越王勾踐興國後歸隱，乘扁舟泛五湖。

5 腐鼠、鵷（yuān）雛：《莊子．秋水》：「惠子相梁，莊子往見之。或謂惠子曰：『莊子來，欲代子相。』於是惠子恐，搜於國中三日三夜。莊子往見之，曰：『南方有鳥，其名為鵷雛。……發於南海而飛於北海，非梧桐不止，非練實不食，非醴泉不飲。於是鴟得腐鼠，鵷雛過之，仰而視之曰：嚇！今子欲以子之梁國而嚇我邪？』」

賞析

開成三年（838），二十六歲的李商隱參加博學鴻詞科考試，落選。之後到岳父涇原節度使王茂元幕中，登臨安定城樓望遠抒懷，寫下此詩。其時落第遠遊，寓居涇幕，心情頗為悒鬱。

年輕的李商隱雖出身寒門，也希望像賈誼一樣為國分憂，但得不到當權者的重視，只能「虛垂淚」，來此遠遊。此間雖好，但「信美而非吾土兮，曾何足以少留」。

「永憶江湖歸白髮，欲回天地入扁舟」是詩中名句，也是中國讀書人的人生理想。建功立業後，功成身退，不貪戀權位，知進退，能上下，收放自如。既能實現自我價值，又不被富貴羈絆自由。李白就曾盛讚逼退秦軍又高風亮節的魯仲連：「齊有倜儻生，魯連特高妙。……卻秦振英聲，後世仰末照。意輕千金贈，顧向平原笑。吾亦澹蕩人，拂衣可同調。」宋人岳飛在黃鶴樓上也說：「何日請纓提銳旅，一鞭直渡清河洛。卻歸來，再續漢陽遊，騎黃鶴。」率兵北征，歸來騎鶴。這與范蠡幫助越王興越滅吳後就泛舟歸隱一樣，是明智而瀟灑的人生。「永」字起首，尤其表現詩人奮發有為而一貫淡泊的心志。

全詩筆力健舉，風骨清峻，用典自然妥帖，將羈旅之愁、奮發之心、壓抑之感，不汲汲於榮利而又睥睨一切的精神充分表現了出來。尾聯兩句，更借《莊子》中的典故，表達詩人對世間功名利祿的不屑，足成此意。

登樂遊原

李商隱

向晚意不適，驅車登古原。
夕陽無限好，只是近黃昏。

賞析

樂遊原是長安城東的登臨勝地，漢宣帝時開始建設，至晚唐時已有九百多年。臨近黃昏，詩人心情鬱結。或者駕車去樂遊原登高臨遠吧，也許能消愁。意圖從抑鬱中自我振起的渴望使「驅車登古原」一句聲調平亮，彷彿傳遞了掃平哀愁、一往無前的勇氣。

登上古原，望見餘暉映照，山凝胭脂，氣象萬千，可惜「只是近黃昏」。李商隱當然不知道自己是一位晚唐詩人，但此詩無意中流露了衰世的悲感。也許詩人只是嗟歎自己歲月蹉跎，或者只是表達一種哲理性的沉思。巧合的是，此詩作後六七十年，盛極一時的大唐帝國就覆滅了。像一曲時代的輓歌，敏感的詩人在某個不經意的黃昏預感到了壯美之後的衰颯之氣，這大概就是「亡國之音哀以思」吧。

夜雨寄北

李商隱

君問歸期未有期，巴山夜雨漲秋池。[1]
何當共剪西窗燭，卻話巴山夜雨時。[2]

1 巴山：泛指四川東部的山。
2 何當：何時。

賞析

夜幕、雨水消隱了一切背景，黑暗中只剩下山屋與孤燈。重巒疊嶂、夜幕雨簾像層層屏障，將詩人與外界隔絕開來。今晚，他只能在燈下浮想。親愛的妻子已經離世，自己也已過不惑之年，半生蹉跎，功業無成，幾堪回首。看着燈下自己憂心忡忡的身影，詩人輕歎了口氣。

遠方的朋友殷殷致意，問我何時回長安。我自己也不知道。但這來自山外的一聲溫暖問候不經意間打開了巴山夜雨的隔絕世界。於是神思飛起：甚麼時候能回到長安，和好友一起在西窗下，長談共剪燭？到那時再回憶今夜蕭索的巴山夜雨，大概會一笑而過、雲淡風輕吧。

詩的妙處在於以迴環往復的節奏呈現巴山夜雨的兩重含義：一層是當下漫天鋪地

的孤獨，另一層是未來眼中的現在，早已釋然恬淡，坐看雲起。於是恍然大悟，每一個當下都同時擁有兩層意義，現在的此刻，與未來的回溯。當我們深陷當下的孤獨中不可自拔時，無妨遙望未來，再回溯當下，也許就會看到另一種不同的面貌，從而賦予當下以新的意義和視角。

和襲美春夕酒醒[1]

陸龜蒙

幾年無事傍江湖，醉倒黃公舊酒壚。[2]
覺後不知明月上，滿身花影倩人扶。[3]

賞析

詩裏使用了一個典故「黃公舊酒壚」，竹林七賢中的嵇康、阮籍、王戎等人曾在此飲酒。詩人用這個典故，表明了自己的隱士身份。作為隱士，處江湖之遠，閒居無

陸龜蒙（?—881），長洲（今屬江蘇蘇州）人。晚唐詩人，與皮日休並稱「皮陸」。

1 襲美：晚唐詩人皮日休，字襲美，和陸龜蒙是朋友。

2 傍江湖：指隱居。黃公舊酒壚：見《世説新語・傷逝》：「（王濬沖）乘軺車，經黃公酒壚下過，顧謂後車客：『吾昔與嵇叔夜、阮嗣宗共酣飲於此壚。』」此處指喝酒的地方。

❸ 倩：請。

事，與朋友酣飲酒家，飲醉即睡。既不用為浮名浮利奔波勞碌，也不用為宦海風波憂心勞神，能夠痛快飲酒，能夠隨意地在酒家酣眠，這的確是一種灑脫閒適的生活。

一覺醒來，已是夜晚，詩人起身回家。頭頂明月高懸，路邊樹上鮮花盛開，花影落在詩人身上。詩人酒意尚在，走路搖搖晃晃，被別人攙扶着，在月色花影中，往家走去。滿滿是隱士的閒逸和自得。

台城

韋莊

韋莊（約836—約910），字端己。長安杜陵（今屬陝西西安）人。晚唐著名詩人、詞人。

江雨霏霏江草齊，六朝如夢鳥空啼。
無情最是台城柳，依舊煙籠十里堤。

賞析

南京是六朝古都之一，以其虎踞龍蟠的地理形勢，被認為是「自古帝王州」，在歷史上也確實有過十個政權先後定都於此。然而這些政權幾乎都是短命的，長不過百年，如東晉；短則只有十來年，如太平天國。特別是從東吳、東晉到宋齊梁陳，三百年中，有六個王朝在此建都，然後覆滅。後人來到這座城市，自然而然會興起歷史興亡、王朝盛衰的感慨。韋莊作為由晚唐入五代的詩人，親身經歷過王朝末年的喪亂和政權的更迭，歷史與現實交融，這種感慨會尤其強烈。

詩人所聚焦的台城，從東晉到宋、齊、梁、陳，都是宮城，是王朝中樞所在地，也是六朝政權更迭的直接見證者。只是到韋莊的時代，已經荒廢了三百年。韋莊看到的台城，江雨霏霏，野草荒蕪，曾經的宮殿樓閣，只剩下了斷壁殘垣；曾經的帝王將相，都化為了黃埃塵土；曾經的富貴繁華，都成為了過眼雲煙。傷今懷古，真如夢幻一般。惟一不變的，就是長堤上的青青楊柳，它們還如三百年前那樣，依舊輕盈繁茂，對人事的變化無動於衷。

柳樹沒有知覺情意，詩人指責柳樹「無情」當然是毫無道理的。但從指責柳樹「無情」中，正可見出人在面對歷史滄桑、人世變幻時的悲悵。

社日[1]

王駕

鵝湖山下稻粱肥，豚柵雞棲半掩扉。[2]
桑柘影斜春社散，家家扶得醉人歸。

王駕（生卒年不詳），字大用，號守素先生。晚唐詩人。

1 社日：古代祭祀土地神的傳統節日，分春社、秋社，時間分別在每年立春、立秋後的第五個戊日。

2 豚柵：豬欄。雞棲：雞窩。

賞析

讀這首詩，就彷彿跟隨詩人走進了桃花源。

依山傍湖的村莊，放眼望去，田野裏莊稼長勢喜人，預示着豐收的年景。走進村莊，看到家家戶戶都養豬養雞，禽畜興旺。在古典農業時代，豬和雞是農家重要的財產。整個村莊靜悄悄的，村民家裏看不見人影，聽不到人聲，院門卻都沒有上鎖。這可以感受到當地鄉俗良好，民風淳樸。只是村中人都去哪兒了？

原來他們都去參加春社了。春社是農業社會裏最重要的節日之一，在這一天，人們祭祀土地神，祈求好收成。祭祀土地神的酒肉是大家共同出資，祭祀完後也由大家共同分享這些祭品，還會有社鼓、社戲之類的節目表演。今年的社戲看來尤其熱鬧，直到傍晚日落，樹影長長，人們才返回村中。很多人已喝得醉醺醺的，腳步踉蹌，需要家人攙扶。

富足的生活，歡樂的節日，淳樸的民風，構成了古代農業社會最美好的畫面。

寄人

張泌

別夢依依到謝家，小廊迴合曲闌斜。[1]

多情只有春庭月，猶為離人照落花。

張泌（生卒年不詳），唐末五代詩人。

1 謝家：東晉謝道韞出身高門，為歷史上著名才女，故後人常以「謝家」泛指閨中女子。

賞析

一句「別夢依依到謝家」，透露了無限的思念與留戀，也能看出詩人對這裏很熟悉。他在夢中回到這裏，經過庭院，看到迴環的遊廊，曲折的欄杆。這裏曾經留下多少他所思念的那個人的身影，他們曾經多少回在這裏攜手漫步，輕言淺笑。

夜晚的庭院寂寂無人，天空明月高照，月光將庭院照得很明亮，亮得能看清地上的落花。明月也曾經照着他們在這裏夜半私語，似乎也知道他們如今已天各一方，當他在夢裏返回到這裏，明月特意為他照亮夜晚的庭院，照亮地上的落花堆積。春天就要過去了，戀情也要結束了麼？

說不盡的相思，道不盡的憂傷，都在這幅畫面裏了。

貧女

秦韜玉

蓬門未識綺羅香，擬託良媒益自傷。

誰愛風流高格調，共憐時世儉梳妝。[1]

敢將十指誇針巧，不把雙眉鬥畫長。

苦恨年年壓金線，為他人作嫁衣裳！[2]

秦韜玉（生卒年不詳），字中明。湖南人。唐末詩人。

1 憐：喜愛。時世儉梳妝：即「時世妝」，當時流行的一種裝扮。儉，通「險」，意為怪異。

2 苦恨：非常懊惱。苦，形容程度極深。恨，遺憾。壓金線：用金線刺繡。

賞析

中國文學中有憤世嫉俗的傳統，將自己或賢士的懷才不遇歸咎於政治的混亂、社會風氣的敗壞以及其他人的道德感喪失。東漢趙壹在他的《刺世疾邪賦》中就感歎「邪夫顯進，直士幽藏」，李白有《答王十二寒夜獨酌有懷》，也憤激地高唱「吟詩作賦北窗裏，萬言不值一杯水」。秦韜玉的《貧女》繼承了這一傳統，不過通篇用了比的手法，略顯含蓄。詩中的「貧女」出身貧寒，但既具備「風流高格調」，有美麗的容貌，高雅的氣質，又「敢將十指誇針巧」，對自身的才能十分自負。可是現在這個時代的人們讚譽喜愛的是「時世儉梳妝」，貧女與時髦的社會主流格格不入，無人賞識她，這讓貧女「擬託良媒益自傷」。她一方面堅持着自己的品格，「不把雙眉鬥畫長」，一方面又對自己不能出嫁，年年「為他人作嫁衣裳」的處境而哀怨。

詩歌表面上在寫感傷沒有良媒不能出嫁的「貧女」，實際上句句都是出身寒微、仕進無路的「貧士」的牢騷，自歎沉淪下僚，無人薦舉，自己的才華只能用來為上司捉刀代筆。

雨夜

張詠

簾幕蕭蕭竹院深，客懷孤寂伴燈吟。
無端一夜空階雨，滴破思鄉萬里心。

張詠（946—1015），字復之，號乖崖。北宋初詩人。

賞析

簾幕在微風中輕擺，像一種誘惑，昭示着會有人來。院子裏竹林深邃，風吹竹葉，滿院蕭聲，預示着某種變化，但甚麼都沒有發生。目中所見，皆是寂寞。詩人懷着客居異鄉的孤寂，在燈影下獨吟，滿紙惆悵。

哪堪此時突然下起雨來，淅淅瀝瀝地下了一夜。雨滴在階上，更滴在心頭。原本還能承受的煩惱與鄉愁此時突然奔湧而來，讓人毫無防備。「無端」二字輕微的埋怨口吻表現鄉愁噬心，詩人的情緒於是急轉而下，甚至有些煩躁了。但夜雨哪有這等能耐？還不是因為詩人心頭早已洇滿了鄉思？只是滿載的那一刻，夜雨觸發了而已。於是詩歌的節奏感清晰可見。全詩由景物的鋪敘、渲染，氤氳到第四句，達到高潮。

思鄉之「心」被空階之雨聲「滴破」，無形無相的鄉思被賦予了質感，構思纖細新巧，令人耳目一新。

村行

王禹偁

馬穿山徑菊初黃，信馬悠悠野興長。
萬壑有聲含晚籟，數峰無語立斜陽。
棠梨葉落胭脂色，蕎麥花開白雪香。
何事吟余忽惆悵？村橋原樹似吾鄉。

王禹偁（954—1001），字元之。濟州鉅野（今屬山東）人。宋初文學家。

賞析

開篇閒適怡人，信馬由韁，詩人心中全無罣礙，諦聽着山間生機勃勃的萬千聲響。蟲鳴鳥啼，花落草長。山間萬籟奏成一曲和諧的交響樂，自然活潑，生機盎然。而夕照時的山峰更有一種肅穆之美。光影切割出線條，山峰像雕塑一般靜默無言，如天地觀照山間生命的歡悦與消長，以沉默包容一切聲響。「萬壑有聲含晚籟，數峰無語立斜陽」，其中融入了詩人對世界的領悟，靜穆中包含活力，而真正的活力又是靜穆的，萬物喧騰，天何言哉。領會了這一點，詩人對山間豔麗的色彩、滿綴的果實、撲鼻而來的花香就更能感到天地間的大美了。

然而明朗的歡悅中，總會被觸動心弦，如同絢爛的西天暮色漸沉。也許是山村原樹引起了鄉愁，也許還有別的甚麼。但無論是甚麼原因，人們情緒跌落的瞬間被詩人不經意間捕捉了。「何事吟余忽惆悵」，「忽」字真實地表現人們在日常生活中情緒的顛簸，沒來由的，只是在突然之間。詩人的「野興」褪去時，憂傷的底色自然浮起。也許這就是生活。真實的每一天不正是在「野興長」和「忽惆悵」之間徘徊來去、此消彼長嗎？

微涼

寇準

高桐深密間幽篁，乳燕聲稀夏日長。

獨坐水亭風滿袖，世間清景是微涼。

寇準（961—1023），字平仲。宋真宗時的宰相，北宋著名政治家。

賞析

寇準是北宋著名政治家。景德元年（1004），契丹入侵，中外震怖，他力排眾議，堅請宋真宗渡河親征，至澶州迫成澶淵之盟而還。

然而一代名相寇準的詩風卻清雋渾雅，風神秀逸，並無朝堂上「能斷大事，不拘小節」的豪逸風采。他的名作《江南春》便是如此：「波渺渺，柳依依。孤村芳草遠，斜日杏花飛。江南春盡離腸斷，蘋滿汀洲人未歸。」寇準頗愛王維、韋應物的詩，自己的詩風更近後者，因而蘊藉深婉，才思融遠。

本詩寫的是炎炎夏日中的一陣微涼。先以綿密的意象渲染濃密的樹蔭和蒸騰的夏日，「高桐深密間幽篁，乳燕聲稀夏日長」。撲面而來的緊湊節奏恰好用來表現熱浪的壓迫感，連歡騰的幼鳥都不太叫喚了，人的懶散可想而知。此時，一句流暢疏朗的「獨坐水亭風滿袖，世間清景是微涼」像一股清流，驅散了炎炎夏日中的睡意沉沉，讓人神清氣朗、滿目清涼。

詩句的緊與鬆、實與宕、濃與淡，和詩的內容、情緒貼合無間，堪稱佳作。

梅花

林逋

眾芳搖落獨暄妍，佔盡風情向小園。[1]
疏影橫斜水清淺，暗香浮動月黃昏。
霜禽欲下先偷眼，粉蝶如知合斷魂。[2]
幸有微吟可相狎，不須檀板共金尊。[3]

林逋（968—1028），字君復。錢塘（杭州）人。隱居西湖。

[1] 搖落：凋謝。
[2] 霜禽：羽毛潔白的鳥。偷眼：偷看。合：應當。
[3] 「幸有」兩句：還好有詩人的低吟與之般配，而無須世俗歌舞相伴。尊，通「樽」。

賞析

「疏影橫斜水清淺，暗香浮動月黃昏」可謂歷代寫梅花的詩歌中最為人稱道的一聯了。本詩也以此聯為勝。

首聯盛讚梅花在百花凋零的嚴冬淩寒盛開。以「獨」字帶出頷聯中梅花特有的美，神清骨秀，高潔端莊，幽獨超逸。頷聯以相關意象的疊加來表現梅之神韻：疏朗的影子、橫斜欹側的姿態、清淺的水面、浮動的暗香、月夜黃昏，都是幽靜雅致、似有若無的狀態。此聯更妙在「橫斜」「浮動」兩詞，它們同時搭配了前後名詞，使這些意象飛動交織起來，充滿了組合的可能。此聯中的「疏影」「暗香」還被南宋詞人姜夔用作兩首詠梅詩的詞調名。

詩人之所以能夠精準地描述梅花的精神，因為他自己「弗趨榮利」「趣向博遠」的品格。林逋隱居西湖孤山，以種梅養鶴為伴，終身弗娶，人稱「梅妻鶴子」，西湖處士，謚號和靖先生。他是宋初著名的隱逸詩人，雖然二十多年足跡不出城市，卻聲聞天下，引得許多士大夫前往西湖拜訪。宋真宗甚至還命地方官特加勞問。歐陽修説林逋去世後，「湖山寂寥，未有繼者」，可見對其仰慕之情。

江上漁者

范仲淹

江上往來人，但愛鱸魚美。
君看一葉舟，出沒風波裏。

范仲淹（989—1052），字希文，謚文正。蘇州吳縣人。北宋著名文學家、政治家，推動了「慶曆新政」。

賞析

人人只道鱸魚味美，詩人卻關心捕魚人的辛勞艱難。這首小詩的動人處正是詩人關心民生疾苦的政治家胸懷。「但愛」一句是普通民眾的視角，「君看」一句則以謙謙君子的口吻道出詩人的悲憫情懷。吃魚享受之餘，不忘家國民生，此非心中有大愛，不可為之也。由此可見，「先天下之憂而憂，後天下之樂而樂」乃范公肺腑之語，絕非虛言。據江少虞《宋朝事實類苑》卷三十四，范希文為詩，不徒然而作也，有《贈釣者》詩云云。率以教化為主，非獨風騷之將，抑又文之豪傑歟！可見，范公寫詩作文，不僅為紓解個人情感，更有天下胸懷。

但本詩並無說教氣，以生動的畫面含蓄地道出詩旨，將情懷收於雋永的「出沒風波」中，意在言外，耐人尋味。

晏殊（991—1055），字同叔。宋代著名詞人。早慧，以神童召試，曾任宰相兼樞密使。

寓意

晏殊

油壁香車不再逢，峽雲無跡任西東。

梨花院落溶溶月，柳絮池塘淡淡風。
幾日寂寥傷酒後，一番蕭索禁煙中。
魚書欲寄何由達，水遠山長處處同。

賞析

全詩寫了分手後淡遠的憂傷，想寫信致意又動力不足的心情。然而寫得綿渺清雅，鉛華盡去。

詩歌首聯借用樂府詩句「妾乘油壁車，郎騎青驄馬」（《錢塘蘇小歌》）表述與情人分手，未再相逢。「峽雲」出典於宋玉《高唐賦》，巫山神女自云「旦為朝雲，暮為行雨」。「峽雲無跡」便指情人離散，舊情難續。有趣的是詩人的態度，「任西東」，由着她去向何方。「任」字的瀟灑、不執着奠定了全詩的基調，與後文的「淡淡」「溶溶」「幾日」「一番」，一起構成詩歌輕倩的風調。

「梨花院落溶溶月，柳絮池塘淡淡風」一聯，既寫眼前的花月晚風，也是回憶中與情人相見時的景色。過去的幽情與眼下的感傷，相互引發，相融一片。這不着痕跡又無處不在的感傷如何排解呢？借酒消愁吧。但幾日下來，酒意傷人，愈感寂寞。舉首翹望，寒食節因為禁煙而沒了往日的熱鬧，只一番蕭索景象。想將這心緒說與人聽，音信卻不知寄往何處，水遠山長，哪兒都相同。尾聯可用晏殊自己的詞句來做箋註「欲寄彩箋兼尺素，山長水闊知何處」。

曾公亮（999—1078），字明仲。泉州晉江（今福建泉州市）人。宋仁宗時曾任宰相。

宿甘露僧舍

曾公亮

枕中雲氣千峰近，牀底松聲萬壑哀。
要看銀山拍天浪，開窗放入大江來。

賞析

甘露寺坐落於鎮江北固山，北固山只有三個山峰，何來「千峰」「萬壑」呢？想來詩人在濕漉漉的枕上，感覺到了繚繞千峰的雲霧之氣。風吹松聲，詩人聽到的是萬壑齊鳴的氣勢撼人。這雖非實際景象聲響，但未嘗不是詩人心中的真實體驗。「飛流直下三千尺，疑是銀河落九天」也不真，但確是李白心中的氣象格局。詩人將精神景觀與實際結合，往往會產生比實際景象偉岸浩渺得多的詩歌意境。此時，讀者看到的不只是客觀世界，更是透過詩人之眼看到的精神景觀。

曾公亮是宋仁宗、英宗、神宗時期的三朝元老，曾任宰相，主持朝政，向神宗舉薦王安石。執掌大國的人胸中自有天風海闊、千巖萬壑，絕不局限於眼前耳目之間。只是前兩句詩中，詩人還有些壓抑，「哀」字流露出詩人被動的，甚至有些驚恐的心情。但偉大的人不會甘於被動的局面，他們會化被動為主動，以主宰的姿態迎接更大的風濤。因此詩人說「要看銀山拍天浪，開窗放入大江來」。天浪不是湧進來，而是我放進來的。其中「要看」「開」「放」的主動態都顯示了詩人面對驚恐迎難而上的豪邁英越之氣，昂揚大氣，令人振奮。

戲答元珍[1]

歐陽修

春風疑不到天涯，二月山城未見花。[2]

殘雪壓枝猶有橘，凍雷驚筍欲抽芽。[3]

歐陽修（1007—1072），字永叔，號醉翁，晚號「六一居士」，謚文忠，世稱歐陽文忠公。吉州永豐（今江西永豐）人。北宋政治家、文學家、史學家，北宋詩文革新運動的領袖，「唐宋八大家」之一。

❶ 元珍：丁寶臣，字元珍，詩人的朋友，時為峽州（治所在今湖北宜昌）軍事判官。

❷ 天涯：此處指詩人貶謫之地夷陵（今湖北宜昌市）。

❸ 凍雷：初春時節的雷。

❹ 物華：美好的景物。

❺ 洛陽花下客：宋仁宗天聖八年（1030）至景祐元年（1034），歐陽修曾任西京（洛陽）留守推官。洛陽以牡丹花著稱，歐陽修寫過《洛陽牡丹記》。

夜聞歸雁生鄉思，病入新年感物華。4

曾是洛陽花下客，野芳雖晚不須嗟。5

賞析

此詩作於宋仁宗景祐四年（1037），其時歐陽修正被貶官峽州夷陵（今湖北宜昌）令。身遭貶謫，是一個人仕途上的重大挫折，通常都會心情不佳，意志消沉。如江淹《恨賦》中所說：「或有孤臣危涕，孽子墜心。遷客海上，流戍隴陰。此人但聞悲風汩起，血下沾襟。」范仲淹《岳陽樓記》也曾為這樣的遷客騷人畫像：「登斯樓也，則有去國懷鄉，憂讒畏譏，滿目蕭然，感極而悲者矣。」同樣遭貶謫，歐陽修卻在這首詩中表現了一種截然不同的心境。

詩題中的「戲答」就透露出歐陽修寫這首詩的心情不錯。儘管詩的開頭第一句「春風疑不到天涯」像一般被貶謫者的口吻，哀怨自己地處偏遠，抱怨春風該來不來。這座山城中的物候也確實如此，已是二月，山城還看不到花開，橘樹枝頭還留有殘雪和去年摘剩下的幾個橘子，冬天似乎遲遲不肯離去。但詩人還是感受到了春天，從第一聲春雷想到山中竹筍一定作勢欲出了，夜晚北歸大雁的鳴叫聲讓他動了思鄉之情。從去年以來就抱病在身的詩人，感受到了春天的訊息，病也好了大半。

春天已經來了，雖然尚未看到花開，但詩人既不沮喪，也不焦慮，他知道山花爛漫的時候一定會來，只須耐心等待。

畫眉鳥

歐陽修

百囀千聲隨意移，山花紅紫樹高低。
始知鎖向金籠聽，不及林間自在啼。

賞析

畫眉鳥鳴聲動聽，喜愛的人把牠捉來，千方百計地馴化，把牠養在裝飾華美的籠子裏，用精美的食物飼養，於是人就能隨時聽到牠的叫聲。

詩人以前聽到過這樣被鎖在金籠裏的畫眉鳥的鳴叫，那時聽來也是很好聽的。而現在走入山林中，遍山萬紫千紅的野花點綴，種類繁多的林木茂盛，畫眉鳥在林中飛來飛去，鳴叫不斷。詩人這時聽到的畫眉鳥的啼鳴聲，與以前聽到的竟大不相同。這裏的畫眉鳥，沒有人強迫，沒有人逗弄，牠們隨意的鳴叫聲千變萬化，充滿快活自在，美妙極了。

這首絕句寫的雖是畫眉鳥，其中恐怕不無詩人的人生體悟。一方面，「修齊治平」是古代讀書人基本的人生價值追求，讀書入仕是人生價值實現的基本道路；另一方面，進入官場意味着成為官僚體制的一分子，案牘勞形，名韁利鎖，從此身不由己。當詩人從繁忙的公務中暫時脱身，來到山林中遊憩，獲得了片刻的自由，此時的心情，正與自由自在啼鳴的畫眉鳥相近。

淮中晚泊犢頭[1]

蘇舜欽

春陰垂野草青青，時有幽花一樹明。[2]
晚泊孤舟古祠下，滿川風雨看潮生。

蘇舜欽（1008—1048），字子美。綿州鹽泉（今四川綿陽東）人。北宋詩人，與梅堯臣齊名，並稱「梅蘇」。

1 淮：淮河。犢頭：淮河邊的一個地名，在今江蘇淮安市淮陰區境內。

❷ 春陰垂野：春天的陰雲籠罩原野。幽花：幽靜偏暗之處的花。

賞析

現代人想想古人的旅途，一定是很乏味的。不論乘車還是乘船，一日不過行數十里，沒有數碼產品可以解悶，沿途風景整天裏也不會有甚麼變化。如果再趕上陰雨天，心情會更加鬱悶。

但蘇舜欽給我們看到了古人旅行中的樂趣。他遭到政敵的打擊，被剝奪官職，離開京城，乘船沿運河南下。黃淮大平原上，在野外可以看出很遠，一直看到極遠處的地平線。此時正是春天，不過不是陽光明媚的天氣，而是陰雲密佈，籠蓋曠野。沿河青草彌望，看得久了恐怕會讓人發睏，寧可躲在船艙裏睡覺。但詩人不覺得單調，隨着船的行進，他饒有興味地看着河的兩岸，有時會看到一兩株開滿鮮花的樹，在陰暗的天空下，讓他眼前一亮。

船至犢頭，日晚停泊，孤舟古祠，風雨大至。詩人也不因荒涼孤寂而愁苦，而是看河中潮水上漲，安閒自若，似乎連剛剛遭遇的政治陷害都忘了。

反而是我們現代人，由於有了更便捷的交通工具，幫助我們更快速地趕路，卻也讓我們忽略了旅途中的風景。

春晚

王令

三月殘花落更開，小簷日日燕飛來。
子規夜半猶啼血，不信東風喚不回。[1]

王令（1032—1059），字逢原。魏郡元城（今河北大名）人。北宋詩人。

[1] 東風：即春風，這裏指春天。

賞析

春天是欣然的時節，它的逝去往往會令人歎惋，然而本詩卻半不如是。詩中的核心是半夜啼鳴的子規，也就是杜鵑。據說杜鵑是古蜀國國君杜宇的魂魄所化，由於他生前失去了國家，因而化為杜鵑後的鳴聲也極其悲苦。於是在中國古典詩文中，杜鵑向來是一個悲苦的意象。例如白居易《琵琶行》中說「其間旦暮聞何物？杜鵑啼血猿哀鳴」，李商隱《錦瑟》中說「莊生曉夢迷蝴蝶，望帝春心託杜鵑」，秦觀《踏莎行》中說「可堪孤館閉春寒，杜鵑聲裏斜陽暮」，都極盡悲傷之意。

王令筆下的杜鵑，在悲情之外，更多了一份豪情。暮春三月，花時已過，詩人卻看到有殘花凋落後再次開出新的花，燕子也仍天天飛到簷前。春天似乎並未逝去。這讓詩人想到了夜晚聽到的杜鵑的啼鳴，那麼悲傷，卻又那麼堅毅，分明是在挽留春天，喚回春風。

春天，是如此美好。美好的事物，值得用生命去爭取。

明妃曲[1]

王安石

明妃初出漢宮時，淚濕春風鬢腳垂。

低徊顧影無顏色，尚得君王不自持。

歸來卻怪丹青手，入眼平生幾曾有；[2]

意態由來畫不成，當時枉殺毛延壽。

一去心知更不歸，可憐着盡漢宮衣；

寄聲欲問塞南事，只有年年鴻雁飛。[3]

家人萬里傳消息，好在氈城莫相憶；[4]

王安石（1021—1086），字介甫，號半山，封荊國公，世人又稱王荊公。撫州臨川人（今江西撫州）。北宋著名政治家、思想家、文學家，「唐宋八大家」之一。

1 明妃：即王昭君。歷史上記載，漢元帝時南匈奴呼韓邪單于向漢臣服，漢匈再提和親，漢元帝欲從宮女中選人出嫁單于為閼氏，王昭君主動請行。

2 丹青手：指畫師毛延壽。

3 塞南：指漢朝。

4 氈城：指匈奴。遊牧民族住在以氈做的帳篷裏。

5 阿嬌：漢武帝陳皇后小名阿嬌，失寵後被幽禁長門宮。

君不見咫尺長門閉阿嬌，人生失意無南北。[5]

賞析

王昭君，是中國歷史上獲得後人同情最多的女子之一。昭君出塞的故事，被一代代演繹，不斷增飾。增加了畫工毛延壽這個角色，由於他從中作梗，使王昭君入宮後從未被漢元帝召見；增加了對王昭君心情的描畫，王昭君被迫遠嫁塞外，必然哀怨愁苦，思念家鄉。這兩方面的增飾，成了昭君故事最吸引人的地方。而王安石偏偏在這兩個方面都有話要說。

他說毛延壽死得很冤，王昭君是如此美麗，以至於她的畫像遠不及本人，這是由於「意態由來畫不成」，責任不應該由畫家來擔負。

他說王昭君在塞外當然是愁苦的，是思念家鄉的，但昭君的家人卻寄信給她，要她安心在塞外，不要留戀漢朝宮中的生活，因為即使回到宮中也未必有幸福的生活。漢武帝的皇后阿嬌就是一個例子，失寵後被打入冷宮，從此過着暗無天日的日子。

王安石一反此前人們寫到王昭君時就表達同情的慣例，反而指出在塞外還有可能過得更幸福，得出「人生失意無南北」的結論，令人耳目一新。實際上王安石的《明妃曲》共有兩首，另一首態度相同，發論更為驚人，竟然說出「漢恩自淺胡自深，人生樂在相知心」這樣大膽的話，難怪在當時及後代都引起很大的爭議。

示長安君[1]

王安石

少年離別意非輕，老去相逢亦愴情。[2]
草草杯盤供笑語，昏昏燈火話平生。[3]
自憐湖海三年隔，又作塵沙萬里行。
欲問後期何日是，寄書應見雁南征。

1 長安君：王安石的大妹，嫁與工部侍郎張奎為妻，後受封為長安縣君。
2 愴情：悲傷。
3 草草杯盤：隨便準備的酒菜。

賞析

相傳為蘇洵所作的《辨奸論》中，指斥王安石是古今罕見的大奸大惡之徒，其中一個重大的理由是王安石「不近人情」。這裏不談王安石在政治上的是是非非，從王安石的詩歌看，說王安石「不近人情」是很難令人認同的。《示長安君》一詩就體現了王安石深篤的兄妹之情。

王安石此詩作於四十歲時，長安君是他的大妹。古人結婚較早，從長安君出嫁到現在，漫長的二十餘年已經過去。二十餘年裏，王安石仕途輾轉，與妹妹相見的次數寥寥。長久別離後的每一次重逢，自然會有聊不完的事情，發不盡的感慨。尤其是這一次別後，王安石將要出使遼國，甚麼時候回來，甚麼時候再次相逢，都是未知。

簡單的家常便飯，昏暗的燭光燈火，一家人圍坐桌前，隨意漫談，說到開心處歡聲笑語，說到傷感時黯然神傷。在詩中，我們讀到的是手足情深的兄長，是感於哀樂的中年情懷。

泊船瓜洲

王安石

京口瓜洲一水間，鍾山只隔數重山。[1]
春風又綠江南岸，明月何時照我還。

[1] 京口：在長江南岸，今江蘇鎮江。瓜洲：在長江北岸，今揚州南郊。鍾山：今南京紫金山。

賞析

瓜洲在長江北岸，與京口隔江相對；從京口再往鍾山，也不過只隔了幾座山。鍾山所在的江寧，是王安石青少年時期生活過的地方，也是王安石罷相後為自己選擇的終老之地。此時是熙寧八年（1075）二月，王安石正在進京第二次拜相的途中。這時距他熙寧二年（1069）第一次拜相，開始推行新法已有六年，距他熙寧七年（1074）第一次罷相不到一年。此時的王安石，經歷了推行新法以來的各種非難抨擊，經歷了政壇上的各種風波，心情與他六年前第一次進京拜相時已大不相同。剛剛渡江北上，就已回首瞻望。他知道前路將是艱難險阻，成敗難料，而身後則是江南二月，草長鶯飛。還沒有離開，他已在盼望着早日回來。

這首詩最被人津津樂道的是王安石在「綠」字上的反覆推敲修改。據説看到過王安石創作這首詩的手稿，最初寫作「又到江南岸」，「到」字被圈去改為「過」，又先後改為「入」「滿」等十幾個字，最後定為「綠」字。相比於其他幾個字，「綠」具有鮮明的視覺形象，再輔以春風、明月，這美麗的江南的確值得王安石念茲在茲。

王安石的心願也很快得以實現：一年後，王安石再次罷相，退居江寧，終老於此。

梅花

王安石

牆角數枝梅，凌寒獨自開。
遙知不是雪，為有暗香來。

賞析

梅在中國古代文人心目中有特殊地位。它是君子四友（梅蘭竹菊）之首，也是歲寒三友（松竹梅）之一。它清高脱俗，幽香淡雅，被視為君子人格的象徵。歷代詠梅之作極多，名家名篇也不勝枚舉，王安石的這首《梅花》即是其中之一。這首小詩看似脱口而出，不加雕琢，卻每一句都極形象地刻畫出了梅花的特徵。

梅花是清高的。一樹梅花靜靜地綻放於牆角，不炫耀，不迎合，遠離塵俗。

梅花是孤傲堅貞的。它不畏嚴寒，經受住了嚴酷環境的考驗，在百花畏伏的時候，它傲然綻放。

梅花是高潔的。它有雪一般的顏色，遠遠看去，彷彿白雪積於枝頭。但你立刻就能分辨出那不是雪，因為你遠遠就會聞到它的清香。

這首詩意象鮮明，頗富理趣，寫出了梅花的精神，也寫出了一種理想人格。直到現在，仍然膾炙人口，受人喜愛。

春日偶成

程顥

雲淡風輕近午天，傍花隨柳過前川。
時人不識余心樂，將謂偷閒學少年。

程顥（1032—1085），字伯淳，世稱明道先生。著名理學家，與其弟程頤並稱「二程」。

賞析

日近中天，雲淡風輕。淡與輕是天氣，更是心境。詩人穿越花草，擦身柳條，跋涉前川，觸目皆是遊春之樂。這快樂看似源於春日風物，其實由內而外，源於一顆哲人的「心」，因而詩人說「時人不識余心樂」。程顥以為，仁者以天地萬物為一體，莫非己也。風雲花木，是天地之仁。若能超越萬物區別之心，便能感受到生活中處處有仁、有美。哲學的思力終將回歸生活，返璞歸真，外發為一派少年般的快樂。

這與曾點相似，孔子問學生們的志向，他最喜歡曾點的回答：「莫（暮）春者，春服既成，冠者五六人，童子六七人，浴乎沂，風乎舞雩，詠而歸。」程顥讚美曾點說：「其胸次悠然，直與天地萬物上下同流，各得其所之妙，隱然自見於言外。」他認為，曾點的「樂」源於充盈飽滿的內在和對大道周流的領會，「胸次悠然」，「天理流行，隨處充滿，無少欠闕。故其動靜之際，從容如此」。程顥的快樂心境與之相似，「廓然而大公，物來而順應」，「樂其日用之常」。明道先生用詩歌來表達快樂，凡人如你我何不用生活來踐行呢？

偶成

程顥

閒來無事不從容，睡覺東窗日已紅。

萬物靜觀皆自得，四時佳興與人同。

道通天地有形外，思入風雲變態中。

富貴不淫貧賤樂，男兒到此是豪雄。

賞析

一覺醒來，天已大亮，側聽鳥啼蟲鳴，臥看雲捲雲舒。此刻，心中沒有預設、沒有成見、沒有私心，萬物與我渾茫為一。於是「萬物靜觀皆自得，四時佳興與人同」。滔滔逝水、花葉生滅、四季流轉，大自然的榮枯像是天道的容顏，展示着與人相似的哀樂與興衰。因而程顥不除窗前的草，他要留下來觀察造物生意，又用小盆養魚數尾，時時觀之，觀萬物自得意。

人與萬物在同一片天空下，自然遵循着同樣的法則，一花一世界，一葉一菩提。放下「私」「智」，靜觀萬物，便能感受到物我通靈，天人合一。莊生夢蝶、子非魚、天籟之聲，即超越萬物的分別，在有形之外的風雲、光影、聲音變幻中領會世界運行的奇妙機理。

於是理解「夫天地之常，以其心普萬物而無心；聖人之常，以其情順萬事而無情。君子之學，莫若廓然而大公，物來而順應」。「大公」之人「適道」而無私心，以欣賞的眼光、淡然的心境「物來而順應」，自不會被物界的貧富、瑣碎所左右，而有從容的定力與自信。但「到此是豪雄」的又豈止是男兒呢？

蘇軾（1037—1101），字子瞻，號東坡居士。眉州眉山（今屬四川）人。與父親蘇洵、弟弟蘇轍並稱「三蘇」。北宋傑出的散文家、詩人、詞人、書法家，「唐宋八大家」之一。

和子由澠池懷舊

蘇軾

人生到處知何似，應似飛鴻踏雪泥：
泥上偶然留指爪，鴻飛那復計東西。
老僧已死成新塔，壞壁無由見舊題。
往日崎嶇還記否，路長人困蹇驢嘶。

賞析

人與外界的相遇是流動的。一次會面，一行舊題，都留有我們生命的痕跡。當我們起身前行時，那些痕跡被理所當然地拋在腦後。但當我們瞻顧過往，回味餘溫時，發現那些痕跡竟也和我們一樣在時間的長流中改易或新生。此時，惟一能承載過去的，只有回憶了。

蘇軾二十六歲時便有這樣的領悟，並在唱和弟弟蘇轍（字子由）的詩作中以雪泥鴻爪的形象表現出來。原詩《懷澠池寄子瞻兄》懷念的是兄弟倆第一次途經澠池、離鄉赴京的場景。那時蘇軾二十一歲，風華正茂，三蘇同行，壯志淩雲。然而此次，蘇軾卻是單獨經過澠池。這五年間他經歷了兄弟高中科考、母親過世、回鄉丁憂、赴京制科考首名、長子誕生等人生起伏。此次再見澠池，不免有物是人非、雪泥鴻爪之歎。豈知鴻爪也在變化！澠池寺廟的主持奉閒和尚圓寂了，弟子為安置舍利建了新塔，當年在寺壁上的題詩也不見了。留有那時痕跡的大概只有你我心中的回憶了。還記得嗎？崎嶇的路漫長，人馬疲憊，跛驢嘶鳴，現在想起來依然有趣而溫馨。人生無常，世上留蹤倏忽難留，長久存留的怕只有你我的記憶了吧。

飲湖上初晴後雨（其二）

蘇軾

水光瀲灩晴方好，山色空蒙雨亦奇。
欲把西湖比西子，淡妝濃抹總相宜。

賞析

此詩出口成誦，耳熟能詳，乍看是讚美西湖兩種不同的美，但配合第一首讀，便發現「此中有真意」，這首詩是蘇軾日後達觀心態的詩意展現。

「朝曦迎客豔重岡，晚雨留人入醉鄉。此意自佳君不會，一杯當屬水仙王。」早上還是豔陽高照，晚間卻下起雨來，難免有人覺得掃興。但蘇軾說「此意自佳君不會」，如果放下對雨的偏見，抖落雨帶來的煩惱，那西湖夜雨自有空濛詩意之美。於是頓覺，「淡妝濃抹總相宜」。妙處就在這一個「總」字。若以天地之眼觀照萬物，放下個人得失與偏見，那萬物「總」有其美好。如《超然台記》中所說：「凡物皆有可觀。苟有可觀，皆有可樂，非必怪奇偉麗者也。」如果打開理解，放下執念，擁有一雙發現美的眼睛，那萬物「總」有其可觀可樂相宜之美。

於是人生的升遷貶逐也不再是歡樂與苦悶的兩端。無論哪種境遇，皆有風味妙處。即使被放到天涯海角的海南，蘇軾也能找到快樂。「日啖荔枝三百顆，不辭長作嶺南人」，「但尋牛矢覓歸路，家在牛欄西復西」，「小兒誤喜朱顏在，一笑那知是酒紅」。西湖的那一場雨，不僅是一場空濛的盛宴，更開啟了蘇軾超然物外的智性人生：無論生命陰晴圓缺，他「總」能感知內在的自信與自由。

題西林壁

蘇軾

橫看成嶺側成峰，遠近高低各不同。
不識廬山真面目，只緣身在此山中。

賞析

經歷了人生的起伏跌宕，蘇軾眼中的大自然充滿了哲理與深意。「橫看成嶺側成峰，遠近高低各不同」，從不同角度看一個事物，往往會有不同的觀感和結論。科恩的歌詞說：「萬物皆有裂痕，那是光照進來的地方。」從完整性的角度看，裂痕自是一道醒目的疤，但換一個角度，又何嘗不是光明的入口呢？橫看成嶺，側看為峰。貶謫是放逐，也可以是奇遊，就看選擇「遠近高低」哪個視角了。蘇軾的選擇是——「九死南荒吾不恨，茲遊奇絕冠平生」。

但智慧不僅在於視角的轉換，更在於整體觀瞻和超越個人得失的眼光。遠近高低，無論怎麼轉換都仍未跳出身在其中的局限，只得一隅，不見其餘。《超然台記》中說：「物非有大小也，自其內而觀之，未有不高且大者。彼挾其高大以臨我，則我常眩亂反覆，如隙中之觀鬥，又烏知勝負之所在。」因而當我們以天地視角給眼前碎片一個整體的觀瞻時，個人命運的起伏就如四季流轉、花謝花開，都是自然的，而這才是人生的「真面目」。

此詩看似淺白，其實滲透了蘇軾被貶黃州後的解悟，也融合了在廬山學禪的心得，因而古人說此詩「亦是禪偈，而不露禪偈氣」。

惠崇春江晚景[1]

蘇軾

竹外桃花三兩枝，春江水暖鴨先知。

蔞蒿滿地蘆芽短，正是河豚欲上時。[2]

1 惠崇：宋初僧人，能詩善畫。

2 蔞蒿：一種水草，既是河豚的食物，又是魚羹的佐料，且能解毒。

賞析

這是一首題畫詩，再現了畫中春日萌發的細節：翠嫩的竹林旁綻放了三兩枝豔麗的桃花，鴨子在水上游來游去；灘塗上長滿了蔞蒿，短平平的像莊稼人剃頭後新生的青髮；哦，也許還有水波的微顫，讓好胃口的詩人想到了當季最鮮美的河豚。「三兩枝」「先」「短」，家常的字眼，將三四月間春天即將盛放的清新可愛點染得恰到好處。

然而詩不僅是靜止畫面的羅列，更擁有溫度和濃濃的生活情趣。「暖風熏得遊人醉」，人在春風中會散淡陶醉，鴨子在融漾的春水中想必也很享受吧。於是有了「春江水暖鴨先知」這句天趣盎然的詩。不承想這句詩竟引來清代詩人的紛紛聚訟。毛奇齡說：「鵝也先知，怎只說鴨？」真是令人哭笑不得。詩中的鴨可以是春日裏的任何風物。詩句的妙處在於詩人物我兩忘、陶然忘機的童趣，想到鴨子享受着暖洋洋的水，蘇軾的表情大概和小孩子一樣愜意快活吧。這樣天真有趣的人才會由滿地柔嫩的蔞蒿想到鮮美的河豚，作詩時的詩人恐怕已經饞涎欲滴了吧。此時的蘇軾已經歷了殘酷的烏台詩案和黃州之貶。年近半百的他卻毫無陰影，仍葆有活潑可愛的性靈，這大概正是這首小詩生命力之所在吧。

正月二十日與潘郭二生出郊尋春忽記去年是日同至女王城作詩乃和前韻

蘇軾

東風未肯入東門，走馬還尋去歲村。
人似秋鴻來有信，事如春夢了無痕。
江城白酒三杯釅，野老蒼顏一笑溫。
已約年年為此會，故人不用賦招魂。[1]

賞析

正月裏，春風還不肯來到東門，那我們就主動「還尋去歲村」吧。去年此月此日，我們也是來到這裏，連記錄感想的詩韻也一樣。蘇軾以主動尋春的姿態給黃州的貶謫生活製造了一個有趣的節日。每年的同月同日，在同樣的地點慶祝節日，像秋日南來的鴻雁，很準時。

1 招魂：《楚辭》中有《招魂》篇。

場景再現消解了中間的時光，一下子從去年跳到今年，彷彿這一年甚麼都沒發生過，「事如春夢了無痕」。當然，其間肯定發生過很多事，留下很多痕跡，但又何須掛懷呢？就讓它們如春夢一般縹緲遠逝吧。人的一生要經歷那麼多紛雜之事，其中有多少真正值得記憶，又有多少會在心田留下痕跡呢？忘記，也許正好不忘初心。

春寒料峭，喝下幾杯濃濃的酒。野外耕作的老頭蒼老的臉上露出溫厚的笑容。山水之樂，人情樸野，詩人漸漸淡忘了他當時的困厄，說：「我和朋友們約了每年都來這兒，我過得很好，大家不用為我調離黃州之事而奔走麻煩。」一個人在失意痛苦的時候，還總想着讓大家都能得到安慰，都生活得愉快些，真是忠厚心腸、曠達襟懷。千百年來，蘇軾總能得到後世人們的喜愛和敬仰，大概正是因為他的溫厚、有趣和堅強總能給人們帶來溫暖的感召與力量吧。

海棠

蘇軾

東風裊裊泛崇光，香霧空蒙月轉廊。

只恐夜深花睡去，故燒高燭照紅妝。[1]

[1] 花睡去：唐明皇登沉香亭，召太真妃，於時卯醉未醒，命高力士使侍兒扶掖而至。妃子醉顏殘妝，鬢亂釵橫，不能再拜。明皇笑曰：「豈妃子醉，直海棠睡未足耳！」（宋釋惠洪《冷齋夜話》）

賞析

春風裊裊，高處海棠泛着清麗的光澤。花香融在朦朧的霧裏，月亮要轉到迴廊那邊去了，海棠將沉沒於黑暗。此時，詩人頓起憐惜之心，如此芳華，怎能獨棲於昏昧幽暗中？於是詩人持高燭照之，以免嬌豔嫵媚的海棠無人欣賞。「只恐」二字表現了詩人對海棠的寵溺和小心護愛。「睡」和「紅妝」更將海棠花比作美人，表達詩人對海棠的多情、痴情，頗有幾分神瑛侍者對絳珠仙草的憐惜愛護之意。

「此詩極為俗口所賞，然非先生老境。」清代詩人查慎行評論說。但這是真實的蘇軾。東坡之所以可愛，正在於其雅俗共賞。他有「也無風雨也無晴」的超越，也有「一樹梨花壓海棠」的諧趣，他有「自愛鏗然曳杖聲」的忠貞氣概，也有「春宵一刻值千金」的旖旎風情。他在「尚餘孤瘦雪霜姿」的《紅梅》詩中寄託人格，也在繾綣多情的《海棠》詩裏展現憐愛。他堅貞、忠厚、幽默、多情，這所有一切的疊加，才是一個真實而豐富的蘇軾。

六月二十日夜渡海

蘇軾

參橫斗轉欲三更，苦雨終風也解晴。
雲散月明誰點綴？天容海色本澄清。
空餘魯叟乘桴意，粗識軒轅奏樂聲。[1]
九死南荒吾不恨，茲遊奇絕冠平生。

1 魯叟：孔子。乘桴：《論語》子曰：「道不行，乘桴浮於海。」軒轅：黃帝。奏樂聲：《莊子》中寫道，黃帝在洞庭湖邊奏樂。此指海濤聲。

賞析

斗轉星移，已近深夜。呼嘯了大半夜的風雨終於停下，一片清朗。六十五歲的蘇軾正要告別謫居三年的海南，回到中原。再渡瓊州海峽時，他寫下了這首詩。

於是首聯中的「苦雨終風」有了深意，彷彿遙遠而漫長的貶謫。恩赦還朝的喜訊好比「雲散月明」。這一夜的「參橫斗轉」，似乎濃縮了無數個日夜的星辰變幻；三更之夜，像一場無比漫長的等待。看似寫了氣象變化，細味卻是人生的本相。豁然開朗的不僅是天空，更是心境。「雲散月明誰點綴，天容海色本澄清。」「本」字表現了詩人對「飄風不終朝，驟雨不終日」（《老子》）的信念。即使門下秦觀寫下萬豔同悲之句「落紅萬點愁如海」，蘇軾也說「新恩猶可覬，舊學終難改」——即便赦免可期待，自己一貫的見解也不更改。「天容海色本澄清」中有着解悟的自信，歸去也，「也無風雨也無晴」。因此，蘇軾不怨。在這天之涯海之角，他領略了來自太古的天地之美，也作好了「乘桴浮於海」的準備。只是被召回中原而空餘壯志。詩人積極地看待儋州之行，「所欠惟一死」的貶謫於是成了他一生最驕傲的遊歷，「九死南荒吾不恨，茲遊奇絕冠平生」！

臨平道中

道潛

道潛（1043—約1106），字參寥，本名曇潛，蘇軾為其更名道潛。宋代詩僧。

風蒲獵獵弄輕柔，欲立蜻蜓不自由。

五月臨平山下路，藕花無數滿汀洲。

賞析

「參寥子嘗在臨平道中賦詩云云，東坡一見而刻諸石。」「宗婦曹夫人善丹青，作《臨平藕花圖》，人爭傳寫。」可見當時人們對這首小詩的喜愛與讚歎。

農曆五月是夏季最舒服的時候。微風柔暖，撫弄着山間萬物，柔韌的蒲草在風中搖擺，獵獵微響。羽化不久的小蜻蜓在風中飛累了，想停在蒲草上歇一會兒。然而輕柔的風像在和牠玩有趣的遊戲，擺弄着小草，總不讓牠穩穩停下。看牠稚拙而又有些着急的樣子，參寥子像兒童一般感到了大自然生動的情趣。他就這樣在山間小道上自得其樂地走着，一路玩賞着花草樹蟲，自由自在。峰迴路轉地走到山下，忽然一片豁然開朗，無邊無際的荷花盛放滿整個水面，甜美的色彩，荷風的清香，還有如此盛大而寧靜清麗的美，讓詩人無比驚喜、讚歎而又沉醉！

詩人以敏鋭的細節捕捉了五月江南獨特的美，細物靈動輕柔，遠景寬廣而又甜美。詩人還在行進中自然地帶出路轉溪頭忽見的意外驚喜，節奏的變化構成詩歌的戲劇性。若非一顆超越凡俗的赤子之心，豈能將靈動流轉的生趣寫得如此自然渾成？不知佛家去執無我的修養是否有助詩人毫無成見地觀察這個有趣的世界，至少南宋另一位詩僧志南也有如此玲瓏的詩：「古木陰中繫短篷，杖藜扶我過橋東。霑衣欲濕杏花雨，吹面不寒楊柳風。」

雨中登岳陽樓望君山二首（其一）

黃庭堅

投荒萬死鬢毛斑，生出瞿塘灩澦關。
未到江南先一笑，岳陽樓上對君山。

黃庭堅（1045—1105），字魯直，號山谷道人。蘇門四學士之一，「江西詩派」的開創者，與蘇軾合稱「蘇黃」。

賞析

紹聖初，五十歲的黃庭堅修國史被誣陷，而被貶至萬死之地，詩人卻將被動的貶謫化為主動的奔「投」，豪邁勇敢的態度令人讚賞。

但詩人的逆境才剛剛開始。移徙戎州（今四川宜賓）之後，他又一直流轉於四川湖北一帶，遠離家鄉，奔波勞碌。七年裏，鬢髮斑白的詩人身處逆境，卻安然度之。「胸中已無少年事，骨氣乃有老松格」，「坐對真成被花惱，出門一笑大江橫」是他流寓江湖時的詩句。他還為蘇軾的《和陶詩》作跋：「子瞻謫嶺南，時宰欲殺之。飽吃惠州飯，細和淵明詩。彭澤千載人，東坡百世士。出處雖不同，風味乃相似。」在「殺」氣籠罩下，蘇軾照樣「飽吃飯」「細和詩」，淡定坦然的氣度讓身為蘇門學士的詩人備受激勵。

歷盡坎坷後，五十七歲的老詩人不想竟等來恩赦，活着走出瞿塘峽、灩澦關。此處的「瞿塘灩澦」既是詩人回鄉之路的最艱險處，更是生命中最難渡過的流離貶謫。如今已然渡過，劫後重生的喜悦油然而生。因而雖未到江南，詩人不由「先一笑」，放逐歸來的欣幸躍然紙上。這「笑」源於洞庭湖壯闊的自然風光，更源於詩人渡過逆境後不畏磨難、豁達自信的自然流露。「對君山」中「對」的沉着，正表現了詩人從死地中走出的自信和坦蕩不懼的內心化境。

登快閣

黃庭堅

痴兒了卻公家事，快閣東西倚晚晴。[1]

落木千山天遠大，澄江一道月分明。[2]

朱弦已為佳人絕，青眼聊因美酒橫。[3]

萬里歸船弄長笛，此心吾與白鷗盟。[4]

1 痴兒：夏侯濟寫信給傅咸説「生子痴，了官事。官事未易了也。了事正作痴，復為快耳」。此處作者自謂，反用其意。

2 落木：杜甫《登高》「無邊落木蕭蕭下」。

3 「朱弦」句：鍾子期死，伯牙破琴絕弦，終身不復鼓琴。青眼：阮籍能為青白眼，見禮俗之人，以白眼對之，嵇康造訪，乃見青眼。

4 長笛：馬融《長笛賦》「可以通靈感物……寫神喻意……溉盥污穢，澡雪垢滓」。白鷗：《列子・黃帝》中有這樣一個故事——海上有好鷗者，每日從鷗鳥遊，其父說：「聽說鷗鳥和你玩，你抓一隻來給我玩玩。」次日此人至海上，鷗鳥不復來。

賞析

登快閣自然是快樂的，何況繁雜的工作都完成了。登樓時，詩人不禁步履帶風，躍級而上。到達閣頂後，眼前一片開闊清朗。倚欄而望，夕陽映照漫天霞光。遠處的樹搖落了滿身樹葉，只留下高闊清癯的樹身。視線穿過不再綿密的樹冠，到達更遠的遠方。疏朗帶來的通透給秋日帶來曠遠的氣息。千山綿展，天際遠大。能領會這澄明開闊之美的人一定有皓月清風般的胸襟。只是詩人的知音不在身邊，無人領會他撥弄珠弦的心聲。好在還有美酒相伴，足以令人興致盎然。萬里歸家吧，吹奏那澡雪滓垢的長笛，我心只與那毫無機心的白鷗結盟。

詩歌借秋景表現內在澄明高曠的人格境界，在文字上則充分表現「江西詩派」的特點：字字有來歷，但又被詩人點化得不着痕跡，在平淡渾然中蘊有一份醇厚的知趣。這就是江西詩派的「點鐵成金」「奪胎換骨」「以故為新」之法。

寄黃幾復

黃庭堅

我居北海君南海，寄雁傳書謝不能。[1]
桃李春風一杯酒，江湖夜雨十年燈。
持家但有四立壁，治病不蘄三折肱。[2]
想得讀書頭已白，隔溪猿哭瘴煙藤。

1 不能：傳說大雁南飛至衡陽回雁峰而止，難以到達廣東。
2 蘄（qí）：乞求。三折肱：斷了三次胳膊，則為良醫。此處反用其意。

賞析

萬里之遙的朋友之誼是本詩的最動人處。山谷與黃幾復是早年知交，作此詩時，山谷在山東德州，黃幾復在廣州四會縣，都在海邊，卻相隔萬里，因而首句說「我居北海君南海」。如此山長水遠的距離，寫信不免週期過長或難以寄達，連傳書的大雁也只能婉拒了吧。詩人以奇思妙想來表達音訊難通之慨，心思新巧，情意深沉。

「桃李春風一杯酒，江湖夜雨十年燈。」一連串普通的名詞被詩人組合出兩個對比鮮明的意境，是讀書人詩意生活背後的艱辛，抑或當年桃李樹下對酒清談後，十年之久的風雨離別？這兩個相反的面向可能同處於一段生活中，也可能分佈於人生不同的階段。但它們都是詩。它們像生活中的黑白兩鍵，古往今來的人都用它們來彈奏自己生活的樂章，彈出起伏跌宕，含韻悠長。

此刻的黃幾復恐怕正在一段壓抑的樂音中吧。一介寒儒，家徒四壁，詩人希望他在蠻荒之地凡事都能順利，但嶺南言語不通、文化迥異，大概只有在書裏，黃生還能得到些慰藉。而書外與之相伴的恐怕也只有悲哀的猿聲和瀰漫的瘴癘之氣了。尾聯中，詩人流露了對友人深深的擔憂與同情。

偶題

張耒

相逢記得畫橋頭，花似精神柳似柔。

莫謂無情即無語，春風傳意水傳愁。

張耒（1054—1114），字文潛，號柯山。「蘇門四學士」之一。

賞析

四目相對的那一瞬間，眉梢眼角，波光流轉，空氣中懸浮着情絲，綿密而靜定。

《偶題》第二首云：「偶然相值不相知。」可見這組詩寫的是一個在橋頭相逢而不相識的女子，這位女子如花一般嬌美，如柳一般柔情。「邂逅相遇，適我願兮。」雖然遙遙站立，但心中的情愫已彌散在空氣中。四目相對的一瞬間，即使不言不語，和煦的春風、融漾的春水已將溫柔的情意、淡淡的憂傷傳遞到目光的另一邊，不知姑娘是否收到，又將如何作答。全詩對人物不着一字，但春天的風物，花、柳、風，卻道盡了邂逅美麗女子時溫柔的心境。

襄邑道中

陳與義

飛花兩岸照船紅，百里榆堤半日風。

臥看滿天雲不動，不知雲與我俱東。

陳與義（1090—1138），字去非，號簡齋居士。洛陽人。北宋南宋之交的著名詩人。

賞析

二十七歲的詩人行船於襄邑道上，輕快閒適。這輕快由豐富的色彩可知，飛花的紅，榆樹的綠，滿天的白雲和天色的藍，真可謂「光景明麗」，童趣盎然。

兩岸飛花因船兒疾行而有些朦朧，色塊的飛馳顯出繁花的豔麗與濃密，照着船兒都泛出紅光。詩人愜意地躺在船上，一抬眼便感到明媚與飛揚。

綠意盎然的榆樹堤有百里之長，僅半日小船就疾馳而過了，不由讓人想到李白的那句「千里江陵一日還」。與「百里榆堤半日風」一樣，兩句都以距離和時間對比來表現輕舟飛颺。而此詩的落點在「風」字，更多了一份觸覺的想像。風吹滿袖，皮膚感到簌簌舒爽。流水淙淙，風行水上，閉上眼，都能感到輕舞飛揚。

於是詩人童心乍起，滿天的白雲像在動，又不像在動。詩人揉揉眼睛，恍惚間雲彷彿停了下來。「不知」二字充滿了懵懂的妙趣，若換成「原來」，倒成了恍然大悟的清醒了。「不知」二字使讀者明瞭實情，而詩人還沉醉在滿天白雲不動的孩童般的驚異中呢！

懷天經智老因訪之

陳與義

今年二月凍初融，睡起苕溪綠向東。
客子光陰詩卷裏，杏花消息雨聲中。
西庵禪伯還多病，北栅儒先只固窮。
忽憶輕舟尋二子，綸巾鶴氅試春風。[1]

[1] 綸（guān）巾：絲帶做的頭巾。鶴氅（chǎng）：鳥羽製的外衣。

賞析

思念好友，來一場説走就走的旅行。「忽憶輕舟尋二子，綸巾鶴氅試春風。」詩中率真任性的瀟灑不由讓人想到《世説新語》裏的王子猷：「王子猷居山陰，夜大雪，眠覺……四望皎然……忽憶戴安道……即便夜乘小船就之。」

詩人大概也嚮往六朝文人的隨性灑脱，於是想像自己身着六朝名士喜愛的「綸巾鶴氅」在船頭迎風而立。「綸巾鶴氅」並非實指，只是以高雅的裝束來表現內在高尚的人格。詩人欣賞淡泊平和的僧人和「君子固窮」的儒生。「君子固窮，小人窮斯濫矣。」君子在潦倒不遇的情況下，仍能有所堅守，保持氣節不敗，不像小人一樣無所不用其極，這是詩人令人尊敬的品格。

在二月冰凍初融的季節，詩人一覺醒來，忽覺滿溪春水，悠悠東流，綿延蔥翠的綠意令人心曠神怡。詩人雖然客居異鄉，卻有詩書相伴，並不孤寂。在某個杏花飄落、春雨瀟瀟的日子裏，收到來自好友的消息，更添了心神相契的愉悅。這兩位人格高尚、淡泊名利的摯友，想想都覺美好，或者就出發去探訪他們吧，正好只隔一條苕溪。高昂的興致、恬然的詩意，想來三位君子的交談一定風雅怡樂，「坐到更深都寂寂，雪花無數落天窗」。

三衢道中[1]

曾幾

梅子黃時日日晴，小溪泛盡卻山行。[2]

綠陰不減來時路，添得黃鸝四五聲。

曾幾（1084—1166），字吉甫，號茶山居士。贛州（今江西贛州市）人。南宋詩人。

1 三衢：即衢州，在今浙江省，因境內有三衢山而得名。

2 梅子黃時：農曆五月，梅子成熟的季節。卻：再。

賞析

江南的梅雨天是令人厭煩的，下起來沒完沒了，連綿不斷。今年梅子黃時，居然日日放晴，實在難得。於是詩人興致勃勃，前往三衢山中遊玩。先乘船沿着一條小溪溯流而上，直到溪水變淺，船不能再往前行，捨船登岸，沿山路繼續去往山的更深更高處。

山中植被茂盛，樹木蔥蘢，雖是炎炎夏日，有樹蔭遮蔽，走在山道上，一定是涼爽的。詩人對於一路遊玩的風景和心情沒有明言，而是着眼於返回時的路程，與來時一樣的綠樹濃蔭，比來時更有意趣的是，綠樹蔭中時不時傳出幾聲清脆悅耳的黃鸝鳴叫。

人們記遊時通常着重寫去時路上的景色，對於返程很少再費筆墨，因為這時遊興已盡，身心俱疲。而曾幾依然心情愉快，遊興不減，可見三衢山中的景色，實在美麗宜人。

楊萬里（1127—1206），字廷秀，號誠齋。吉州吉水（今江西吉水）人。南宋著名詩人，與陸游、尤袤、范成大並稱「中興四大詩人」。

小池

楊萬里

泉眼無聲惜細流，樹陰照水愛晴柔。
小荷才露尖尖角，早有蜻蜓立上頭。

賞析

一幅非常可愛的畫面。

畫面的中心是一個小池，小池中一眼泉水，清澈平靜的水面，池邊樹投下一片樹蔭。池中一朵荷花的花苞剛剛冒出水面，還未開放，一隻蜻蜓已停在上面。

詩人沒有出現在畫面裏，可是他對這方景物的喜愛之情躍然紙上。「惜細流」的、「愛晴柔」的，都是詩人。發現立在小荷上的蜻蜓，詩人更是欣喜不已。他把他的情感投射到這些景物中，景物之間，景物與詩人之間，建立起了融洽親密的聯繫。

詩人給我們呈現的，不單單是一個小池，更是一個有情的世界。

曉出淨慈寺送林子方

楊萬里

畢竟西湖六月中，風光不與四時同。
接天蓮葉無窮碧，映日荷花別樣紅。

賞析

淨慈寺在西湖南岸，走出淨慈寺，就能看到西湖，看到貫穿西湖南北的蘇堤白堤，看到對岸的孤山北山，稍微側下頭，就能看到同在西湖南岸的雷峰塔。詩人沒有寫這些景色，不是它們不美，而是它們一年四季永遠都在那裏。這個六月夏日的清晨，詩人走出淨慈寺，抬眼看到西湖時，佔據他視野的是湖中挨挨擠擠向遠處綿延伸展的蓮葉，和一朵朵挺出水面盛開的荷花，在清晨陽光的照耀下，朵朵荷花顯得別樣紅豔。

淡妝濃抹總相宜的西湖，在六月的夏日清晨，有別樣的美麗。彌望的蓮葉的碧綠，無數的荷花的紅豔，讓詩人目不暇給，目光實在沒有空暇再去關照別的景物了，儘管也是極美的。

閒居初夏午睡起二絕句（其一）

楊萬里

梅子留酸軟齒牙，芭蕉分綠與窗紗。
日長睡起無情思，閒看兒童捉柳花。

賞析

當人忙碌到身不由己的時候，慵懶就會成為一種幸福的嚮往。楊萬里這首詩就是在表達一種純粹的慵懶狀態。

在初夏的午後，天氣還不十分炎熱，午睡醒來的詩人無所事事，也不覺得需要做甚麼事。睡前吃的梅子，現在口中還留有餘酸。他百無聊賴地坐在窗前，窗外的芭蕉葉清新碧綠，讓暑熱都減退了幾分。將目光投向更遠的地方，幾個孩子正在跑來跑去，追逐隨風飄浮的柳絮。

兒童一派天真，對於追逐柳絮這種事情也能玩得興高采烈。而在大人眼中，兒童的這種行為無疑是毫無意義、十分好笑的。可是毫無意義同時意味沒有功利目的，沒有世俗心計。詩人看得津津有味，悄悄地分享着兒童的快樂。

詩人表面上在說：我很慵懶無聊。但他眉眼裏的神情，卻分明是在炫耀：我很悠閒自在。

遊山西村

陸游

莫笑農家臘酒渾，豐年留客足雞豚。[1]
山重水複疑無路，柳暗花明又一村。
簫鼓追隨春社近，衣冠簡樸古風存。[2]
從今若許閒乘月，拄杖無時夜叩門。[3]

陸游（1125—1210），字務觀，號放翁。越州山陰（今紹興）人。南宋詩人，詩作存世有九千三百餘首。與楊萬里、尤袤、范成大並稱「中興四大詩人」。

1 臘酒：臘月裏釀造的酒。足雞豚：指菜餚豐盛。豚，小豬，這裏指豬肉。

2 春社：立春後第五個戊日，人們在這一天拜祭土地神，祈求豐收，並有各種娛樂活動。

3 閒乘月：悠閒地趁着月色前來。無時：隨時。

賞析

陶淵明之後，田園詩在中國古典詩歌中蔚為大觀。田園詩寫農家生活、田園風光，其中固然有如陶淵明「晨興理荒穢，帶月荷鋤歸」這般辛勞的耕作體驗，或如范成大「無力買田聊種水，近來湖面亦收租」這般揭示農民被剝削的痛苦現實，但大多數文人寫田園，是將田園生活理想化，乃至作為自己精神家園的安放地。陸游的《遊山西村》中，就有這種寄託。

詩中的「山西村」，風景優美，村周圍柳暗花明；農人熱情好客，用「臘酒」「雞豚」——一個農家所能提供的最好的飲食款待客人；生活快樂富足，簫鼓聲聲，村民們正在春社上歡歌笑語。如果要去「山西村」，需要走過一重重山水，不小心可能會迷路；村中人衣冠簡樸，還保留着古風。

詩人來到這裏便不想離去，這裏有他理想的生活，沒有紛爭，沒有煩惱，人情淳樸，生活簡單悠閒。這裏不正是陶淵明《桃花源記》中的世外桃源嗎？

書憤

陸游

早歲那知世事艱，中原北望氣如山。[1]
樓船夜雪瓜洲渡，鐵馬秋風大散關。[2]

[1] 那知：哪知。

[2] 瓜洲渡：紹興三十一年（1161），金國海陵王完顏亮對南宋發動全面進攻，被宋將虞允文大敗於采石磯，戰船全被燒毀，海陵王被迫移駐瓜洲渡。金國將領發動兵

變，殺了海陵王。大散關：地處今陝西寶雞，自古以來就是連通陝西和四川的交通要道，南宋在此多次擊敗來犯的金兵，最著名的一戰是建炎四年（1130）由吳玠率數千宋軍擊退完顏宗弼（金兀朮）率領的十萬金兵。

[3] 塞上長城：見《南史・檀道濟傳》，宋文帝忌憚當時名將檀道濟，藉故將其殺害，檀臨刑前怒叱：「乃壞汝萬里長城！」斑：黑髮中夾雜了白髮。

[4] 出師一表：指諸葛亮《出師表》。名世：名傳後世。堪：能夠。伯仲：本指兄弟排行的次第，伯是老大，仲是老二，這裏比喻不相上下，難分高低。

塞上長城空自許，鏡中衰鬢已先斑。[3]
出師一表真名世，千載誰堪伯仲間。[4]

賞析

陸游身當南宋，一生都主張對金用兵，收復北方失地。但南宋的大多數時期都是主和派佔上風，因而陸游的壯志終身不得實現。每當念及淪陷的國土，想到自己沒有機會殺敵報國，他的內心就充滿憤懣。

這首《書憤》，是陸游六十二歲時所作，這時他已是一位年過花甲的老人，退職居家也已長達六年。他回憶起青壯年時期，那時充滿理想和豪情，立志收復中原。南宋的兩場大勝仗也激勵着他。一場發生在大散關，由南宋初期的名將吳玠指揮，以數千宋軍擊退十萬金兵；另一場發生在采石磯，金國皇帝海陵王率領的金兵在此遭受重大失敗，戰船全部燒毀，移駐瓜洲渡後被臣下殺死，南宋取得了對金作戰的最大一次勝利。

然而兩次重大勝利並沒有堅定南宋政府北伐的信心，在金兵退去後，偏安求和的心態又在執政者中成為主流。作為主戰派，陸游的大部分時間都在投閒置散中度過。他以「塞上長城」自詡，他相信自己的才華，能為北伐貢獻力量，可惜國家沒有給他這個機會。在一年年的等待中，他已垂垂老矣。

陸游想到了諸葛亮，想到了諸葛亮的《出師表》，諸葛亮以益州一州之地，為了興復漢室，尚且多次北伐，鞠躬盡瘁，死而後已，何況現在南宋擁有半壁江山！朝中執政者的軟弱無能讓他悲憤，年華流逝而壯志未酬讓他悲憤，他把他的悲憤寫入詩中。他的悲憤，他的憂國之情，足以當得起本詩的最後一句：千載誰堪伯仲間！

臨安春雨初霽[1]

陸　游

世味年來薄似紗，誰令騎馬客京華。[2]
小樓一夜聽春雨，深巷明朝賣杏花。
矮紙斜行閒作草，晴窗細乳戲分茶。[3]
素衣莫起風塵歎，猶及清明可到家。[4]

1 霽：雨後或雪後轉晴。
2 世味：指社會人情。京華：京城。
3 矮紙：短紙，小紙。斜行：傾斜的行列。草：指草書。細乳：沏茶時水面呈白色的小泡沫。分茶：宋元時煎茶的方法，注湯後用箸攪茶乳，使湯水波紋變成種種形狀，故而稱「戲」。
4 風塵歎：因風塵染污衣服而歎息。見陸機《為顧彥先贈婦》：「京洛多風塵，素衣化為緇。」

賞析

暫且收拾起殺敵報國的豪情，遮蓋了恢復無望的悲憤，在杏花春雨的江南裏，陸游也平和了許多。客居京城，嚐夠了世態炎涼，人情冷暖。滿懷的落寞和愁緒，在「小樓一夜聽春雨」中流露無遺。但陸游似乎已經懶得抱怨和指責，他聽到了叫賣杏花的聲音，即便獨處小樓，即便僻居深巷之中，他也感到了春光的明媚，感到了江南春天的美好。白日無事，以寫字品茶作為消遣，日子倒也悠閒。但自己來京城是為了甚麼呢？與其在京城無聊地消磨時光，不如早點回家吧。

這首詩語氣平和，遣詞平淡，但意旨含蓄，情感深沉。詩人其他詩作中常見的對朝廷偏安政策的失望和對恢復之志不能實現的悲憤，在這裏都隱而不見了。但不論徹夜無眠臥聽雨聲，還是看似悠閒地白日消遣，都能感到詩人的欲説還休。畢竟，在無邊春雨淅淅瀝瀝的夜裏，想到有明豔的杏花正在綻放，沉鬱的心情總會好一點。

十一月四日風雨大作二首（其二）

陸游

僵臥孤村不自哀，尚思為國戍輪台。[1]
夜闌臥聽風吹雨，鐵馬冰河入夢來。[2]

[1] 輪台：在今新疆境內，是漢唐時在西域的邊防重地。這裏代指邊關。

[2] 夜闌：夜深。鐵馬：披着鐵甲的戰馬。冰河：河水封凍成冰，指北方的河流。

賞析

梁啟超曾作詩稱讚陸游：「詩界千年靡靡風，兵魂銷盡國魂空。集中什九從軍樂，亙古男兒一放翁。」的確，殺敵報國，收復失地，是陸游一生的信念，也是陸游一生的詩歌創作主題。創作《十一月四日風雨大作》時，陸游已是六十八歲的高齡，正退居在山陰老家。

儘管朝廷的消極主戰、積極主和讓陸游屢屢失望，但他從未絕望，他的報國之情至老也沒有衰減。他不受重用，被彈劾罷官，淒涼的個人處境，他全然不介意。惟一讓他念念不忘的，就是被重新起用，到邊關前線，為國效力。半夜聽到屋外風雨大作，都能讓他心情激盪，聯想到戰場上千軍萬馬的奔騰廝殺之聲。

「鐵馬冰河」，大軍北上，是陸游一生的夢想；如今雖僵臥孤村，而豪情依舊，夢想不滅。

沈園二首

陸游

其一

城上斜陽畫角哀，沈園非復舊池台。[1]

傷心橋下春波綠，曾是驚鴻照影來。[2]

其二

夢斷香消四十年，沈園柳老不吹綿。[3]

此身行作稽山土，猶弔遺蹤一泫然。[4]

1 畫角：古代樂器名，外有彩繪，故名「畫角」，其聲哀厲高亢。

2 驚鴻：曹植《洛神賦》有「翩若驚鴻」之句，比喻美人體態輕盈。這裏指唐琬。

3 夢斷香消：指唐琬亡故。不吹綿：指柳絮不飛。

4 行：即將。稽山：會稽山，在今浙江紹興。弔：憑弔。泫然：流淚貌。

賞析

與表妹唐琬的愛情悲劇，是陸游心頭一生的痛。陸游二十歲時與唐琬結婚，夫妻恩愛，感情極深，無奈陸游的母親不喜歡唐琬，這段婚姻只持續了三年就被迫結束，此後兩人各自婚嫁。陸游三十一歲那年，到沈園遊玩，偶遇唐琬夫婦，唐琬遣人送酒餚致意，陸游悵然良久，在牆壁上題《釵頭鳳》一詞離去。唐琬讀詞後悲不自勝，不久鬱鬱而終。陸游在此後的五十多年裏，曾多次返回沈園，並寫有多首追憶、悼念唐琬的詩。《沈園二首》是其中最著名的兩篇。

這兩首詩作於陸游七十五歲時，唐琬已經逝去四十多年。第一首詩寫故地重遊，沈園內的亭台變化很大，可是陸游眼中看到的，仍是四十多年前，唐琬從這裏走過。她就像一隻翩然飛過的鴻雁，橋下池水映出了她美麗的身影。第二首詩寫四十多年過去了，沈園的柳樹都已衰老得飄不出柳絮，自己的生命眼看也要走到盡頭，惟一不變的是心中對唐琬的懷念和止不住的傷心落淚。

一位七十五歲的老人，站在沈園的小橋上，臨風灑淚，淚水中有追憶，有愧悔，有哀婉，有此生不渝的愛戀，在中國文學史上，站成了一幅動人的畫面。

示兒

陸游

死去元知萬事空，但悲不見九州同。[1]

王師北定中原日，家祭無忘告乃翁。[2]

1 元知：原本知道。元，通「原」。

2 王師：指南宋朝廷的軍隊。中原：淮河以北被金人侵佔的地區。家祭：祭祀家中先人。乃翁：你們的父親。

賞析

死後不論有知無知，生前的世界對死去的人都會失去意義。生前不論富貴顯達，還是貧賤卑微，不論是處高位者費盡心機地爭權奪利，還是居下位者辛辛苦苦地蠅營狗苟，在死亡面前都顯得無足輕重。大概所有的人在面對死亡時都會幡然醒悟吧，放下心中的一切，去往另一個世界。

陸游在臨終前也體悟到了一個「空」字，原來世界上的一切，人生中的種種，都是空幻虛無的，隨着生命的終結，都將如過眼雲煙，消逝不見。然而惟有一件事是陸游放不下的，那就是國家仍未統一，北方國土仍未收復。這是陸游為之奮鬥了一生的信念，即使死亡也無法讓它終止。於是留下遺囑給自己的兒孫：「王師北定中原日，家祭無忘告乃翁。」

南宋寧宗嘉定二年十二月，陸游逝世，享年八十五歲。臨終前寫下了這首《示兒》，他念念不忘的，仍然是收復中原，國家一統。這位偉大的詩人，用他的絕筆之作，也用他的一生，詮釋了甚麼叫「愛國」。

朱熹（1130—1200），字元晦，又字仲晦，號晦庵，晚稱晦翁。南宋哲學家、教育家、詩人，其思想上承北宋程顥、程頤，為宋朝理學集大成者。

1 等閒：平常，輕易。東風：春風。

春日

朱熹

勝日尋芳泗水濱，無邊光景一時新。
等閒識得東風面，萬紫千紅總是春。[1]

賞析

這首詩極易被誤認為一首遊春的詩，因為它的確寫出了春光的絢爛、賞春的愉快心情，與任何吟詠春光的詩作相比，它都不失為是一篇佳作。

然而它並非實際寫景之作，這從「泗水濱」三字即可讀出。泗水在現在的山東，據説孔子曾講學於洙、泗之間，故而後人以「洙泗之學」稱孔子之學。朱熹在這裏説自己「尋芳泗水濱」，其實是指自己遊於聖人之門，求學問道於儒學；心有所悟後，再重新打量這個世界，所見就與以前有了不同：「無邊光景一時新。」一旦證悟，就會發現聖人之道並不是甚麼玄奧高深的東西，只要你體悟到了，便能從世間的萬事萬物上都看出儒家之道、萬物之理。悟道後的愉快、喜悦、安詳的心情，和信步春光中輕風拂面、百花盛開的感覺，一般無二。

觀書有感二首（其一）

朱熹

半畝方塘一鑒開，天光雲影共徘徊。[1]
問渠那得清如許，為有源頭活水來。[2]

[1] 鑒：鏡子。
[2] 渠：它，指方塘之水。那得：怎麼會。

賞析

半畝方塘如一面鏡子，可見塘中之水清澈平靜。半畝方塘雖小，卻能涵括天光雲影；塘水雖然平靜，卻有天光雲影在其中「共徘徊」，靜中有動，整個方塘都是活潑潑的。為甚麼方塘能如此清澈呢？原來它有活水不斷流入。如果是一塘死水，很快就會變得污濁惡臭了。

「半畝方塘」就是人的方寸之地，也就是心。「天光雲影」就是宇宙間的森羅萬象，能夠現於人心。可是人心如何才能清楚有序地把握森羅萬象，特別是察考推究出其背後之理呢？這就需要讀書，不斷地吸收、借鑒別人的知識、思想和智慧。

黃庭堅曾說：三日不讀書，便覺言語無味，面目可憎。這說的是不讀書的壞處。而朱熹這首《觀書有感》則說的是讀書的好處，讀書可使自己心地清明。

題臨安邸[1]

林升

山外青山樓外樓，西湖歌舞幾時休？
暖風熏得遊人醉，直把杭州作汴州。

林升（生卒年不詳），字夢屏，約生活於宋孝宗年間，生平不詳。

[1] 邸：旅店。

賞析

杭州在北宋時就已被詞人讚為「東南形勝，三吳都會」，「市列珠璣，戶盈羅綺，競豪奢」，其富庶繁華為其他城市所不及。宋室南渡，宋高宗將杭州改名臨安，成為南宋事實上的都城。名雖曰「臨安」，實際上打定了偏安的主意。上自皇帝貴臣，下至富室豪家，或在杭州城內，或在西湖邊上，紛紛營建殿閣樓台，甲第宅邸。杭州的繁華，倍於從前。然而這樣的繁華，危如累卵，淪陷的國土尚未收復，北方外敵入侵的威脅從未消除。所有的人都在追逐醉生夢死的生活，杭州做了安樂窩，西湖成了銷金窟。

詩人懷着極大的憂慮，看着西湖邊上的道道青山、重重樓閣，看着達官顯宦們日日飲宴、夜夜笙歌，看着西湖邊遊人在暖風中陶醉於湖山美景。詩人不由沉痛地發問：你們甚麼時候才能從醉生夢死的生活中清醒過來？你們真的把杭州當作汴州了嗎？

「直把杭州作汴州」一句猶有意味。一層意思是對「遊人」的劈頭發問：你們不思恢復，忘了真正的都城汴州還被金人佔領着。更深一層的意思，則是警告「遊人」：若只知歌舞作樂，追求豪奢，終將有一天，眼前的樓台歌舞，盡數化為灰燼。詩人的警告可謂沉痛悲憤，可惜無人理會，直到蒙古人兵臨城下，南宋朝廷覆滅。汴州陷落的歷史，在杭州重演。

遊園不值

葉紹翁

應憐屐齒印蒼苔，小扣柴扉久不開。
春色滿園關不住，一枝紅杏出牆來。

葉紹翁（生卒年不詳），字嗣宗，號靖逸，被看作江湖派詩人。

賞析

訪友不遇，卻被詩人寫得溫柔多情、詩意盎然。

春日裏，詩人出門訪友。一路春光融融，暖風熏人醉，溫柔搖漾。走到友人家門口，薄薄的蒼苔上有串屐痕，是主人出門時留下的嗎？詩人沒想主人不在，倒疼惜起柔嫩的蒼苔來。春意如此美好，主人應該多加憐惜啊。於是詩人輕輕地叩柴門，像怕驚擾了這寧靜的春色。只是叩了很久，也無人應門。

白跑一趟，失落總是有的。但對世界溫柔以待的人總能發現驚喜與美好。此行沒遇上主人，但滿園的春色可是想我去看它們的，對蒼苔都有「憐」意的人一定會驚歎於這滿園的春色吧。於是它們在門後蓄勢勃發，不安分地伸出一枝熱烈的紅杏，來與我打個熱情的照面。主人無情，花草有意，春色的蓬勃、湧動、飽滿與熱情像是回應我對蒼苔的「憐」惜。此行「不值」主人，卻「值」了這滿園春色的心意，詩人的驚喜之情油然而生。一枝紅杏的優雅熱情，紅綠搭配的明快鮮豔，以少勝多的無盡想像，都讓詩人興致盎然。失落而驚喜的心理變化，更為詩歌帶來跳脱的意趣。而這驚喜本身不正源於詩人心中對春色溫柔的愛憐嗎？

約客

趙師秀

黃梅時節家家雨，青草池塘處處蛙。
有約不來過夜半，閒敲棋子落燈花。[1]

趙師秀（1170—1219），字紫芝。永嘉（今浙江溫州）人，為「永嘉四靈」之一。

[1] 燈花：燈芯燃焦後掉落下來的火星。

賞析

與人約會，久候不至，閒來敲棋，力道震落了燈花，可見燈芯燃了很久，詩人也頗有點無聊煩躁。何況黃梅時節，悶熱潮濕，家家都落着不大不小的雨，滴滴答答的，連日都不放晴。青蛙聒噪地直鳴，此起彼伏，總不給人安靜。詩人着意聆聽着叩門聲與腳步聲，衝耳而入的卻盡是雨聲蛙鳴。夜越深，聲越明，而客人卻遲遲沒有來。焦躁中，詩人下意識地撥弄棋子，彷彿要弄出一點聲響來打破沉寂，然而連這聲響都是那麼單調無聊。

有趣的是，全詩讀來並無煩躁的戾氣。趙師秀所在的「江湖詩派」追求清空風雅、不着痕跡的詩風。詩人用它來摹寫日常煩惱，於是生活與詩之間產生了奇妙的距離。寫詩時，詩人用清空的心去審視煩躁的事件，於是濃濃的煙火氣被賦予了另一種淡然的意義。換言之，詩歌將日常生活雅化了。生活的細節被當成客體審視、觀察、表達。詩人將自己從日常中抽拔了出來，讓作詩的自己去觀察那個生活的自己，於是等候的焦躁中有了美和趣味，生活被篩選成了一首詩。

江陰浮遠堂

戴復古

橫岡下瞰大江流，浮遠堂前萬里愁。
最苦無山遮望眼，淮南極目盡神州。[1]

賞析

江陰地處長江南岸。從詩中來看，浮遠堂建在長江邊的一座高岡上。滾滾長江從浮遠堂前經過，自西而東，流入大海。詩人俯瞰長江，心中的悲愁也如滔滔江水，奔流萬里，無止無休。詩人的愁來自何處呢？

戴復古（1167—1248），字式之，自號石屏。天台黃巖（今屬浙江台州）人。南宋江湖派詩人。

1 淮南：指今江蘇、安徽省長江以北、淮河以南之地。當時南宋與金劃淮為界，淮北是金人統治區。

抬頭極目遠眺，視線越過長江，江北就是平曠的江淮平原，無遮無攔，可以看到極遠處。然而那極遠處是甚麼地方？現在的國土，到淮河就到了邊界，更遠處的淮河以北是曾經的國土，現在卻被金人統治。看到了，只讓人徒增心痛。

詩人的愁，原來是為國土淪喪而愁。在悲愁中，詩人突發奇想，如果有大山橫亙在眼前，遮擋住視線，看不到逼近長江的防線，看不到淪陷的國土，應該就不會像現在這麼愁苦了吧。

過零丁洋[1]

文天祥

辛苦遭逢起一經，干戈寥落四周星。[2]

山河破碎風飄絮，身世浮沉雨打萍。

惶恐灘頭說惶恐，零丁洋裏歎零丁。[3]

人生自古誰無死，留取丹心照汗青。[4]

文天祥（1236—1283），字履善，一字宋瑞，號文山。吉州廬陵（今江西吉安）人。南宋末堅持抵抗元軍，兵敗被俘，最終就義。

1 零丁洋：即伶丁洋，在今廣東省珠江口外。

2 起一經：因為精通一種經書，通過科舉考試而被朝廷起用做官。干戈寥落：指抗元戰爭接近尾聲，南宋抵抗力量大部被消滅。四周星：四週年。

❸ 惶恐灘：在今江西省萬安縣，文天祥曾戰敗後經惶恐灘撤到福建。

❹ 丹心：紅心，比喻忠心。汗青：古代用竹簡寫字，先用火烤乾其中的水分，烤時如出汗，乾後易寫而且不受蟲蛀，故稱汗青。這裏指史冊。

賞析

文天祥第二次被俘後，被元軍押解着乘船經過零丁洋時，寫下了這首詩。

文天祥於二十一歲時考中狀元，出仕為官，迭經宦海風波，後罷官閒居。當宋末蒙元大舉入侵，一路長驅直入，直指南宋都城臨安時，文天祥毀家紓難，起兵勤王。其間經歷過驚心動魄的談判被囚、九死一生的隻身逃亡、艱苦卓絕的率軍抵抗，最終再次兵敗被俘。

當文天祥第二次被俘，南宋殘餘力量的抵抗正接近尾聲，此時距文天祥起兵勤王已過去四年。回顧四年來的經歷，蒙元入侵，山河破碎，南宋的江山如飄搖的柳絮，眼看就要隨風而逝；他自己也屢戰屢敗，而今成為階下囚，恰如雨打浮萍，飄零淒苦，命懸一線。

文天祥清楚地知道他面臨的命運。如果投降，憑他的地位和聲望，必能在新朝廷裏獲得高官厚祿。如果堅持氣節，則無異於選擇了死亡。文天祥這裏不存在「如果」，「捨生取義」是他必然的選擇。正如孟子所說：「所惡有甚於死者，故患有所不辟也。」所以他毅然吟唱出了「人生自古誰無死，留取丹心照汗青」這極其悲壯崇高的聲音。

在後來被囚大都時所作的《正氣歌》中，第一句就是「天地有正氣」。文天祥的氣節和詩作，豈不就是天地間的浩然正氣？

論詩（選一）

元好問

一語天然萬古新，豪華落盡見真淳。
南窗白日羲皇上，未害淵明是晉人。

元好問（1190—1257），字裕之，號遺山山人，世稱元遺山。金代傑出詩人，金亡不仕。

賞析

「採菊東籬下，悠然見南山。山氣日夕佳，飛鳥相與還。」陶淵明的詩句看似樸實無華，卻風味醇厚，歷久彌新，因而元好問稱其「一語天然萬古新」。這並非新論，卻準確精練。支撐這天然渾成、不事雕琢文風的是陶淵明真誠淳樸的心。他的《桃花源記》表現的正是一個毫無機心、樸拙恬然的世界，「黃髮垂髫，並怡然自樂」。漁父陶然「忘」機，才得入桃林，後來機心四起，便無緣再見桃源。可見詩人對「真淳」的看重。這真淳使簡素的文風自有豐厚飽滿的意蘊，故蘇軾稱之「質而實綺，癯而實腴」，如同一個不飾雍容而自然純樸的姑娘，豪華落盡，反而更顯其內美。這與元好問的文學主張「以誠為本」相似——「由心而誠，由誠而言，由言而詩」，「性情之外不知有文字」。

「豪華落盡見真淳」的淵明是性情中人，「夏月虛閒，高臥北窗之下，清風颯至，自謂羲皇上人」。如此愜意，讓人忘記一切煩惱，晉宋之際的紛爭統統拋諸腦後。然而究竟是愜意讓人心空，還是心空讓人愜意呢？也許是放下了濟世的抱負，歸隱田園，以獨立的姿態遠離苟且、諂媚與貪婪，方能盡享清風明月吧。而這並不代表陶淵明不問世事，對時代缺乏熱誠與關切。「未害淵明是晉人」一句道出羲皇上人背後的忠貞氣節，龔自珍說「莫信詩人竟平淡，二分梁甫一分騷」，朱熹也以為陶淵明是「欲有為而不能者也」。

這四句詩勾勒了一個立體的陶淵明：天然、真淳、自在而忠正。二十八歲的元好問創作了三十首類似的絕句，縱論漢魏至趙宋的詩人、作品與流派。以詩評詩，寫自己心中的文學史，而這評論本身也成為了後代文學史中一串閃耀的明珠。

岳鄂王墓[1]

趙孟頫

鄂王墳上草離離，秋日荒涼石獸危。

南渡君臣輕社稷，中原父老望旌旗。

趙孟頫（1254—1322），字子昂。吳興（今浙江湖州）人。以書畫著名，宋宗室，入元後為官。

1 鄂王：宋寧宗時追封岳飛為鄂王。

英雄已死嗟何及，天下中分遂不支。

莫向西湖歌此曲，水光山色不勝悲。

賞析

歐顏柳趙，楷書四大家中的「趙」即趙孟頫。趙體遒麗圓轉，秀逸純熟，是為大家。只因趙孟頫身為宋宗室子孫而入元朝做官，其字未備受推崇。但趙孟頫是痛苦的，詩中的他借着岳飛墓唱盡了心中的悲哀、無奈和沉痛。

故國英雄的墓塚上荒草離離，似乎已被人忘卻，但詩人沒忘。秋風蕭瑟，石獸高踞，肅穆冷峻的氛圍讓詩人倍感亡國之悲，也許還有些許慚愧。當年的南宋君臣渡過長江，偏安一隅，徒留中原百姓望穿秋水，渴盼着南宋反攻。紹興十年，岳飛進兵河南，已打到了開封西南的朱仙鎮，河南河北人們都紛紛響應，打起了「岳」字旗。此時，秦檜卻將岳飛召回，以「莫須有」之罪將其殺害。從此，偏安局面形成，收復中原無望，「天下中分遂不支」，可以想見中原父老對拋棄自己的母國深深的失望。二、三聯中，有對自家先祖的責備、對中原百姓的同情、對英雄已死的絕望和對偏安形勢的不滿。但現在的自己也只能像無奈的中原父老一樣，寄人籬下，對已易主的山水低唱一首心中的悲歌。

墨梅

王冕

我家洗硯池頭樹，朵朵花開淡墨痕。
不要人誇顏色好，只留清氣滿乾坤。

王冕（1287—1359），字元章，別號煮石山農。浙江諸暨人。元朝著名畫家、詩人，擅畫墨梅。

賞析

全詩淺白，卻自有高格，不媚俗的清華充滿天地。

「新城之上，有池窪然而方以長，曰王羲之之墨池者……羲之嘗慕張芝，臨池學書，池水盡黑。」「我家」原來語帶雙關，不僅指自家，還映帶了書聖王羲之。墨池雖在江西臨川，但王羲之是會稽人，與王冕所在的諸暨不遠，且兩人同姓，故王冕親切地稱之「我家」。在向本家先賢致敬的同時，王冕恐怕也有隱隱自比的意味。書聖以字揚名，同樣勤勉且志存高遠的自己能否以墨梅名垂千古呢？

答案是肯定的，這首題畫詩的原作《墨梅圖》已是中國藝術中的瑰寶。畫面中一枝梅花橫出，枝幹勁挺，花朵秀雅清拔，自有一種超逸沉着的美，正合詩中一個「淡」字。不是平淡、寡淡，而是不阿世、不媚俗的清淡，是詩人人格的寄託。時值元末，王冕對天下紛亂洞若觀火，而拒絕元人薦官。他不求當世之名，而將一腔濟世之志化為清白簡傲的梅花，寄託於未來，末句的「留」字正展現了詩人志向所在。「越有狂生，當天大雪，赤足上潛嶽峰，四顧大呼曰：『遍天地間皆白玉合成，使人心膽澄澈，便欲仙去。』及入城，戴大帽如簁，穿曳地袍翩翩行，兩袂軒翥，嘩笑溢市中。」天地大雪中澄澈高潔的是梅花，更是詩人自己。

白燕

袁凱

故國飄零事已非，舊時王謝見應稀。
月明漢水初無影，雪滿梁園尚未歸。
柳絮池塘香入夢，梨花庭院冷侵衣。
趙家姊妹多相忌，莫向昭陽殿裏飛。

袁凱（生卒年不詳），字景文，號海叟。松江華亭（今屬上海）人。明初詩人。

賞析

此詩相傳有個故事，尚未出仕的袁凱拜訪詩壇領袖楊維禎，見茶几上有時太初的一首《白燕》詩，看完說「此詩寫白燕尚未盡體物之妙」。楊維禎不以為然，袁凱回家連夜步其韻作《白燕》詩，楊維禎歎賞不已，袁凱一舉成名，時稱「袁白燕」。

又值元明迭代之際，天下紛亂，因而首句「故國飄零」為下句鋪墊的同時（「舊時王謝堂前燕，飛入尋常百姓家」），也寄寓了身世之慨。於是詩歌開篇有了廣闊滄桑的意味。頷聯則極寫「白燕」之「白」。皎潔的月光灑滿漢水，白燕高翔，融化在一片銀輝中，乍看都不見蹤跡。雪滿梁園之時，恐怕更難辨認。不過此時牠在南方，尚未歸來。到了初春，池塘柳絮紛飛，千樹萬樹梨花飄落，白燕在其中輕鳶掠影，像一個清甜的夢。春寒料峭，白燕可別飛往看似繁華熱鬧的帝王家啊，昭陽殿裏已有飛燕合德姐妹互相猜忌。

本詩巧用諸多典故，除了上文提到的，還有漢梁孝王與文士在梁園賦雪的雅事，以及晏殊的名句「梨花院落溶溶月，柳絮池塘淡淡風」，風調旖旎。而亂世感慨和不入帝王家的勸諫使本詩更顯厚重。

客中除夜

袁凱

今夕為何夕，他鄉說故鄉。
看人兒女大，為客歲年長。
戎馬無休歇，關山正渺茫。
一杯椒葉酒，未敵淚千行。

賞析

詩歌起句新巧，以「他鄉故鄉」對《詩經・綢繆》中的「今夕何夕」，既點明「除夜」，又表示身在「客中」。妙手解題，不着痕跡。

頷聯「看人兒女大，為客歲年長」令人激賞。每個字都稀鬆平常，組合起來卻力道千鈞。像《紅樓夢》裏香菱說的：「圓字似太俗，合上書一想，倒像是見了這（情）景的。若說再找兩個字換這兩個，竟再找不出兩個字來。」起首的「看」字拙樸家常，卻有極大的包含。長輩看到孩子成長的欣慰，除夕之夜只能看他人兒女的酸楚，五味雜陳、難以名狀的情感都包含在冷靜的「看」字中，喜樂襯着哀涼。眼睜睜看着別家孩子成長，自家兒女卻沒有父親注視的目光。然而在除夕之夜，這客居的憂傷全不能說，笑意不免有些怔怔，也不知自家的孩子冷暖如何，個兒長了多少，回家時是否還認得自己。孩子們的成長同時也是時間的刻度，印刻着父輩的羈旅與衰老。於是心情更悶塞沉重了。但敘述依然是平淡的，反而顯出惆悵的鈍重。這是中年人的惆悵，克制而不煽情。

頷聯精彩如此，後兩聯卻難以為繼。頸聯豪壯，卻欠些含蓄。尾聯則疲態盡露，有力竭之感。原本的深沉含蓄沒沉住氣，終於一洩而出了，雋永的情感頓時失了韻味，沒了回味的可能。

蘭溪棹歌[1]

汪廣洋

涼月如眉掛柳灣，越中山色鏡中看。

蘭溪三日桃花雨，夜半鯉魚來上灘。[2]

汪廣洋（?—1379），字朝宗。江蘇高郵人。明初政治家、文學家。

[1] 蘭溪：今浙江金華境內的蘭溪江。棹歌：船家行船時唱的歌。

2 桃花雨：江南春天桃花盛開時下的雨。

賞析

這首詩被很多人誤認為是唐代詩人戴叔倫所作，而委屈了它的真正作者明朝詩人汪廣洋。不過它的意境純粹、語言明快，的確很有唐詩的韻味，也難怪至今仍有人執着地將它歸於戴叔倫名下。

江南山水清麗婉約的特點，在本詩中被很傳神地描畫了出來。一鈎新月，纖細如眉，半懸天空；月下一片河灣，沿河種着柳樹，春天的柳樹枝條輕柔，在月下輕輕飄拂。河水平靜清澈，猶如一面鏡子，河兩岸羣山的水中倒影，清晰嫵媚。這是一個清新平靜的江南春夜，卻絕不死寂。桃花盛開的時令，剛剛下過三天的春雨，在險灘處，河水流得湍急；魚羣在夜半游上淺灘，潑剌有聲。

「棹歌」是漁人唱的歌。唱這首歌的漁人，一定收穫很多，心情大好。從這首詩中，我們能聽出他的愉快活潑。

石灰吟

于謙

千錘萬擊出深山，烈火焚燒若等閒。
粉骨碎身渾不怕，要留清白在人間。[1]

於謙（1398—1457），字廷益，號節庵，官至少保，世稱于少保。杭州府錢塘縣（今浙江杭州）人。明朝政治家。

1 渾：全。

賞析

這是一首託物言志的詩。只是本詩中有所寄託有所寓意的「石灰」，在傳統文人看來，實難登大雅之堂。然而經于謙點染，「石灰」的氣節比之於松、竹、梅等竟毫不遜色。

石灰是由石灰石經高溫煅燒而成。為了得到石灰，人們首先要到山中採挖石灰石，然後這些石灰石被敲碎，放入窯中經一千度左右的高溫燒製。從這樣一個石灰燒製的過程中，于謙看到了仁人志士無所畏懼的凜然氣節和崇高精神，他們經受了「千錘萬擊」「烈火焚燒」的考驗，即使「粉骨碎身」，也要堅持道德原則。

詩歌的情感極為激烈、堅定，是對一種理想人格的讚美，也是詩人自己的追求和自喻。

泛海

王守仁

險夷原不滯胸中，何異浮雲過太空？[1]

夜靜海濤三萬里，月明飛錫下天風。[2]

王守仁（1472—1529），字伯安，號陽明，世稱「陽明先生」。餘姚（今屬浙江寧波）人。明代思想家，「心學」流派重要人物。

1 險夷：危險與平安。

2 飛錫：錫杖，即和尚的禪杖。隋朝智者大師到天台山，曾乘錫杖飛過兩山之間。

賞析

王陽明是中國歷史上的大儒，也是明朝最偉大的哲學家。他在三十五歲時遭遇了人生中最重大的挫折，由於得罪宦官劉瑾，被貶為貴州龍場驛丞。王陽明心中生出遁逃之念，於是沒有前往貴州，而是在錢塘江搭商船欲往舟山，不料途中遇颶風，船被吹至福建。登岸後，王陽明心有所悟，在一山寺壁上題下此詩。

詩中的「險夷」，既是指泛海時遇到的驚濤駭浪，也指他當時仕途的風波險惡，他被貶龍場驛丞後，劉瑾仍未善罷甘休，甚至派刺客沿途追蹤暗殺。他當時所經歷的，可謂兇險已極。然而只要內心平靜沉穩，不論身外的世界如何天翻地覆，自己都可以無畏無懼，安詳從容，就像一片浮雲在高空飄過。一旦明瞭這一點，波濤洶湧的大海就化作了開朗光明的世界，自己猶如一位高僧，在乘着錫杖御風而行。

寫下這首詩後，王陽明接受了命運的安排，前往貴州龍場，由此發生了中國哲學史上著名的「龍場悟道」，王氏的心學體系於焉成立。

宿金沙江

楊　慎

往年曾向嘉陵宿，驛樓東畔闌干曲。[1]
江聲徹夜攪離愁，月色中天照幽獨。
豈意飄零瘴海頭，嘉陵回首轉悠悠。[2]
江聲月色那堪說，腸斷金沙萬里樓！

賞析

楊慎是明代著名的大才子，狀元及第，前半生仕途順遂，後因忤皇帝意而被貶戍雲南，他的後半生便是在雲南度過，最終死於戍所。

楊慎（1488—1559），字用修，號升庵。新都（今屬四川）人。明代文學家。

1 嘉陵：嘉陵江，是長江的一條支流，流經四川境內，在重慶注入長江。

2 瘴海頭：南方有瘴氣之地的盡頭，這裏指雲南。

楊慎的家在四川，這首詩是他被貶謫雲南後，自雲南往四川省親，在金沙江畔借宿過夜時所作。詩歌首先憶及往年離開家鄉時在嘉陵江畔的一次借宿，那一晚他心中充滿離愁，在江聲月色中輾轉難眠。他以為那時的孤獨憂傷就已經難以忍受了。哪裏想到如今飄零到雲南的瘴癘之地，相比於嘉陵夜宿之時的孤獨憂傷，此時經歷了宦海浮沉、人生起落，以戴罪之身，居生死不測之地，其處境可以用「悲慘」來形容。

同樣的夜宿江畔，同樣的江聲月色，彼時彼地還能聽江聲，看月色，沉浸於離愁孤獨之中；而如今內心充滿淒苦沉痛，江聲月色實足以令自己腸斷。

獨坐

李贄

李　贄（1527—1602），字宏甫，號卓吾。福建泉州人。明代著名思想家，泰州學派的宗師。

有客開青眼，無人問落花。
暖風熏細草，涼月照晴沙。
客久翻疑夢，朋來不憶家。
琴書猶未整，獨坐送殘霞。

賞析

李贄的獨坐有一種悠遠的意味。

「人散後，一鈎淡月天如水」，但李贄的獨坐不那麼落寞。他問候花瓣離開花朵的憂傷，或在琴書未整理時，目送漫天綺霞。落花、晚霞都是生命將盡的絢爛，但詩人並不感傷。他「問」落花、「送」晚霞，平靜地體會它們蕭散的意趣，在對自然的觀察和互動中獲得陪伴與樂趣。他看融融的春風吹拂柔嫩的細草，涼月朗照平沙，體會自然中的冷暖變化、細微與深廣。

當然友人的來訪更令人愉悅，甚至讓他忘了思鄉的憂傷。但李贄和阮籍一樣，只對性情高雅之人青眼有加，對庸人則白眼對之。《高潔說》中他說「住龍湖，雖不鎖門，然至門而不得見，或見而不接禮者，縱有一二加禮之人，亦不久即厭棄」。可見，詩中「客」與「朋」是志同道合的知己，才能讓他「開」眼對之。

但李贄的孤獨與清高並不酸腐，而自有悠然的氣息。「若為追歡悅世人，空勞皮骨損精神。年來寂寞隨人謾，只有疏狂一老生。」他不願媚悅世人，因有元氣淋漓的思想支撐——「私者，人之心也。人必有私而後其心乃見」，「穿衣吃飯，即是人倫物理，除卻吃飯穿衣，無倫物矣」，「咸以孔子之是非為是非，故未嘗有是非耳」。這些異端思想震怒當世之人，但即使被以「惑世誣民」之罪下獄，他也並不妥協。這是李贄的孤獨，孤獨而氣壯。

王穉登（1535—1612），字伯谷，號松壇道士。蘇州人。明朝後期的詩人、書法家。

雜言

王穉登

凍雲寒樹曉模糊，水上樓台似畫圖。
紅袖誰家乘小艇，捲簾看雪過鴛湖。

賞析

雲朵凝凍，寒樹模糊。夜雪將湖心亭裝點得皎潔清麗，在迷濛的水霧中，如雲上仙宮佇立。一幅靜美的雪湖冬曉圖如在目前，朦朧、清寒、高潔。

此時，一條小艇駛入畫裏。紅袖格外醒目。是誰家女子在這凜冽的清晨泛舟看雪？如此清雅，想必有一顆雪湖般澄淨的心。船上簾幕捲起，女子呼出的暖氣消散於瀰漫的水霧中。詩歌並未描摹她的樣貌，但可以想見她的貞靜與性靈。

秋日雜感客吳中作十首（選一）

陳子龍

行吟坐嘯獨悲秋，海霧江雲引暮愁。
不信有天常似醉，最憐無地可埋憂。
荒荒葵井多新鬼，寂寂瓜田識故侯。[1]
見説五湖供飲馬，滄浪何處着漁舟！[2]

陳子龍（1608—1647），字臥子，號大樽。松江華亭人，明末起兵抗清，詩風蒼勁。

❶ 葵井：長滿野草的水井。瓜田識故侯：秦時東陵侯邵平，秦亡後靠種瓜謀生。此指淪為平民的明朝貴族。
❷ 五湖：江湖。供飲馬：給馬喝水，補給清軍。滄浪：喻指歸隱。

賞析

詩作於順治三年。蘇州一帶（吳中）已被清兵佔領，故國淪喪的哀慟夾帶着悲秋，如天風海霧般洶湧而來。於是激憤之言呼之欲出：蒼天昏聵如醉，大地被踐踏，無處埋憂。揚州十日、嘉定三屠，南明朝廷軟弱無力，清兵鐵蹄直下，江浙一帶的水井都已荒枯，到處都是死亡；曾經的貴族像東陵侯邵平一樣淪為平民，朝不保夕。聽説各處均已淪陷，不知自己將歸隱何處。

開頭兩聯用天地海秋等意象，使亡國孤憤之情激盪在天地之間，強烈而濃郁。但頸聯慘烈悲涼的描述讓人心驚，情緒急轉直下。「滄浪何處着漁舟」無論是疑問句還是反問句，答案都渺茫無依，飄散在風裏。詩歌最後在無奈、迷茫和無力感的情緒中作結。整首詩由壯而悲，由悲而茫，勃鬱之氣無力支撐到底，也是亡國之音哀以思的表現吧。

白下[1]

顧炎武

白下西風落葉侵，重來此地一登臨。
清笳皓月秋依壘，野燒寒星夜出林。
萬古河山應有主，頻年戈甲苦相尋。
從教一掬新亭淚，江水平添十丈深。

顧炎武（1613—1682），字寧人，號亭林。江蘇崑山人。易代之際從事抗清活動，為明清之際大學者，開清代樸學之風。

1 白下：南京。

賞析

順治十七年，鄭成功率水師攻南京失敗，清兵仍佔領南京。志在反清復明的顧炎武眼見復國無望、戰亂頻仍、民生疾苦，心中倍感沉痛。

順治十四年（1657），顧炎武曾晉謁明孝陵，以寄託故國之思，因而詩中說「重來此地一登臨」。之後他返回故鄉崑山，變賣家產，縱遊天下。他曾遠至山海關憑弔清兵入關的戰場，次年又到達南京。南北萬里的行走，使詩人看到各地逐步安穩下來的百姓和清政府的實際統治，年屆五十的他也不復當年國破家亡時的憂憤難當了，畢竟「利民」「生民」「藏富於民」才是國家根本。「萬古河山應有主，頻年戈甲苦相尋。」戰亂相繼，苦的是百姓，萬古河山，總要有人來管理，或者就算了吧。但詩人究竟是不甘的，蕭瑟清冷的景物傳遞了心中悲涼，「白下西風落葉侵」，葉落侵襲人心，「清笳皓月秋依壘，野燒寒星夜出林」，胡笳音起，野火照寒星，秋月依着軍壘升起，徒灑清暈。鄭成功此敗，復國已然無可奈何了，詩人只能像東晉南渡的臣子一樣，在新亭慨歎：「風景不殊，正自有山河之異。」山河易主，淚灑長江，以寄亡國哀思。

客發苕溪[1]

葉燮

客心如水水如愁，容易歸舟趁疾流。
忽訝船窗送吳語，故山月已掛船頭。

葉燮（1627—1703），字星期，號己畦。吳江（今屬江蘇蘇州）人。清初詩論家，世稱橫山先生。

1 苕溪：在今浙江境內，發源於天目山，流入太湖。

賞析

把愁比作江水，在古典詩詞裏並不鮮見；尤其在李後主名句「問君能有幾多愁，恰似一江春水向東流」之後，詩人通常都不敢再魯莽地使用這個比喻了。但葉燮卻知難而進，寫出了新意。他將「客愁如水」拆成了兩個相承接的比喻，「客心如水」和「水如愁」。既寫出了客愁如水之綿長不斷，又兩個「水」字相接，有頂真之趣。同時節奏明快，照應了下句中的「疾流」。而第二句也讓我們明白詩人已經在返鄉的船上了。詩人歸心似箭，但船行速度仍然出乎他的預料，突然聽到船窗外有人在説家鄉話，意識到船已進入家鄉境內。向窗外望去，正看見月已升起。

詩的前兩句寫乘船返鄉，一路思鄉心切和急迫之情。後兩句寫進入家鄉境內的喜悦與親切心情。陶淵明辭彭澤令後乘舟回家，通過寫恨船行之慢（《歸去來辭》：「問征夫以前路，恨晨光之熹微。」）來表達回家之急切。葉燮這首詩卻恰相反，寫船行之速甚至超出了自己的預料，以此表達突然到達家鄉後的驚喜與見到家鄉熟悉景物後的親切。

秋柳四首（選一）

王士禛

秋來何處最銷魂？殘照西風白下門。[1]

他日差池春燕影，只今憔悴晚煙痕。[2]

愁生陌上黃驄曲，夢遠江南烏夜村。[3]

莫聽臨風三弄笛，玉關哀怨總難論。[4]

王士禛（1634—1711），字子真，一字貽上，號阮亭，晚號漁洋山人。濟南府新城縣（今山東省桓台縣）人。清初著名文學家。

1 銷魂：指極度悲傷。白下：南京的別稱。

2 差池：參差不齊。《詩經・邶風・燕燕》：「燕燕于飛，差池其羽。」

3 黃驄曲：據《樂府雜錄》：「黃驄疊，唐太宗定中原所乘馬，征遼馬斃，上歎息，命樂工

賞析

從《詩經》開始，柳樹就成為古典詩歌中最常見的意象之一。古今詠柳或涉及柳

撰此曲。」烏夜村：在今江蘇崑山東南，東晉何准之女在此出生，後成為晉穆帝皇后。但晉穆帝十九歲即駕崩，何皇后自此孤苦獨居。

4 玉關哀怨：王之渙《涼州詞》：「羌笛何須怨楊柳，春風不度玉門關。」

的作品不計其數，但大多是詠春天的柳、象徵離別的柳，比如《詩經・小雅・採薇》中「昔我往矣，楊柳依依」，比如唐朝詩人鄭谷《淮上與友人別》中「揚子江頭楊柳春，楊花愁殺渡江人。數聲風笛離亭晚，君向瀟湘我向秦」，比如北宋詞人周邦彥《蘭陵王》中「柳陰直，煙裏絲絲弄碧。隋堤上，曾見幾番，拂水飄綿送行色」。而王士禎的《秋柳四首》卻別闢蹊徑，詠秋天之柳，而且賦予柳意象以更深廣的歷史蘊涵。

王士禎寫作《秋柳四首》的緣起是在遊濟南大明湖時被湖畔秋柳觸動，詩歌卻是從南京的柳起筆。南京，是一座最能觸動興亡盛衰之歎的城市。遠有六朝的更迭，近有南明的覆滅。柳亦如城，曾經春日繁盛，如今憔悴枯萎。殘照西風，故都衰柳，這一番景象怎能不令人感慨。而秋柳處處都有，大道兩邊，村莊內外，整個江南都是一片衰颯之意。至於邊關塞外，本就是苦寒之地，春天時尚且「春風不度玉門關」，更何況秋天呢。

這首詩詠柳，除了詩題卻無一柳字，而每一聯又盡得「秋柳」神韻。詩中多處用典，卻又不着痕跡，不覺晦澀雕琢。整首詩瀰漫着揮之不去的歷史的感傷，卻又不是指向具體的歷史事件。

王士禎這首詩作於順治十四年（1657），明清易代的劇變剛剛過去，每個人都有深刻的王朝興衰的體驗。王士禎的《秋柳》詩恰好表達出了一種時代的心理，因而在當時引起巨大轟動，連顧炎武都來到濟南，作有《和秋柳詩》。

竹石

鄭燮

咬定青山不放鬆，立根原在破巖中。
千磨萬擊還堅勁，任爾東西南北風！

鄭燮（1693—1765），字克柔，號板橋。江蘇興化人。清代中期著名文人畫家，清代中期畫派「揚州八怪」的重要代表人物。

賞析

鄭燮，以鄭板橋這個名字更被人熟知，是清代著名畫家和詩人。這首《竹石》便是他自己畫作《竹石圖》上的題畫詩。

青青翠竹，筆直挺拔，有節而虛心，自古就被賦予了高潔清雅的品德。蘇軾曾有詩表達對竹的喜愛：「可使食無肉，不可使居無竹。無肉令人瘦，無竹令人俗。」鄭燮這首詩中的竹又不同於普通之竹，它長在巖石縫隙裏，生存環境十分險惡，可是它「咬定青山」，立根十分堅實。在它生長過程中，經受着狂風從不同方向的衝擊，卻始終剛強不屈。

一個人，也應具有如竹一樣的品質，立根堅實，不畏磨難，頑強向上，傲然面對人生中的各種挫折困苦！

馬嵬四首（選一）[1]

袁枚

莫唱當年《長恨歌》，人間亦自有銀河。[2]
石壕村裏夫妻別，淚比長生殿上多。

袁枚（1716—1798），字子才，號簡齋，又號隨園老人。錢塘（今浙江杭州）人。清代詩人。主要著作有《小倉山房文集》《隨園詩話》《隨園食單》《子不語》等。

1 馬嵬：即馬嵬坡。安史之亂中，楊貴妃被賜死之處。

2 銀河：民間傳說中，牛郎織女被銀河隔絕。這裏指夫妻離別。

賞析

詩中涉及了唐代兩位偉大詩人的兩篇偉大詩作：白居易的《長恨歌》和杜甫的《石壕吏》。《長恨歌》深情謳歌了唐明皇與楊貴妃的愛情悲劇，對他們的生死之別給予了無限同情。《石壕吏》則是寫到官府驅使百姓服役給普通家庭造成的災難，一家三個兒子被徵去打仗，兩個兒子已經戰死，而官吏仍來捉人，老翁跳牆逃走，年老力衰的老婦人被捉去，為軍隊做飯。

兩首詩本不相干，但袁枚敏銳地注意到了它們間的共同點，就是都寫到了夫妻間的生離死別，只不過前者是帝妃，後者是民間夫妻。袁枚並非否定白居易的作品，也不是說帝妃之間的生離死別就不是悲劇，而是他更同情普通百姓的悲慘生活。他們沒有做錯甚麼事，卻不得不承受政治、戰爭帶來的災難；他們的痛苦，遠比帝妃更普遍、更深重。

即事

袁枚

黃梅將去雨聲稀，滿徑苔痕綠上衣。
風急小窗關不及，落花詩草一齊飛。[1]

[1] 詩草：詩的草稿；詩作。

賞析

這是一幅風雨小景。

黃梅雨季就要結束，雨不像此前那樣連綿不斷了，而是時有時無，稀稀疏疏。由於此前的陰雨連綿，院中小路上長滿青苔，碧綠一片。詩人坐在屋中，隔窗看着清新濕潤的庭院。突然一陣急風吹起，樹上有花飄落，隨風旋轉，吹進窗內。詩人猝不及防，還未來得及關窗，桌上的一沓詩稿就被風吹起來，與落花一起滿屋飛揚。

看來詩人心情不錯，也許這樣的天氣是他所喜歡的，對於那陣弄亂了他的書齋的急風，他也並不責怪惱怒，而是像看待一個頑皮的孩子一樣——突然跑來搗亂，卻無意中給他製造了一個「落花詩草一齊飛」的美麗場景。

題元遺山集

趙翼

身閱興亡浩劫空，兩朝文獻一衰翁。

無官未害餐周粟，有史深愁失楚弓。[1]

行殿幽蘭悲夜火，故都喬木泣秋風。[2]

國家不幸詩家幸，賦到滄桑句便工。

趙翼（1727—1814），字雲崧，號甌北。江蘇陽湖（今常州）人。乾隆年間的史學家、詩人，論詩主「獨創」。

1 失楚弓：楚共王出遊，失一良弓，隨從要尋找，楚王說：「楚王失弓，楚人得之，又何求之！」孔子則說：「人遺弓，人得之而已，何必楚也。」這裏以「楚弓」喻金代文獻。

2 行殿：金汴京的行宮。故都：金中都燕京。喬木：高大的樹木，喻故國、故里，「觀喬木，知舊都」。

賞析

元好問是金末元初著名的文學家與史學家，親歷朝代更迭的戰火與亡國被俘的屈辱和沉痛，因而趙翼稱之「身閱興亡浩劫空」，「行殿幽蘭悲夜火，故都喬木泣秋風」。

金亡後，元世祖忽必烈的重臣耶律楚材曾傾心接納元好問，但元好問無意做官，決心以一人之力修編《金史》，以國亡修史的方式紀念故國。五十歲時，他隱居家鄉，潛心著述，積累金朝君臣的資料上百萬字，後稱「金源君臣言行錄」。他還抱着「以詩存史」的目的，編定金代詩歌總集《中州集》，直至六十八歲過世。這些工作為後世修金史提供了大量一手資料。如此氣節和遠慮絕不遜於不食周粟、餓死首陽山的伯夷、叔齊，因而趙翼滿懷敬意，稱之「無官未害餐周粟」「兩朝文獻一衰翁」「有史深愁失楚弓」。

元好問不僅是一位兼具才華與情懷的史學家，還是一位優秀的詩人。他的「喪亂詩」真摯、壯闊、蒼茫：「百二關河草不橫，十年戎馬暗秦京。岐陽西望無來信，隴水東流聞哭聲。野蔓有情縈戰骨，殘陽何意照空城。從誰細向蒼蒼問，爭遣蚩尤作五兵。」國家覆滅固然哀慟，但情感激盪未嘗不成就一代文宗，於是「國家不幸詩家幸，賦到滄桑句便工」。

論詩五首（其二）

趙翼

李杜詩篇萬口傳，至今已覺不新鮮。
江山代有才人出，各領風騷數百年。

賞析

當古往今來的人們匍匐於李杜詩歌的經典時，趙翼自信地喊出時代的呼聲：「江山代有才人出，各領風騷數百年。」

趙翼是乾隆年間著名的史學家。真正的史家放眼波瀾壯闊的古今歷史，俯視滔滔洶湧的時光之流，反倒通達而不泥古。他們能以發展的、積極的眼光看待新事物、新觀點，並相信歷史的活力在於每一個當代的創造與想像。若每一個當代都蓬勃自信地向前奔流，而非盤旋於過去，將曾經的輝煌奉若神明，歷史定將鮮活飽滿、活色生香。

趙翼所處的乾隆朝正當國力鼎盛、國運隆昌之時，文化上有一定的自信。趙翼與袁枚、張問陶並稱「性靈派三大家」，他們強調創新，主張詩的內容和形式隨時代而前進、發展，寫自己的真性靈、時代的新內容。袁枚說：「文章家所以少沿襲者，各序其事，各值其景，如煙雲草木，隨化工而運轉，故日出而不窮。」因而即便面對詩歌的高峰李杜，趙翼也當仁不讓，「至今已覺不新鮮」。有趣的是，這種以詩評詩體例的開創者——杜甫——在組詩《戲為六絕句》中也對「當時體」讚賞不已：「王楊盧駱當時體，輕薄為文哂未休。爾曹身與名俱滅，不廢江河萬古流。」

黃景仁（1749—1783），字仲則。常州武進人。清代著名詩人。

癸巳除夕偶成（其一）

黃景仁

千家笑語漏遲遲，憂患潛從物外知。
悄立市橋人不識，一星如月看多時。

賞析

兩年前，太白樓的文人雅集上，黃仲則文采飛揚，一舉奪魁，「仲則年最少，着白袷，頎而長，風貌玉立，朗吟夕陽中，俯仰如鶴，神致超曠，學使目之曰：『黃君真神仙中人也。』俄詩成，學使擊節歎賞，眾皆擱筆。一時士大夫爭購白袷少年太白樓詩，由是名益噪。」

然而，傾慕李白而才華橫溢的仲則只能沉淪下僚，何況他性格孤傲，不廣與人交，又體弱多病，不由感慨「十有九人堪白眼，百無一用是書生」。乾隆三十八年末，二十五歲的黃仲則辭官回家，萬家燈火，千家笑語，他卻只感到孤獨，該何去何從呢？是否要放棄詩歌？同題第二首詩流露了心中糾結：「汝輩何知吾自悔，枉拋心力作詩人。」

茫茫憂患從不知何處瀰漫而來，他孤獨地站在市橋上，無人理解。只有天上的那一顆星，如月一般明亮。他出神地望着，彷彿那就是自己：一顆孤獨而明亮的星。

1 「似此」句：化用李商隱《無題》「昨夜星辰昨夜風，畫樓西畔桂堂東」。

綺懷

黃景仁

幾回花下坐吹簫，銀漢紅牆入望遙。
似此星辰非昨夜，為誰風露立中宵。[1]
纏綿思盡抽殘繭，宛轉心傷剝後蕉。
三五年時三五月，可憐杯酒不曾消！

賞析

黃仲則少年時與表妹有一段戀情，後偶然相見，她似仍未忘情，於是引發了詩人十六首「綺懷」的慨歎。

那個青春少年曾多少次坐在花下吹簫，做着蕭史、弄玉一般浪漫綺麗的夢。但那時你我間的紅牆如銀河般橫亙，我們只能痴痴遙望，終難逾越。

回溯往事，今夜的星辰恍惚如當年一樣，一樣溫馨旖旎、清麗多情。我們也像當年，一樣有欲說還休的情思與纏綿不斷的顧慮。能否再回到當時呢，讓時光回走，昨夜再現？哦，究竟是不同了。詩人恍然回過神來。今夜更深露重，我這是在為誰立於深夜的風中？是昨夜的你，還是今天的你？「似此星辰非昨夜，為誰風露立中宵。」這美妙的一聯交疊着過去與現在、回憶與現實、自己和她，詩人如夢寐一般在時光之流中遊走，沉浸在李商隱般綺麗而感傷的情愫中，遙問夜空。

這綿綿不盡的情思如同抽拽殘繭，似有若無；千頭萬緒，百轉千迴，心像是被剝去一層層葉子的芭蕉，如淩遲般備受煎熬。十五歲那年的圓月下你斟上的酒啊，到現在還讓人醺然欲醉……

己亥雜詩（第五首）

龔自珍

浩蕩離愁白日斜，吟鞭東指即天涯。

龔自珍（1792—1841），字璱人，號定盦。仁和（今屬浙江杭州）人。清代文學家，近代詩歌的先驅。《己亥雜詩》

是詩人於道光十九年（1839）辭官南歸途中寫下的三百一十五首組詩。

落紅不是無情物，化作春泥更護花。

賞析

四十八歲時，龔自珍辭官離京。這對於三十八歲考上進士的詩人絕非易事。為官十年間，主張改革的龔自珍放言高論、辭采淩厲，卻多遭打壓，甚至被以隱形手段陷害。道光十九年（己亥），龔自珍年近半百，仕途蹭蹬。孤獨的詩人只能辭官離京，這意味着他將告別仕途，永遠地離開朝廷。這對於科考多年、十年為官的自己毋寧說是個徹底的否定，這等離愁如何不「浩蕩」、不洶湧？心中翻騰的不甘與無奈使他深深理解了歸隱的陶淵明：「陶潛詩喜說荊軻，想見停雲發浩歌。吟到恩仇心事湧，江湖俠骨恐無多」，「陶潛酷似臥龍豪，萬古潯陽松菊高。莫信詩人竟平淡，二分梁甫一分騷」。

夕陽西下，詩人孤獨地策馬前行，指鞭去向天涯，永別廟堂。暮春時節，滿城飛花。自己不正像那委地的落花嗎？但「落紅不是無情物，化作春泥更護花」。詩人將自己從感傷中抽拔出來，抖擻精神，看向未來，「予賦側豔則老矣，甄綜人物，搜輯文獻，仍以自任，固未老也」，積極地準備展開新的作為。

「浩蕩離愁」固然傷感，但其中未嘗沒有新的意義。「化」字正展現了詩人將痛苦轉化為價值的努力，這何嘗不也是我們面對離散衰滅時可選的態度呢？

己亥雜詩（第一二五首）

龔自珍

九州生氣恃風雷，萬馬齊喑究可哀。
我勸天公重抖擻，不拘一格降人才。

（過鎮江，見賽玉皇及風神、雷神者，禱祠萬數。道士乞撰青詞。）

賞析

一個社會最珍貴的是甚麼？活力！

1839年，中國正值鴉片戰爭前夕，詩人龔自珍敏銳地嗅到這個古老國家瀰漫着的腐朽氣息。到處是逢迎、卑弱、無趣、刻板，功利之徒只求媚上而不欲真理，正道直行、實事求是、耿介直言之人反受排擠。如果國家錄取的盡是這等人，國家何以富強，何由昌盛？

詩人路經鎮江時，恰逢當地百姓為祈雨舉行聲勢浩大的迎神賽會，迎接玉皇、風神和雷神，道士請他寫齋醮儀式上獻給「天神」的詩（用朱筆寫於青藤紙上，故稱青詞）。「生氣」的缺乏使詩人痛心疾首，卻又無計可施，只能借青詞，一澆心中塊壘，渴盼着風雷洪濤般的改革來喚醒社會的勃勃生氣。

心懷蒼生的詩人希望風神、雷神兩位神靈施威，打破死氣沉沉，使整個大地出現風雷激盪的生氣。後兩句則向玉皇大帝禱告：勸您重新打起精神，不拘一格選拔真正有志向有本領的人才，讓他們降生人間，為這個古老國家開創生氣盎然的新局面。

全詩簡短，卻發自肺腑，至情至性。孰知風雷正在醞釀。1841 年詩人過世，中國開始了屈辱而崢嶸的近代歷史進程，這大風雷激盪了百有餘年。